Os amantes

Amitava Kumar

Os amantes

tradução
Odorico Leal

todavia

Para Teju

A Revolução cheira a genitália.

Boris Pilnyak, "Ivan e Maria"

*Ah, sim, ele a ama: tal como os ingleses amavam
a Índia, a África e a Irlanda; o problema é o amor,
as pessoas tratam muito mal seus amores.*

Zadie Smith, *Dentes brancos*

Parte 1: Jennifer 11
Parte 2: Nina 57
Parte 3: Laura e Francis 93
Parte 4: Lobo Número Três 119
Parte 5: Agnes Smedley 165
Parte 6: Cai Yan 203
Parte 7: Peter & Maya 229
Epílogo 261

Nota do autor 273
Créditos das imagens 277

Parte 1
Jennifer

Pesquisadores descobriram que as pessoas se sentem atraídas por quem se sente atraído por elas. (Clipping colado num caderno de anotações mantido enquanto escrevia este livro.)

Eu era um imigrante recém-chegado, louco para brilhar, e caso masturbação seja omitida da conta, puro de corpo e coração. As cartas que eu enviava aos meus pais na Índia eram repletas de entusiasmo pelas maravilhas da minha nova vida. Aos que na América me davam boas-vindas, eu me sentia tentado a dizer, mesmo sem que me perguntassem, que *E.T.* deveria ter vencido o Oscar, e não *Gandhi*. Este último me parecera insuficientemente autêntico — eu mesmo, e isso é mais crucial, me sentia insuficientemente autêntico. Não tanto falso quanto insubstancial. Eu precisava de uma narrativa condizente para apresentar às pessoas que vinha conhecendo. No meu coração só havia desprezo pelos estudantes indianos que repetiam histórias sobre tentar educar americanos ignorantes, tipos que eles encontravam em barbearias e que lhes perguntavam como falavam inglês tão bem, ou se pertenciam a alguma tribo, ou se tinham crescido entre tigres. A nostalgia que agora eu prezava era um senso hipertrofiado do passado como um lugar, um lugar com placas de rua e uma imagem no topo de uma escada que eu reconhecia. Esse desejo nada tinha a ver com as alegações de superioridade civilizacional que fazem homens demolir sítios de adoração ou bombardear cidades inteiras. Eu sabia disso, e ainda assim me sentia inseguro em relação à minha história. Faltava-me um calmo autoconhecimento. Se uma mulher se dirigia a mim, principalmente se fosse atraente, eu ficava nervoso e falava demais.

Refiro-me aqui ao que aconteceu há mais de duas décadas; meus primeiros anos e meus primeiros amores. Mas a realidade do que foi me tornar o que sou agora, essa *evolução*, tal como foi, remonta no tempo aos macacos que me rodeavam quando eu era menino. Esta é minha própria *Origem das espécies*. Os macacos de traseiro vermelho da minha infância abandonavam os galhos do grande pé de tamarindo e descascavam as laranjas esquecidas na varanda da casa de Lotan Mamaji. Isso era em Ara, Índia Oriental, no fim dos anos 1960. Uma guerra com o Paquistão tinha chegado ao fim e outra se avizinhava no futuro. O primeiro-ministro Nehru estava morto havia apenas alguns anos. Na linguagem dos livros de história, *a nação estava em crise*.

Lotan Mamaji era o irmão mais novo da minha mãe. Um homem gigante e barbado, o *paan* alojado na bochecha escura como um segredo que ele preferia não compartilhar. Numa manhã de inverno, enquanto todos ouviam rádio na varanda, atentos à partida de críquete no Eden Gardens, um macaco aproveitou para se infiltrar no quarto de Mamaji. Subindo na imensa cama branca, encontrou a pistola do meu tio e a brandiu — dizem — contra minha prima, nascida duas semanas depois de mim, ainda no berço. Ninguém se mexia. Em seguida, virando a pistola para si mesmo, a mente primata estimulando o polegar opositor a pressionar o gatilho, o macaco atirou na própria cabeça. Era um macho de tamanho médio. Pedaços de carne, osso, pelo e massa cinzenta precisaram ser removidos das fotografias na parede, os retratos dos patriarcas da família, mortos fazia muito tempo.

Havia tantas mentiras repetidas na minha família, tantos segredos pela metade, que não sei por que nunca perguntei a ninguém se a história do macaco era verdadeira. Por muito tempo esteve abrigada na minha mente como um conto de batismo que me ensinara a natureza do medo, ou uma lição sobre o destino. Mas depois o passado perdeu a autoridade e o sentido da história mudou. A essa altura eu havia superado meus anos de adolescência. As questões centrais agora eram a ficção do passado, a ideia que eu tinha de mim mesmo como pessoa e o que ser escritor significava para mim.

Por muitos anos, a ideia de escrever implicava reconhecer e abordar uma divisão na minha vida: a lacuna entre a Índia, a terra do meu nascimento, e os Estados Unidos, aonde cheguei como jovem adulto. Se e quando imaginava um público para minha escrita, era também um público dividido. Mas os dois lugares estão conectados, não apenas pelas histórias que certas organizações culturais celebram em intermináveis encontros anuais, mas também por milhões de anseios particulares e por todas as histórias de desejo, consumado ou frustrado.

Veja o caso dos macacos em Ara, os macacos rhesus. Não eram apenas visitantes da casa do meu tio materno. Eles têm lugar na minha imaginação porque também foram inglórios imigrantes na América. Poucos anos atrás, li numa reportagem que o problema que os residentes de Delhi vinham experimentando com macacos remontavam aos primeiros anos de independência da Índia, quando milhares desses primatas foram enviados para a América, com propósitos científicos. Algo entre vinte mil a cinquenta mil eram exportados a cada ano. Uma Índia que acabara de se libertar andava necessitada de comércio externo. Os americanos precisavam de macacos de meia-idade para fins de experimento. O resultado daquelas capturas seletivas, de acordo com um primatologista consultado pela reportagem, foi um distúrbio no equilíbrio ecológico. O distúrbio se deu porque o núcleo familiar fora destruído, e os grupos de macacos entraram num processo de ruptura que o primatologista chamou de *fissão caótica*.

Mas vamos recuar do político e avançar pelo arriscado plano do pessoal. Quero investigar por que a lembrança dos macacos me ocorreu quando comecei a trabalhar neste livro. Reivindico parentesco com os macacos da minha infância por conta de algo que li numa revista em 2010: *Os macacos rhesus, que normalmente não apresentam sinais de autoconsciência, passam a examinar as genitálias num espelho, após cirurgia cerebral. Evidência semelhante de autoconsciência estava anteriormente limitada a primatas superiores, golfinhos, certas espécies de corvos e um elefante chamado Happy* ("Findings", *Harper's Magazine*, dezembro de 2010, p. 84).

=====

Na América, terra da liberdade e lar dos valentes, era possível, figurativamente falando, discutir órgãos sexuais em público.* Descobri isso quando liguei o rádio numa terça à noite no meu alojamento universitário em Morningside Heights e ouvi uma voz de mulher. O sotaque era estrangeiro, mas o que me surpreendeu foi o assunto: sexo. Dra. Ruth falava de um jeito que lembrava o Henry Kissinger, contudo, diferentemente de Kissinger, queria que fizéssemos amor, e não guerra.

Na Índia, as únicas menções públicas à atividade sexual eram os anúncios pintados nos muros que margeavam a linha férrea. Eu via esses anúncios quando viajava de Patna a Delhi, nos primeiros anos de universidade, cheio de ansiedade sobre o que me aguardava quando finalmente tivesse relações. Nos muros de tijolos perto dos trilhos, grandes letras brancas em híndi exortavam os passageiros a ligar para um número

---

* Bill Clinton a propósito da reeleição de Barack Obama: "Ele é mais sortudo que um cão com dois pintos".

É claro que Bill Clinton merece uma nota de rodapé em qualquer livro sobre amor. Meu caderno de notas também guarda esta citação: Eu... mas você sabe, o amor pode significar coisas diferentes também, sr. Bittman. Eu tenho... há muitas mulheres com quem eu nunca tive nenhuma conduta inadequada que são minhas amigas, que dirão de tempos em tempos: "Eu te amo". E eu sei que elas não significam nada demais. — Bill Clinton, depoimento diante do grande júri.

telefônico caso sofressem de ejaculação precoce, disfunção erétil ou emissões noturnas. Toda uma nação de sofredores silenciosos! Homens com semblantes preocupados, de cabeça baixa nos escritórios durante o dia e, em casa, deitados no escuro, miseravelmente acordados ao lado de esposas mudas e desapontadas.

Mas não na América. Aqui a dra. Ruth falava com você alegremente pelas ondas do rádio. Eu não tinha uma ideia precisa do que *epiglote* e *gutural* realmente significavam, mas aquelas palavras vibravam na minha cabeça quando escutava a dra. Ruth, sua voz ecoando no radiozinho preto, na privacidade do meu quarto, oferecendo conselhos aos homens na audiência. Mesmo se já tivessem chegado ao clímax, ainda assim podiam ajudar suas parceiras a atingir o orgasmo.

— Vocês sempre podem satisfazê-la.

Nunca tinha ouvido esse verbo nesse sentido. Como eu também falava num inglês com sotaque, me perguntei se aquela aplicação da dra. Ruth estaria correta.

— E para as mulheres que estão ouvindo, entendam: um homem precisa de um orgasmo. Grande coisa! Dê a ele um orgasmo. Só leva dois minutos!

Que alívio. E por mais de uma razão.

Mais tarde descobri alguns detalhes sobre a dra. Ruth. Ela crescera num orfanato. Os pais pereceram em Auschwitz. Era muito baixa, mas lutou na guerra. Foi guerrilheira do Haganá, e agora, neste país, era famosa por discutir assuntos como masturbação, pênis e vaginas no rádio. Estava no terceiro casamento.

Ouvindo a dra. Ruth naquela terça à noite em Upper Manhattan fui transportado na lembrança para uma manhã em Delhi no começo daquele ano quando fomos agraciados com três dias de primavera. Era o ano em que fui embora, 1990. Estava com alguns amigos no meu quarto na residência universitária. A filha do administrador do alojamento passou pela janela a caminho do trabalho, o cabelo ainda úmido pendendo sobre a *dupatta* amarela. Era pós-doutoranda de História e em breve se tornaria docente. Todos corremos até o fim do corredor para ver a filha do administrador abrir a pequena porta de madeira em direção à parada de ônibus. Sua calma cativante, a própria indiferença à existência de curiosos eram um incitamento à nossa lascívia coletiva. Logo ela foi embora, e ainda excitado, mas agora também um tanto desapontado, o grupo voltou para o meu pequeno quarto de paredes sujas, caiadas de branco.

— Não há nada mais puro do que o amor pela filha do seu senhorio — Bheem disse.

— Não — Santosh retorquiu, passada a pausa apropriada. — Se quer inocência, a mais pura água do Ganges, você precisa se apaixonar pela filha do seu professor.

Como se para resolver a questão, olhamos para Noni, um sikh de Patiala. O único entre nós que não era mais virgem.

Noni tirou o turbante e seus longos cabelos rolaram sobre os ombros.

— Vocês deviam parar de fingir, seus canalhas. O único verdadeiro amor, o primeiro amor verdadeiro, é o amor por sua serva.

Isso foi devidamente apreciado. Mas Noni não terminara.

— Ela tem de ser mais velha do que você, embora não muito, e ainda que não seja necessário ter trepado com ela, é essencial que ela coloque sua mão no peito dela.

Seguiu-se aquele silêncio tradicional que acompanha a enunciação de uma grande verdade. Três de nós estavam esparramados um ao lado do outro na cama, as cabeças encostadas na parede. Manchas escuras e oleosas indicavam onde outras cabeças haviam se apoiado antes. Então alguém começou a rir.

— Vocês são um bando de maricas — Noni disse, para extinguir aquele riso. — Quando voltaram para casa no inverno, por acaso algum de vocês se deu bem?

Sorrindo, anunciou seu sucesso com outra questão.

— Algum de vocês dormiu com a mãe de um amigo?

— Eu já — Bheem respondeu. Bheem tinha os olhos claros e agora guardava um sorriso suave e misterioso nos lábios.

— A mãe de quem? — Noni perguntou.

— A sua.

Noni era minha dra. Ruth antes da dra. Ruth. Minha ingenuidade era o preço a pagar por seus tutoriais. Ele havia descoberto que a definição médica de beijo era *a justaposição anatômica de dois músculos orbiculares num estado de contração*. Aquilo tornou ainda mais exótico o que já era desconhecido. Depois contou que a palavra *fuck* — foder — era um acrônimo derivado de *for unlawful carnal knowledge* — para conhecimento carnal ilícito; essa terminologia por sua vez consistia, sempre segundo Noni, na reescritura de uma lei medieval de onde o termo *fuck* se originava: *fornication under consent of the King* — fornicação consentida pelo rei. Noni estava completamente equivocado, mas naquela época fiquei maravilhado com sua erudição na temática sexual.

Antes de conhecer Noni em Delhi, minha familiaridade com o assunto limitava-se ao que eu tinha aprendido nos filmes sob censura exibidos aos sábados em Patna. Eu me sentava no escuro, cercado pelo ar quente, o odor de suor e a fumaça de um cigarro aceso em alguma parte. Havia provavelmente outras duzentas pessoas no cinema, quase todos homens, e a maior parte mais velha do que eu. No jornal local o cinema anunciava que possuía "ar-condicionado", mas o que se respirava ali eram os eflúvios de virilhas irrequietas mexendo-se em assentos nos quais o estofo de fios de coco transparecia através dos rasgos no couro falso. Sem dúvida fazia mais frio no apartamento em Praga, onde a ação se passava. Um homem de meia-idade havia desabotoado o sutiã de uma garota inacreditavelmente jovem. Quando ela se virou para encará-lo, revelou os seios brancos como o leite, os mamilos rosados e sonolentos. Então vinha um corte; a dupla agora se encontrava num carro aberto dirigindo por uma alameda vazia sob a copa das árvores, no sol claro.

Uma criança entre os espectadores chorava do meu lado.

— *Scene dikha, baccha ro raha hai* — alguém gritou, num assento mais adiante. Queria que o filme voltasse para o quarto. "Mostre um peito. Porque, se não mostrar, o bebê vai chorar!" O comentário tosco, desconcertante à época, logo perdeu qualquer aspecto confuso: reluzindo como mica numa peça de granizo, descansou por um tempo na narrativa nostálgica daqueles meus anos de adolescência.

Dez anos depois, para benefício da geração posterior, uma coluna de aconselhamento sexual no *Mumbai Mirror* tornou-se popular. Descobri isso numa visita à Índia, quando as roupas que eu enviara à lavanderia chegaram ao quarto do hotel enroladas num jornal.

P. *Minha namorada beijou a ponta do meu pênis e no dia seguinte sentiu dor de barriga. Ela pode estar grávida? É melhor tomar pílula?*

R. Mais tarde ela deve ter jantado e isso provavelmente causou a dor de barriga. Sexo oral não provoca gravidez, e ela não precisa tomar pílula nenhuma.

P. *Sou um homem de vinte e cinco anos. Por favor, diga--me se masturbação cotidiana pode aumentar o tamanho da bunda de alguém.*

R. Assim como seu nariz, dedos e língua não crescerão, sua bunda também não crescerá.

P. Quando o assunto é sexo, minha parceira só deixa que eu use um único dedo e por apenas uns poucos segundos. Por favor, diga-me por quê. Além disso, quando prendo o intestino por tempo demais, meus testículos incham e doem. Qual pode ser a razão?

O bom doutor — o Sexpert — exercitou mais uma vez sua objetividade implacável, o humor em seu olhar disfarçando-se por trás dos óculos de aro grosso que exibia na fotografia granulada.

R. Ela provavelmente tem medo das suas intenções — ou de uma gravidez ou de uma infecção. Por que não pergunta para ela? E por que você haveria de prender o intestino? Por favor, explique-se.

Em 2014, o *New York Times* publicou uma reportagem sobre o Sexpert, apresentando o dr. Mahinder Watsa aos Estados Unidos. O editor de Watsa disse que o doutor já havia recebido mais de quarenta mil cartas buscando aconselhamento. Tentava promover educação sexual, mas muitos dos seus próprios colegas diziam que aquilo era pornografia. Dr. Watsa foi o primeiro a usar palavras como *pênis* e *vagina* nos jornais. Um leitor chegou a entrar com um processo por obscenidade contra o especialista, acusando os editores de fabricarem cartas para alavancar o número de leitores. Em resposta, o editor pôs um saco de cartas seladas na mesa do juiz. *Depois de lê-las na hora do almoço, o juiz encerrou o caso.* Dr. Watsa completou noventa e um anos recentemente.

A coluna do Sexpert agora pode ser lida na internet. Não havia nada desse tipo quando eu estava crescendo na Índia. Naquela época, se eu pudesse ter escrito uma carta, qual teria sido a minha? A amplidão dos problemas que as pessoas apresentam ao doutor é impressionante, mas acho que seria esta:

Não são meus pais; ainda assim, são meus predecessores. Dra. Ruth e dr. Watsa, que me guiaram num mundo iluminado pela luz de novos conhecimentos.

P. *No último semestre, fui reprovado numa disciplina. Meus pais ficaram preocupados e me levaram a um astrólogo. Ele pediu que eu baixasse as calças e disse que a ejaculação pós-masturbação equivale à perda de 100 ml de sangue, daí minha fraqueza. Estou arrependido de ter lhe mostrado meu pênis. Por favor, me ajude.*

R. O astrólogo é uma farsa e ignora completamente as questões sexuais. Masturbação é uma coisa perfeitamente normal. Faça uma visita ao coordenador para discutir sua dificuldade com a matéria em questão.

Depois de chegar a Nova York mantive um diálogo constante na minha cabeça com um juiz que me enchia de perguntas. Fui chamado de impostor e me disseram que o que eu buscava não me pertencia. Essa vida secreta era minha vida verdadeira — ali eu era uma testemunha num tribunal em que outro eu, mais articulado e mais destemido, tecia solilóquios longos e defensivos sobre quem eu era, sobre minhas razões de estar aqui, e por que eu gostava do que fazia. O juiz imaginário era branco; estávamos num tribunal para indivíduos acusados de agir sob pretextos falsos ou de cometer atos indecentes. Parado num cais em silêncio, eu relembrava frases ditas por outras pessoas. *Irmãs e irmãos da América, eu vos agradeço em nome da mãe das religiões, e vos agradeço em nome de milhões e milhões de hindus de todas as classes e seitas*, disse Swami Vivekananda, em Chicago, em 1893, no Parlamento das Religiões do Mundo. Diferentemente de Vivekananda, eu me dirigia ao juiz a partir de um lugar menos elevado, mas não me faltava convicção. *Conto todas estas coisas neste Tribunal de Imigração, Meritíssimo, porque quero assegurar que eu sabia o que era sexo, ou pelo menos conversara sobre sexo, antes da minha chegada a estas praias. Escolhi falar em termos pessoais, nos termos mais íntimos, Meritíssimo, porque me parece que é essa a parte crucial da humanidade que é negada ao imigrante. Você olha para um imigrante de pele escura naquela longa fila no JFK, as roupas novas amassadas pelo longo voo, aquele odor maturado que o acompanha, os olhos assombrados, e você se pergunta se ele sabe ou não falar inglês. Nem lhe ocorre nos seus pensamentos e suposições perguntar se ele alguma vez já disse doces frases cheias de anseios ou que palavras sujas e ardentes terá pronunciado ao pé do ouvido da esposa, enquanto ela ri e o abraça na cama. Você olha para ele e pensa que ele quer seu emprego e não que quer, simplesmente, trepar. Ofereço-lhe a verdade, e muito obrigado, Meritíssimo, em nome das hordas escuras que não têm nada a declarar além de seu próprio desejo.*

Apesar de tais declarações, permaneci tão celibatário quanto Swami Vivekananda. Mas estava começando uma amizade com uma mulher chamada Jennifer.

Enquanto esperava o começo das aulas, arranjei um emprego na livraria da universidade. Minha bolsa de pesquisa só começaria a ser paga dentro de um mês e meio. Eu não tinha dinheiro e não podia pedir aos meus pais. Depois das passagens de avião, qualquer demanda adicional referente a qualquer compra era recebida pela minha pobre mãe com um olhar de pânico. Eu entreouvira meu pai declarar dramaticamente a Lotan Mamaji que, porque minha educação era importante, eles estavam resignados a viver a pão e água. Isso não era inteiramente verdade, e meu pai nunca diria aquilo na minha frente, mas eu sabia que o dinheiro era escasso. A livraria pagava pouquíssimo — o emprego era classificado como "estágio", portanto eu não chegava a ganhar um salário mínimo —, mas me agradava lidar com os livros. A Jennifer eu disse, com o menor sinal possível de incerteza na voz, que era poeta. Jennifer trabalhava lá havia muitos anos e agora era a responsável pela seção de Humanas. Era alta, magra e amarrava os cabelos longos e castanhos num rabo de cavalo. Acho que era uns dez anos mais velha do que eu, mas posso estar errado. Nunca perguntei — me disseram que seria indelicado. Jennifer sofrera uma crise nervosa na véspera da defesa de mestrado e abandonara a pós-graduação. Quem me contou isso foi nosso colega de trabalho zambiano, que também largara a pós. Seu nome era Godfrey, mas todos o chamavam de God. Trabalhava com Jennifer na livraria havia vários anos. Os dois conheciam todos os docentes, alguns dos quais tinham sido seus professores tempos atrás.

— Foi muito, muito trágico — disse God sobre o caso de Jennifer, o branco vívido nos seus olhos expandindo-se numa avaliação precisa do horror.

Contou que o namorado de Jennifer trabalhava como barman no centro da cidade. Morreu num acidente de moto na FDR Drive, tarde da noite. Ela estava na garupa. O namorado morreu nos braços dela.

O vislumbre de um passado trágico dava profundidade à vida de Jennifer. Mas o que me atraía mais imediatamente era sua pele clara, e eu vivia me perguntando como seria seu cheiro. Jennifer se vestia de modo simples, e quando se postava na minha frente no depósito eu atentava bem à curva que seus peitos faziam por baixo da blusa de algodão. Quando ficava sozinho, imaginava a brancura de suas coxas dentro do jeans azul. Eu nunca tinha visto as coxas nuas de mulher nenhuma. Todo mundo na livraria gostava da Jennifer — ela era inteligente e tinha lido muito mais do que qualquer um de nós. Além disso, era gentil comigo. Quando certa vez reclamei que não queria comparecer a um evento para alunos estrangeiros, ela me levou a uma exibição do documentário *Roger & eu*, do Michael Moore.

Moore queria que o dirigente da General Motors, Roger Smith, voltasse à sua cidade natal no Michigan para conhecer as pessoas que estavam perdendo seus empregos. O filme confirmou o que eu já vinha descobrindo sobre a América. Pobreza e falta de moradia não eram uma coisa que eu tivesse de associar apenas à Índia. *Roger & eu* explicava a realidade que eu tinha visto fora dos portões da universidade. A apenas cem metros da Catedral de São João, o Divino, onde pessoas armadas de câmeras esperavam em fila para entrar, eu vira uma velha senhora branca passando lentamente, cheia de merda escorrendo pelas pernas inchadas. Uma mulher de meia-idade caminhava ao meu lado com a filhinha. Ao se aproximar da velha, cobriu os olhos da menina.

O filme me resgatou da minha passividade e me fez pensar sobre o mundo lá fora. Mas eu também pensava em Jennifer. Teria gostado muito de beijá-la enquanto ela se deitasse nua nos meus braços; e queria que ela também me enxergasse como um homem de posse de uma câmera. Michael Moore era honesto e engraçado, ainda que encarnasse uma espécie de negligência desajeitada. Eu também queria ser um arguto contador de histórias, sincero no meu propósito de seduzir Jennifer através de ensaios brilhantes sobre pessoas comuns abandonadas às garras do capitalismo tardio. Mas provavelmente não era daquele modo que Jennifer me enxergava. Perto do caixa na livraria havia um estande de cartões-postais, e um dia ela pegou um dos cartões e me chamou.

— É você aqui? — Ela parecia se divertir. — Reconheci seu cabelo — ela disse.

Dei uma olhada no cartão. Era o desenho de um homem sentado à mesa, segurando uma caneca, os olhos baixos. Tinha o cabelo preto encaracolado. Debaixo do desenho, um conto breve:

A garçonete se aproximou e anotou seu pedido — um chá gelado. Fez isso sem flertar em momento algum, coisa que o desapontou e deprimiu.

R. Kevin Maler, "Contrafação"

O conto me fez rir; contudo, ainda que eu ficasse feliz por ser a causa do divertimento de Jennifer, sabia que havia uma crítica embutida ali. Aquele comentário me deixou com a sensação de que eu era superficial. Decidi passar mais tempo com ela. Assim, mesmo depois que as aulas começaram, e eu já não trabalhava na livraria, toda terça e quinta almoçava com Jennifer.

— Kailash, você já foi colher maçãs?

Expliquei que na Índia as maçãs cresciam nas montanhas, em Kashmir, ou em encostas como Shimla. Eu nunca tinha ido ao norte de Delhi.

— Sou das planícies ardentes — expliquei melodramaticamente; ela me sorriu com gentileza, mas com o comedimento necessário para me impedir de ir além daquilo.

Jennifer era uma das poucas pessoas que me chamavam pelo nome completo. Numa das disciplinas, um colega me dera um apelido. Embora na América os nomes fossem abreviados, não foi o meu caso. Meu amigo alemão Peter começara a me chamar de Kalashnikov em vez de Kailash. Dava mais trabalho, mas as pessoas pareciam achar aquilo suficientemente engraçado, então ele nunca abandonou a piada. Depois alguém abreviou Kalashnikov para AK-47. Às vezes me chamavam de AK, às vezes simplesmente de 47.

Num sábado de manhã, Jennifer tocou a campainha e chamou meu nome no interfone. Isso era uma coisa bem típica dela: nunca dizia o próprio nome, nem ao telefone. Isso para mim foi uma lição de intimidade. Ou você dava a alguém que amava um novo nome, ou pronunciava aquele nome como se fosse seu.

Partimos no Volvo azul arrebentado de Jennifer, dirigindo por uma hora ou mais para o norte. Eu nem imaginava que maçãs cresciam em árvores tão baixas, perto do chão, ou que havia tantas variedades. Colhemos nossas maçãs, depois compramos rosquinhas de sidra. Naquela noite voltei para casa com dois sacos cheios de fruta. Quando mordi uma delas e o sumo doce encheu minha boca, imediatamente sentei para escrever uma carta aos meus pais em Patna. Contei que meu quarto tinha um cheiro fresco e doce. Pelo menos por ora, esqueci minha ansiedade em relação ao dinheiro. Esqueci também a prática necessária de converter dólares em rupias, ou de ponderar as maçãs e o saldo decrescente do livro de contas — *voltarão a me faltar nove ou noventa dólares ao final do mês?* Enquanto escrevia a carta, minhas preocupações recuaram. Mesmo minha solidão ganhou um colorido agradável, os objetos brilhavam na luz do pôr do sol. Mais cedo, escrevi, caminhei entre longas fileiras de árvores e colhi maçãs com as minhas próprias mãos. Contei do outono e de como neste país as folhas mudavam de cor. Não disse nada sobre Jennifer.

A verdade, Meritíssimo, é que o imigrante se sente em casa na culpa. Como eu poderia negar a culpa e o malfeito? Nem falo das mentiras que proferi quando me candidatei ao visto, não, por ora penso apenas na culpa de ter abandonado meus pais. Terreno pantanoso, esse. Meu pai, minha mãe, minha terra natal, minha língua materna.

———

Olá, EUA, 212-555-5826? Assim começou a telefonista indiana. Sim, gritei, sim. Parecia que o oceano que nos separava rugia no meu ouvido. Passei ao híndi, mas a telefonista continuou falando em inglês, confirmando meu nome. Em seguida, meu pai me cumprimentou rapidamente, perguntou como eu estava e entregou o telefone a minha mãe. Essas chamadas eram caras, disso eu sabia. Quando meus pais requisitaram aquele telefonema, teriam pago pelos quatro minutos na agência de correios. Quando esses minutos se esgotavam, a telefonista interrompia nossa conversa e perguntava se desejávamos continuar. Esse era apenas o segundo telefonema dos meus pais. O primeiro tinha sido a propósito da minha chegada a Nova York.

— Por que você não escreve? Nenhuma palavra em muitos dias.

— Eu escrevo. Ontem mesmo escrevi.

— Está muito frio aí?

— Não, não. Fui a um pomar de macieiras ontem.

— Pegamos um riquixá e viemos aqui ligar para você porque tive um sonho...

Ela não quis me dizer o que viu no sonho, então expliquei que a única razão pela qual eu não havia escrito eram as minhas aulas. Estava ocupado. Eu sabia que o custo da chamada era proibitivo, mas me senti secretamente feliz quando minha mãe disse: "Continuar, por favor".

Eles estavam indo visitar minha avó no vilarejo para o Diwali.

— Mande um cartão-postal para ela também. Você não precisa escrever nada demais. Só escreva *Mataji, estou bem*. Três palavras e ela vai ficar feliz.

Minha avó não sabia ler nem escrever. Pediria a alguém do vilarejo, talvez a uma criança voltando da escola, para ler minha carta em voz alta. Ou aos meus primos Deepak e Suneeta, caso eles naquele momento não estivessem surrupiando alguma coisa do jardim ou do celeiro dela. Uma vez por mês, eu enviava um cartão-postal para a minha avó. Eu me sentava para escrever e depois imaginava uma criança em idade escolar lendo minhas palavras. Para dar ao estudante uma impressão de deslumbramento, eu acrescentava uma ou duas frases sobre a vida na América:

Quando é meia-noite na Índia, é meio-dia aqui.

Até as pessoas que recolhem o lixo têm sua própria caminhonete.

Você não pode viajar de trem sem um bilhete.

Para ir de uma parte da cidade à outra, eu uso um trem que corre por debaixo da terra.

Quando cozinho, o fornecimento de gás é como o da água. Chega por um cano conectado ao meu fogão. Não há necessidade de enfrentar fila pelos cilindros de gás.

       =

Era uma tarde de sábado no começo do outono de 1990. Jennifer e eu pegamos o metrô até o Lincoln Center. O plano era atravessar o Central Park e sair do outro lado, perto do Hunter College. Visitaríamos uma exposição de fotografias de Raghu Rai na Asia Society. Quando saímos da estação de metrô no Lincoln Center, Jennifer bateu os olhos num cartaz que dizia: GANDHI ERA UM HOMEM VENERÁVEL E CARIDOSO. Logo abaixo, em caracteres menores, lia-se: MAS ELE PODIA TER TRABALHADO UM POUCO

O TRÍCEPS. Era um anúncio de academia. Se você fizesse logo sua inscrição, economizaria cento e cinquenta dólares.

Eu disse a Jennifer que o Mahatma teria achado o preço do pacote um pouco salgado, mas que teria aprovado o espírito frugal do plano de adesão imediata. Jennifer perguntou se o anúncio me ofendia. Eu disse que não.

Na Índia, Gandhi era um rosto sorrindo nos muros dos escritórios decrépitos nas pequenas cidades de Bihar. O uso de sua imagem por uma academia de ginástica em Nova York me lembrou dos muitos propósitos que tiravam o Mahatma do museu. Esse tipo de coisa não era desconhecido na Índia, só as cerimônias oficiais ignoravam. É o Gandhi irreverente dos mercados indianos. Vida longa à Trava de Segurança Gandhi. Vida Longa à Sacola de Juta Bapu. Vida longa ao Molho de Mostarda Mahatma.

O pôster com a seta apontando para o espaço da exposição continha uma citação de Raghu Rai: *Uma fotografia colhe um fato da vida, e esse fato viverá eternamente.* A exposição, composta exclusivamente de imagens em preto e branco, ficava numa longa sala no subsolo do edifício. Ao entrar, nossos olhos se deparavam com as fotografias na parede em frente. Eram fotos de seis anos atrás do desastre da Union Carbide em Bhopal. Nas outras paredes havia imagens que Rai fizera em Delhi e Bombaim. Fomos ver primeiro as fotografias de Bhopal. Eram três. Uma era a icônica imagem do enterro da criança desconhecida, os olhos abertos, uma mão cobrindo o corpo com escombros e cinzas. Havia uma segunda fotografia com um cadáver de criança, dessa vez uma menina. Ela tinha um pedaço de papel sobre a cabeça, com seu nome, Leela, em híndi, e também o nome de seu pai, Dayaram. A terceira fotografia eu nunca tinha visto. Era um homem numa estrada deserta fora da fábrica da Union Carbide, carregando um pacote nos ombros. Jennifer segurou minha mão quando me aproximei para ler a legenda. Foi quando vi o que ela já tinha visto. O que a princípio parecia uma manta ou um pesado cobertor era a esposa do homem. Um par de pés enrijecidos se projetava por debaixo das estampas do sári da mulher morta.

As fotografias de Delhi encontravam-se na parede à direita. No centro, uma fotografia de Indira Gandhi, sentada em seu escritório, de costas para a câmera. Na época ela era a primeira-ministra — uma mulher sozinha com quase vinte homens vestindo *dhoti-kurtas* de cor branca, chapéus como o de Nehru na cabeça, todos eles capturados em posturas de genuína servidão. Outra foto mostrava um nadador, contornado pelo céu, prestes a saltar no lago de um monumento do século XVI. No panorama distante, os monumentos modernos — os altos edifícios em Connaught Place. Mas minha imagem favorita era a que Rai registrara numa cobertura em Old Delhi. O domo da Jama Masjid, seus minaretes e o topo dos demais edifícios formavam o horizonte distante; o fim da tarde se esgueirava, evidente pelas luzes que haviam se acendido; ocupando o primeiro plano, mas ainda distante, de modo que o observador não sentisse que perturbava a privacidade do gesto, via-se uma mulher num quarto iluminado. Parecia que a chamada para o namaz daquela noite acabara de vir da mesquita. Treliças e azulejos formavam um delicado padrão ao seu redor, enquanto ela própria, ou o que conseguíamos enxergar dela, banhava-se na luz branca. Sua cabeça estava coberta, as mãos abertas à sua frente, em oração.

Passamos, em seguida, às fotografias de Bombaim. Essas eu não conhecia. Era uma ordem diferente de urbanidade. Dois homens lendo o jornal, ilhas de serenidade, enquanto ao redor deles moviam-se corpos desfocados na estação de trem de Churchgate. Mulheres discutindo num mercado de peixes; uma socialite na sala de estar diante de uma pintura a óleo gigante e cara; homens vestidos num branco cristalino segurando maletas pretas perto da Jehangir Art Gallery; *dabbawalas*; trabalhadores construindo um arranha-céu em Colaba. Na sala de exposição com ar-condicionado em Nova York, não se sentia o calor no qual aquelas fotos haviam sido registradas; talvez porque Rai fizera exímio uso do flash, as fotografias pareciam tão homogeneamente iluminadas que era como se você penetrasse uma terra sem sombras. Jennifer nada dizia, mas, como mencionei, ela segurara a minha mão. Gostei daquilo. Paramos em frente a uma imagem de um bando de garotos magrelos jogando bolinha de gude num beco. Ao redor deles muros arruinados, telhados de metal e sujeira, mas Rai capturara o movimento fluido das pernas e dos braços dos meninos.

Na escola em Patna, eu queria ser artista porque a plácida vastidão do rio Ganges perto da minha casa e às vezes um barco solitário de vela suja ou flâmula vermelha pareciam bonitos e fáceis de desenhar. Não era fácil, claro. Mas mesmo os meus fracassos me ensinavam a enxergar o mundo ao meu redor. Eu voltava da escola no ônibus lotado, e uma voz ligada na minha cabeça nomeava os objetos que eu via à venda nas ruas, suas cores, a expressão nos olhos dos vendedores.

Jennifer e eu estávamos parados diante de uma foto de Raghu Rai de mais ou menos uma dúzia de búfalos alimentando-se num *khatal* (em Bihar e Bengala, *khatal* ou *khataal* é a palavra para curral) em Bombaim. Presos ao teto do barraco, pairando acima dos sombrios animais, que apareciam conectados por correntes, havia pequenos leitos onde se viam homens sentados ou dormindo. Ao redor deles, pendendo de ganchos e pregos, balançavam baldes de leite e também peças de vestir. Eram vidas pequenas e apertadas, mas eu tinha familiaridade com o que se apresentava ali. Conhecia o cheiro daquele *khatal*, o fedor de dejetos animais e o zunir e zumbir das moscas, e sabia falar a língua que aqueles homens falavam, sentados sem camisa perto dos búfalos. Eu me virei para Jennifer e disse:

— Se algum dia escrever um livro, quero essa fotografia na capa. Vai se chamar *Migrantes*.

— É uma foto incrível. Tem tanta coisa acontecendo aqui.

———

Jennifer me trouxe sanduíches preparados com homus e azeitonas. Eu nunca tinha comido isso. Atravessamos a quadra da universidade e sentamos na escadaria de pedra da biblioteca. Fizera frio na semana anterior, e numa noite cheguei a ver gotas de chuva brilhando na minha janela, mas nesse dia estava atipicamente quente. A luz do sol reluzindo nas janelas dos edifícios e nas faces e nos corpos dos estudantes se espalhava pela grama. Parecia um daqueles dias na Índia depois dos exames, quando você pode sentar do lado de fora de casa, no sol, descascando uma laranja. Jennifer tirou o suéter azul. Vestia uma camisa com linhas horizontais pretas. Estudei as sardas no seu braço alvo, depois tirei minha jaqueta também.

— Ano passado, neste mesmo dia — Jennifer me disse —, voltei de uma viagem de três semanas à Nicarágua.

— *Nicarágua?*

— Fui com um amigo meu, Lee. Ficamos com os camponeses e trabalhamos numa fazenda e depois numa pequena barragem perto de Manágua.

Esse pequeno detalhe produziu uma pontada de inveja.

— Lee é homem?

— É uma pergunta interessante. Lee costumava ser mulher. Laura. Foi minha colega de escola. Depois ela decidiu que preferia ser homem.

Novas comidas, novos conhecimentos.

— Conte alguma coisa sobre a sua infância — ela me disse, depois de um momento.

Eu não tinha nenhuma história como aquela sobre Lee, então me vi descrevendo os macacos de traseiro vermelho do lado de fora da casa de Lotan Mamaji, e depois contei a história do macaco que encontrou a arma do meu tio e apontou para minha prima no berço. Jennifer não ficou tão surpresa quanto eu esperava.

— Kailash, o que aconteceu com sua prima, onde ela anda agora?

Isso foi tudo que ela quis saber.

Jennifer não se espantaria, então preferi não contar que não pude comparecer ao casamento da minha prima. Mas a verdade é que por muitos anos me senti culpado. Não contei que numa foto que vi da cerimônia anos depois o cartaz que o pintor colara na entrada, com uma flor de lótus e um pote colorido com um coco dentro, continha também um erro de ortografia: RAJESH CAÇA-SE COM SHALINI. Em vez disso, falei das tardes de verão quando éramos adolescentes e minha prima ouvia canções tristes em híndi no rádio: canções cheias de amor não correspondido, naqueles meses em que esperávamos pela chuva. Abandonado num beco sem saída, um ciclo-riquixá — o brilho do sol refletindo-se nos aros. Sem condutor e sem passageiro, o riquixá parecia derrotado e esquelético. Num gorgolejo, o fornecimento de água do município se restabelecia às três da tarde, todos os dias. Minha prima suspirava quando sua música favorita, do filme *Guide*, começava a tocar. Se tivéssemos sorte, escutaríamos também outro som — mais alto, mais insistente, mais cheio de desejo do que qualquer música que tínhamos ouvido naquela tarde: os chamados do koel escondido na mangueira. O calor deixava todas as criaturas letárgicas, quase estoicas, exceto o koel, que não se acanhava em fazer de sua dor um espetáculo público. Na verdade, não apenas espetáculo — fazia uma verdadeira canção. E que glória resoluta, que arte. Anos depois, na universidade em Delhi, escrevi um breve poema sobre o koel, que enviei num envelope amarelo para Khushwant Singh. Fiquei surpreso quando o velho escritor me respondeu por carta, elogiando a simplicidade do poema e a minha arte. Aquilo foi encorajamento suficiente para que, ali na escadaria da biblioteca, eu me derramasse em devaneios poéticos quando Jennifer me perguntou do que eu tinha mais saudade na Índia. Naquela tarde, tudo que fiz foi imitar o koel.

No dia seguinte, ela pôs um envelope branco na caixa de correio do meu departamento. Continha um haicai do poeta Bashô:

Mesmo em Kyoto
se escuto o apelo do cuco
sinto saudade de Kyoto.

Para mostrar minha gratidão pelo almoço e pelo poema, presenteei Jennifer com um pacote de incenso de jasmim. Estava fechado na mala que eu trouxera comigo da Índia. Ela aproximou o rolo das narinas e me agradeceu, depois disse que algum dia me levaria para jantar no apartamento dela. Esse comentário me fez pensar que Jennifer gostava de mim, e que talvez eu devesse cozinhar um prato indiano para ela quando a oportunidade aparecesse.

Os trabalhos do semestre tomavam meu tempo. Uma ou duas vezes fomos juntos a eventos no campus. Um festival Diwali organizado por estudantes do sul asiático, com *chaat* e *chana masala* apimentado de um restaurante bengalês das redondezas, cada prato custando três dólares. Pepsi e Sprite em copos de plástico por vinte e cinco centavos. Os organizadores pediram que todos os presentes pegassem pétalas de rosa de uma bandeja e jogassem sobre imagens de plástico de Ram e Sita, desejando "Feliz Diwali". Uma das mulheres, universitária de Jackson Heights, circulava num *salwar-kameez* marcando nossas testas com a tinta vermelha do *tilaka*.

Quando lhe agradeci, ela riu nervosamente e falou que em casa os outros estudantes diriam que a gente estava com ketchup na testa.

Conversei com algumas das garotas indianas presentes e as flagrei olhando para Jennifer enquanto falavam comigo. Durante aquele primeiro semestre, havia pelo menos uma garota na minha classe de quem eu gostava. Na verdade, eu gostava de várias, mas de uma em particular. Não tinha falado muito com ela. A ideia de qualquer aproximação me parecia assustadora; era mais fácil conversar com Jennifer. Jennifer descera na escala social quando abandonou a faculdade. Tornara-se acessível. Ou talvez fosse porque ela era mais velha e vivia frugalmente. Será que foi isso que pensei na época? Mais de uma vez Jennifer sugeriu de passagem que gostava da minha companhia, o que me deixava contente, como se ela tivesse reconhecido uma parte secreta de mim.

Certa noite, fomos ouvir Edward Said executar concertos para piano de Bach na capela. Jennifer tivera aulas com o famoso professor. Avistei dois dos meus professores por lá, inclusive Ehsaan Ali, que comparecera com a esposa, que era branca. Música ocidental era algo novo para mim, mas Jennifer se emocionava. Na época cursava disciplinas em que discutíamos os escritos de Said e em pouco tempo eu começaria a falar da minha própria identidade de um modo que era influenciado por ele; naquela noite, contudo, a noite do recital, Jennifer me apresentou uma nova ideia de música que lhe ocorrera através de Said. Isso foi durante o jantar no meu apartamento, depois do concerto. Comíamos o *mattar paneer* e o *biryani* que eu lhe havia preparado, e ela me falava de música de um modo claro e equilibrado, explicando os conceitos de polifonia e contraponto.

Esse tipo de conversa a tornou simultaneamente mais interessante e mais misteriosa aos meus olhos. Se isso fosse um filme, imagino uma montagem de cenas como essa, cenas que me apresentaram a América — uma discussão sobre Bach, a primeira vez que experimentei comida mexicana, o primeiro show de rock, palestras dos professores que eu admirava e registros da primeira nevasca. O azul da tarde fria, como se alguém tivesse cortado o som do universo, e a neve amontoando-se na quietude. Quando parou de nevar, descemos de trenó uma montanha no parque do outro lado de Morningside Drive. Foi uma descoberta maravilhosa, mas mesmo enquanto descia a encosta de trenó eu me perguntava se o que eu tinha com Jennifer era amor. Toda semana eu passava um tempo com meus outros amigos, os que encontrava nas aulas. E não mencionava Jennifer. Não saberia o que dizer, pelo menos no começo.

Mas testemunhos a amores distantes eram uma questão inteiramente diferente, Meritíssimo. Eu ficava cada vez melhor nisso. Numa disciplina de literatura naquele outono tratei num seminário de um poema que descrevia pesquisadores da Indian Fulbright que se deparavam no Egito com múmias milenares enfaixadas em musselina de Calicute. Que conexão surpreendente! O poema marcou em mim a descoberta da Índia, e a riqueza extraordinária de seu passado. Naquela mesma disciplina li sobre uma jovem chamada Sarojini Naidu, saudosa de casa e sofrendo de um amor febril em Cambridge, escrevendo mil cartas para um médico no exército de Nizam, que mais tarde se tornaria seu marido. Eu me imaginava escrevendo cartas similares, ainda que meu amor na Índia não tivesse nem nome nem rosto. Antes de o semestre acabar, enviei uma carta para o editor do jornal estudantil descrevendo a experiência de comparecer a um concerto-performance do tocador de tabla Zakir Hussain, na noite anterior. Eu nunca amara a Índia como a amava agora, quando me encontrava tão longe.

A atividade que constituía talvez a parte mais segura da minha identidade naquele primeiro semestre era a disciplina de Ehsaan Ali. Chamava-se Encontros Coloniais e acontecia nas tardes de sexta. Para ingressar na disciplina os participantes tinham de requerer sua permissão especial. Pelo que eu tinha ouvido, toda semana ele trazia vinho tinto às aulas — você se sentava bebericando vinho em copos de plástico e discutindo as leituras do dia. Quando o semestre começou, fui ao escritório de Ehsaan no setor de filosofia recolher sua assinatura. Terceiro andar, depois do par de radiadores, perto do quadro de avisos abarrotado. A porta estava aberta, e Ehsaan falava ao telefone. Com a mão direita, me apontou uma cadeira. O teor da conversa sugeria uma entrevista. O assunto logo ficou claro: a invasão do Kuwait pelo Iraque.

— Bem, Bush disse que traçou uma linha na areia. Ele alega que não tem nenhuma contenda com o povo iraquiano. A guerra é contra Saddam. Você acha que o povo simples do Iraque, sofrendo em casa ou num hospital, vai achar que nosso presidente está sendo honesto? Não, me deixe explicar...

Olhava diretamente para mim enquanto falava, então me vi balançando a cabeça e concordando. A janela atrás dele estava aberta; na parede à direita havia um pôster emoldurado de *A Batalha de Argel*. Eu tinha visto esse filme quando era adolescente, em Pragati Maidan, Delhi. No segundo plano do pôster via-se uma infinitude de casas pintadas de preto e branco num pequeno vilarejo. Pendendo para dentro da moldura estava, à esquerda, o argelino Ali La Pointe e, à direita, o coronel francês Mathieu.

O diretor, Gillo Pontecorvo, havia procurado Ehsaan na época em que fazia o filme. Pontecorvo chegara à Argélia com o roteiro em mãos, mas o esqueceu acidentalmente no capô de um carro. Partes do roteiro logo apareceram num jornal de direita. Pontecorvo, então, reformulou a história, baseando-se em entrevistas com revolucionários: *uma ficção escrita sob a ditadura dos fatos*. Na ocasião Ehsaan estava na Argélia e se tornou um dos conselheiros na produção. Só que o estudante que me contou tudo isso, um rapaz magro e saturnino de Gujarat, não era uma fonte confiável. Ele de bom grado teria posto Ehsaan no filme como ator principal, um homem de passado conflituoso surgindo, não sem carisma, mas sobretudo graças às pressões da história, na vanguarda de uma batalha gloriosa. Verdade seja dita, eu mesmo não estava muito longe de aderir a essa visão.

Ehsaan nascera numa vila não muito longe da minha. Migrou para o Paquistão durante a Partição sangrenta e mais tarde veio para a América por meio de uma bolsa de pesquisa. Tendo concluído o doutorado em Princeton, viajou pelo globo e estabeleceu amizades com líderes do Terceiro Mundo, sobretudo na África. Foi processado por tramar o sequestro de Kissinger! Como eu poderia não me espelhar nele? Era nosso herói — logo, inteiramente heroico. Havia rompido fronteiras. Era um homem sem pátria, um amigo dos povos oprimidos do mundo.* Quando Ehsaan morreu, em 1999, depois de uma luta contra o câncer, Kofi Annan lhe pagou tributo no funeral.

---

* Eu queria intitular este livro de *O homem sem nação*. Candidatei-me a uma bolsa, mas fracassei: isso me fez considerar o título com desconfiança. Mas o título não era apropriado para um romance. Parecia mais adequado a um estudo de não ficção sobre um tipo de cosmopolitismo discrepante que se desenvolve como um antídoto para conflitos sectários e nacionalismo homicida. Por um breve momento, achei que o livro se chamaria *História do prazer*. Eu tomara a frase de um romance de Philip Roth em que o narrador tinha algo a dizer sobre si mesmo: *Mas eu era um garoto destemido, aos vinte e poucos anos. Mais ousado do que a maioria, especialmente para aquela época de desalento na história do prazer. Eu realmente fiz o que os artistas idiotas sonhavam. Quando comecei por conta própria no mundo, eu era, se assim posso dizer, uma espécie de prodígio sexual.* Prodígio sexual? *Meritíssimo, um artista da fome, mais provável.* O título proposto me subjugou com suas ironias, e por isso também foi abandonado.

Mas tudo isso ainda pertencia ao futuro. Mesmo as mortes imediatas no Iraque pareciam distantes. Dois dias depois de decretado o cessar-fogo, aviões do USS *Ranger* bombardearam e metralharam milhares de combatentes iraquianos que tentavam fugir. A estrada veio a se chamar A Estrada da Morte. Como aqueles homens morreram? Só muitos meses depois eu descobriria a resposta, quando se publicou uma fotografia de um soldado iraquiano queimado vivo enquanto tentava alcançar seu caminhão. Mas no dia em que encontrei Ehsaan pela primeira vez esse massacre ainda não tinha acontecido. O soldado iraquiano ainda se encontrava sentado numa cadeira do lado de fora da caserna, ouvindo música ou relatos empolgantes sobre os cavalos galopando ao redor da velha pista de corrida em Bagdá.

— Essa equação não é difícil de resolver, certo? Claramente, alguns garotos podem morrer para que a gente se sinta mais seguro. E a tragédia é dupla, pois não estaremos seguros... Olha só, estou com um estudante aqui esperando para falar comigo. Preciso ir. Mas se você tiver mais alguma pergunta sobre o que eu disse, me ligue. Estou aqui até as quatro.

Sem nada dizer, Ehsaan estendeu o braço e pegou o formulário amarelo que eu tinha na mão. Assinou rapidamente e recostou-se na cadeira.

— Onde você nasceu?

— Índia.

— Isso é óbvio. Em que lugar da Índia? Meu palpite é Uttar Pradesh.

— Na porta ao lado, senhor, em Bihar.

— Um irmão bihari. Eu nasci perto de Bodh Gaya.

Ele sorria quando disse isso. Eu também sorri, mas não queria confessar que já sabia muita coisa sobre ele. Havia um motivo para esse silêncio. Eu lera numa entrevista que, quando criança, Ehsaan havia testemunhado o assassinato do próprio pai. Isso aconteceu muitos anos antes de Ehsaan fugir para o Paquistão, viajando sozinho numa coluna de refugiados. Ele tinha apenas cinco anos e estava deitado na cama ao lado do pai quando o primo do pai e seus filhos chegaram armados com facas. O pai de Ehsaan sabia que iriam matá-lo, mas cobriu o corpo do filho com o seu próprio corpo. Não queria confessar que conhecia a tristeza no passado de Ehsaan. Naquela altura eu ainda não sabia que, à medida que as semanas se tornassem meses, e depois anos, os detalhes da vida de Ehsaan viriam a ser parte da minha vida e da vida da mulher que eu amava.

＝

Uma noite Jennifer telefonou perguntando se eu gostaria de patinar no gelo. Disse que poderíamos alugar os patins na pista de patinação. Em Patna, eu aprendera a andar de patins na estrada reta e plana, margeada por acácias-vermelhas, que levava à Casa do Governador. Patinar no gelo exigia um tipo diferente de movimento e controle. Segurei na mão de Jennifer por algumas voltas, seguindo suas instruções na tentativa de desenhar o número oito no gelo. Jennifer estava de gorro de lã, e eu também. Usávamos cachecóis. As mãos que estendíamos agora um para o outro estavam protegidas por luvas. Naquele mesmo instante, um grupo coeso de homens em trajes fluorescentes passou por nós voando como um bando de gansos. Fiz que ia persegui-los de um jeito exageradamente atrapalhado e, como era inevitável, me desequilibrei e caí. Eu ria, e Jennifer ria, e quando, com a ajuda dela, fiquei de pé outra vez, beijei, primeiro, sua bochecha, depois sua boca, pousando minha mão direita enluvada em sua nuca. Parecia o gesto mais natural do mundo, ainda assim aquilo me encheu de uma excitação intolerável. Patinamos mais um pouco no gelo duro, e enquanto deslizávamos em círculos cada vez mais largos sob o céu da noite cercados pelas luzes da cidade, uma euforia tomou conta de mim, e eu me sentia leve, flutuando entre as estrelas.

— Você está com pressa de voltar para casa? — Jennifer me perguntou, no metrô.

— Não, não tenho nada para fazer. — *O esforço que fiz, Meritíssimo, para não soar animado demais e até um pouco entediado.*

Quando provei o uísque no apartamento de Jennifer, imaginei que sua boca logo mais ofereceria o mesmo sabor à minha língua. Mas ela não me beijou. Na TV passava o *Saturday Night Live*, com Dana Carvey imitando o presidente Bush. Eu mantinha os olhos no televisor, até que, exausto de esperar alguma coisa acontecer, me estiquei no futon. Jennifer se aproximou de mim e, agachando-se, desafivelou meu cinto, sorrindo com olhos sonolentos. E me pôs na boca. Eu mal ousava olhar para baixo, para a cabeça dela, e muito menos para os lábios separados e a língua. Mal ousava olhar, sim, mas olhei, fascinado. Ela mantinha os olhos fechados. Mirei fixamente sua boca aberta e meu pau na sua mão. Será que ela podia sentir que eu olhava? Ergui a cabeça e reparei no livro novo de Geoffrey Wolff que eu tinha visto na livraria, na mesa de centro, e o copo de uísque ao lado; mais adiante, ao lado da porta, a mancha escura de neve derretida onde Jennifer largara as botas de couro. Por várias semanas eu havia me perguntado se faríamos sexo. Muitas vezes parecera possível, ao menos nas minhas fantasias, e outras vezes não. Agora estava acontecendo de verdade, e eu queria contar para alguém, mas não sabia para quem. Era nisso que eu pensava quando olhei de novo para a cabeça de Jennifer, seu cabelo dourado e brilhante, exceto por quatro ou cinco fios brancos, não contei, seu corpo bem perto de mim e ao mesmo tempo distante, afastado o bastante para permitir que eu compusesse um relatório excitado da frente de batalha. E então todos esses pensamentos perderam a importância.

Antes de partir da Índia, um dos meus amigos me fez prometer que, tão logo eu transasse com alguém, eu enviaria um cartão-postal dizendo *Comi a cereja*. Já na minha segunda semana no país enviei o cartão, como piada, rindo comigo mesmo. Agora eu lamentava não ter esperado.

====

Jennifer frequentava uma cooperativa perto da casa dela, onde comprava uma variedade de chás. Chá de hortelã, chá verde, e também chá preto com chocolate ou laranja-de-sangue, chá Sencha, mais austero, chá de canela, nauseante e intragável, e o Lapsang souchong, de sabor defumado, que se tornou um dos meus preferidos. Estava sempre me fazendo experimentar pratos que achava que eu gostaria. Pastas, milho com suco de limão e estragão, perna de carneiro assada sem os temperos que eu conhecia, e camarões levemente gratinados, servidos com cebolinha picada. Numa tarde, na cesta de plástico verde, acrescentou também um pacote de camisinhas. Reconheci a marca; Jennifer guardava um pacote semelhante debaixo do colchão, que ela acessava nos dias marcados com X no calendário da parede. Eu nunca tinha comprado camisinhas na vida. A funcionária do caixa nem olhou para a gente quando Jennifer passou um sabonete Kiss My Face, uma vela, os talos de aipo, um pepino, um frasco de molho de tomate, um pacote de ravióli e as camisinhas. No apartamento de Jennifer aprendi a apreciar os chás que vinham da Índia, da África do Sul e da Malásia; gostava de sentar na cadeira de balanço, que eu arrastava até um retângulo de luz do sol que incidia ali; passava as tardes lendo os livros da estante dela, escritores como Jean Genet e Angela Carter, com os quais eu nunca tinha me deparado. Ela tinha um gato preto, e também isso era novidade para mim — acariciar o gato no chão de madeira. Descobri que Jennifer tocava piano desde pequena e que nos fins de semana dava aulas para crianças. Jovens mães, que pareciam ter a mesma idade de Jennifer, traziam os filhos até o apartamento. Quando me viam, hesitavam na porta, as mãos descansando nervosamente nos ombros das crianças.

Os olhares curiosos daquelas mulheres paradas na porta me fizeram articular a pergunta para mim mesmo: Somos *um casal* agora? Era uma frase que eu incorporara recentemente; as palavras me pareciam estranhas. E o sentimento também. A verdade é que, até o fim do verão, embora não tivesse contado a ninguém da livraria que a gente andava saindo, todo mundo tinha notado. Muitas vezes eu perguntava onde Jennifer estava, ou que horas ela viria trabalhar. Jennifer não mudara em nada seu comportamento comigo — ou mudara de um jeito que só eu percebia. Isso me deixava contente; naquele momento, era tudo que eu queria, pois havia um desequilíbrio nas nossas histórias. Sentia que ela tinha vivido uma vida plena, e eu não; eu tinha acabado de começar a experimentar a vida, isto é, a vida sexual. Se eu estivesse vivendo em Patna, logo teria pensado em casamento. Mas não aqui. Aqui, apenas alguns meses depois da minha chegada, eu me via finalmente vivendo uma existência mais completa. Sabia que esse novo momento não podia ser compartilhado com aqueles que eu havia deixado para trás. Não conseguia me imaginar escrevendo e contando aos meus amigos em Delhi — os que havia poucos meses sentavam rindo e brincando comigo na residência universitária — que eu estava dormindo com Jennifer. Não podia contar nada que não implicasse uma forma de traição. E o inverso também era verdade. Havia algum modo de introduzir os meus amigos de Delhi nas minhas conversas com Jennifer sem transformá-los em hooligans obcecados por sexo? Rapazes de vinte anos babando por toda mulher e agindo feito os dois adolescentes que eu veria mais tarde na TV americana, Beavis e Butt-Head. Era mais fácil manter os mundos separados, mesmo que fazê-lo significasse enxergar a mim mesmo como alguém partido ou dividido. Já vinha percebendo meu afastamento em relação aos meus pais; o mundo deles agora parecia muito diferente do meu. Eu escrevia um número muito menor de cartas. Minhas aulas, tudo que eu estava aprendendo, constituíam minha nova realidade. Exceto por aquele dia em particular, quando, olhando-me no espelho, senti o puxão súbito da vertigem. Vi um futuro no qual Jennifer e eu éramos casados, vivendo talvez numa cidadezinha em Ohio, onde eu trabalharia como professor numa faculdade enquanto tentava escrever nos fins de semana. Nos feriados de família dirigiríamos até a casa dos pais dela, e todo ano alguém olharia para mim e repetiria o trocadilho sobre índios e indianos no almoço de Ação de Graças. Voltaríamos na manhã seguinte, a estrada se abrindo infinitamente para o futuro. Havia montanhas em Ohio? A cada respiração era como se eu me levantasse e despencasse. Então vi que o espelho se movia. O vento fazia o som de uma pipa tentando sair do chão. Quando olhei pela janela encardida do banheiro vi que as últimas folhas nas árvores do lado de fora estavam prestes a cair. Eu estava seguro ali no apartamento, não havia nenhum perigo imediato de qualquer espécie, mas me senti tomado por um sentimento que se enraizou naquele momento e que nunca mais me deixou, o sentimento de que, nesta terra que era o país de outra gente, eu não tinha um lugar onde ficar de pé.

====

Naquele semestre, duas ou mesmo três vezes por semana, eu ficava no apartamento de Jennifer. Preferia ir para lá a recebê-la no meu quartinho apertado. O apartamento dela era um espaço de dois cômodos, na forma de L, localizado em cima de uma farmácia da rua 148, no Harlem.*

Numa sexta de manhã, comigo lá, Jennifer desceu até a farmácia e comprou um teste de gravidez. Na noite anterior ela me telefonara pedindo que eu passasse a noite com ela. Não perguntei nada. Pensei que talvez o pai dela em Ohio, que em maio sofrera um pequeno derrame, tivesse piorado. Mas quando nos preparávamos para deitar ela disse sem firulas que estava com a menstruação atrasada. Senti vergonha. Aqui estava eu, parado do lado dela, pensando que logo mais iríamos trepar. E agora essa notícia. Eu não sabia o que dizer. Perguntei se ela tinha ido a um médico. Ela disse que não e apagou a luz. No escuro, procurei determinar quando ela poderia ter engravidado. Vi que durante a semana anterior o calendário na parede da cozinha tinha uma série de quadrados sem nenhum X. O que teria dado errado?

De manhã, acordei primeiro e fiz o café. Jennifer permaneceu na cama mais tempo do que o normal, talvez mais de uma hora. Quando levantou, abriu a porta da frente e disse que em um minuto estaria de volta.

Apareceu com um saco plástico azul na mão. Pela porta do banheiro entreaberta pude vê-la de relance sentada na privada. Depois ela fechou a porta.

Jennifer não me disse nada, mas escutei quando ela explicou no telefone que queria marcar uma consulta para confirmar uma gravidez. A menstruação estava atrasada, ela disse, há cinco dias.

---

* *Orgasmos de vinte anos atrás não deixam rastro*, escreveu Elizabeth Hardwick em *Noites insones*. Isso é realmente verdade? Estou pensando agora no dia ainda no ano passado, quando passei pela loja em cima da qual Jennifer morava. Era um dia frio de outono. A tinta verde pálida na parede de seu apartamento ainda era a mesma e parecia suja. A janela onde eu costumava sentar e ler livros tinha um ventilador branco colocado nela. Eu me perguntava quem habitava o apartamento agora. Pensei que poderia comprar algo na loja. Um grande cartaz manuscrito com bordas irregulares, de cor laranja, havia sido colado na porta da frente: NÃO TEMOS BANHEIRO.

Depois perguntou quanto tempo era preciso esperar para fazer um aborto. E quanto custaria a operação. Em resposta a uma pergunta da pessoa do outro lado da linha ela mencionou o nome do plano de saúde.

Quando desligou, ficou parada na janela, olhando a rua. Eu me aproximei e pus o braço ao redor dela.

— Se a gente dividir igualmente — ela disse—, vai custar cento e setenta e cinco para cada um. Você tem o dinheiro?

— Tenho — respondi. — Desculpa.

O rosto dela não parecia triste, mas vazio, como se não tivesse dormido nada na noite anterior. Provavelmente não tinha.

O plano de saúde da livraria possibilitava aos empregados acesso a três clínicas de aborto. Jennifer escolheu uma na rua 78. O nome do médico soava hispânico. A recepcionista disse a Jennifer que ela podia esperar mais alguns dias, mas Jennifer disse que não queria. A consulta foi marcada para segunda de manhã.

— Fique na sala de espera. Não quero que você entre comigo.

— Eles deixam outras pessoas entrarem?

— Não sei. Nunca fiz isso antes.

Achei que devia protestar, caso Jennifer estivesse dizendo aquilo apenas para me poupar. Mas me poupar do que exatamente? Eu não sabia, mas também senti que não podia perguntar. Ela estava fragilizada, talvez estivesse com raiva e me culpasse. Senti que devia demonstrar que eu tinha caráter suficiente para entender isso.

Uma caminhada de cinco minutos do metrô e já estávamos do lado de fora dos muros beges da clínica. O primeiro andar tinha três grandes janelas retangulares com espelhos falsos. Por um ou dois minutos, Jennifer remexeu na bolsa até retirar um cartão lá de dentro.

Passamos por um detector de metal e, tendo entrado, aguardamos em silêncio. Depois de uns vinte minutos, uma enfermeira chamou o nome de Jennifer, segurando a porta aberta para que ela passasse. Jennifer não se despediu de mim. Peguei uma *National Geographic* na pilha de revistas. Folheava as páginas, olhando fotos de crocodilos na Austrália, quando subitamente vi a bota vermelho-escura de Jennifer ao meu lado. Disse que eu podia acompanhá-la. Haveria uma consulta e exames de sangue e um ultrassom. Levaria muitas horas.

Tem certeza et cetera.

Depois disso, houve outra espera. Duas semanas? Só um ano depois comecei a escrever um diário, então não tenho nenhum registro comigo. No entanto, lembro da tarde em que fomos ao cinema na rua 58 Oeste. O filme era *Cyrano de Bergerac*, com Gérard Depardieu no papel principal. Teríamos de esperar quarenta minutos. Sugeri que a gente visse *Green Card*. Estava em cartaz no mesmo cinema e a sessão começaria em pouco tempo. Jennifer não quis. Disse que não suportava o sorriso da Andie Mac-Dowell. A irritação que senti foi súbita e inesperada — franzi as sobrancelhas, mas sugeri que a gente bebesse alguma coisa depois de comprar os bilhetes. *Nem é preciso dizer, Meritíssimo, que cinemas são espaços dramáticos. Liberam nossos instintos de performance. Histrionismos. Você vê cartazes com rostos em cores vívidas e imediatamente deseja se expressar e, se for o caso, ventilar.*

Do outro lado da rua ficava o Bar Ulysses. Um garçom baixinho, de avental branco e rabo de cavalo, anotou meu pedido — uma cerveja. Sem olhar para ele, Jennifer disse que não queria nada.

— Por que não bebe uma cerveja também? — perguntei, quando o garçom se retirou.

— Eu não quero.

— Pensei que quando concordamos em beber alguma coisa você ia beber também.

— Está tudo bem. Beba sua cerveja.

— Vou beber, mas acho que você não está me entendendo.

— Você pode dizer isso para si mesmo, claro. Mas não lembro de discutir o que cada um de nós queria.

O garçom trouxe a cerveja num copo de vidro fosco. Bebi a metade de uma só vez.

— Sabe — eu disse, com a voz pastosa, tendo pesado as implicações do que Jennifer dissera —, o conselho médico contra ingerir bebidas alcoólicas não se aplica a mulheres grávidas que vão abortar.

Era a coisa errada a dizer, e na mesma hora me arrependi. Um comentário estúpido e cruel, que justifiquei a mim mesmo dizendo que em nenhum momento eu tinha escondido o que queria. *Eu disse que queria uma cerveja. Mais importante ainda, quem é que tinha permanecido trancafiada em seu próprio silêncio desde que ficou sabendo da gravidez?* Mas Jennifer já tinha se levantado. Abriu a bolsa e pegou as chaves.

— Vou para casa. Você é um escroto. Não devia ter saído com você.

Não me levantei. Disse a mim mesmo que precisava pagar pela cerveja. O modo como Jennifer me dispensou me parecera tão final, tão completo, que não achei que devia acompanhá-la. Paguei e cruzei a rua. Estava escuro e silencioso no saguão do cinema. Absorvi o silêncio e o vazio. Um jovem com um grande visor azul sobre a testa se inclinava no balcão da pipoca. Sentindo que era errado ficar ali dentro, me apressei para a rua e procurei por Jennifer. Era improvável que ela tivesse se demorado por ali, então corri até a estação de metrô. Naquele dia Jennifer usava um casaco marrom apertado, e eu procurava avistá-la de costas. Não havia tanta gente na calçada, só um punhado de transeuntes e cachorrinhos. Uma mão segurando uma maleta se ergueu no ar chamando um táxi. Uma mulher vinha na minha direção, empurrando um carrinho com duas crianças gêmeas. Foi quando vi Jennifer. Esperava o sinal abrir, ou talvez o sinal já estivesse aberto e ela simplesmente não tinha se mexido ainda.

Quando me aproximei, chamei seu nome, e ela se virou, o rosto enrugado de chorar. Sem aviso, sentou no chão. Aquilo era tão insólito que a princípio achei que ela estivesse passando mal. Meu aparecimento tinha deflagrado alguma coisa nela, ou a enfraquecido, era impossível dizer. Ela chorava sem parar e as pessoas se viravam para olhar. Uma velha parou do nosso lado; era magra, esquelética até, usava óculos e me olhou com severidade. Inclinando-se, perguntou a Jennifer se ela estava bem. Jennifer respondeu, aos prantos: *Não estou bem, não estou bem.* Contudo, na mesma hora, segurou minha mão, e eu calmamente a ajudei a levantar. No meu coração o sentimento era de alívio, claro, mas também de amor. Enquanto caminhávamos rapidamente os dois quarteirões até o metrô, pus meu braço sobre os ombros de Jennifer e beijei seu cabelo.

Quando acordamos na manhã seguinte, Jennifer estava serena de novo.

— Cara — ela disse, a voz tensa, mas alegre. — Tem definitivamente alguma coisa acontecendo com os meus hormônios. Isso tem que acabar.

Era uma sexta-feira quando voltamos à clínica. Saí no meio da palestra de Ehsaan sobre o *Coração das trevas* para encontrar Jennifer na livraria às duas da tarde. Dessa vez ela estava de carro. Rompeu o silêncio para comentar que Jill, uma amiga que trabalhava no setor de identificação do campus, havia dito que ela devia ter marcado a consulta para o período da manhã. Não perguntei o porquê. Chegamos cinco minutos atrasados. Havia um homem parado do lado de fora, de cabeça baixa, em quem só reparei uma segunda vez porque, ao passar, Jennifer tomou o cuidado de se afastar dele. O homem rezava. Lá dentro, o mesmo guarda que tínhamos visto no outro dia, um negro de meia-idade, uniforme cinza, gordo, com óculos de aros dourados, conferiu o registro e disse que o nome de Jennifer não constava. Falou numa voz sonora, com modos oficiais, como se presidisse uma sessão no Congresso.

— Nas outras vezes falei com uma pessoa chamada Colleen — Jennifer disse.

Ele pegou o telefone e discou três números.

— Sim, estou com uma visitante aqui, Jennifer, que diz que tem uma consulta às duas e meia, mas o nome dela não está na lista... Não, entenda, eu não posso fazer meu trabalho corretamente se você não fizer o seu.

Ele olhou na nossa direção.

— Pode ir, senhorita. Por favor, entenda que mantemos essa lista para sua segurança. Tem que bater com o que está marcado lá dentro. Temos uma questão de segurança...

Jennifer não esperou que ele terminasse de falar.

Mais uma vez, fiquei na sala de espera. Imaginei que encontraria outros homens ali, mas as únicas pessoas além de mim eram duas mulheres de aspecto matronal, talvez pelos quarenta e poucos anos, sentadas juntas com sacolas no colo. Uma delas vestia um grande suéter vermelho; a outra, um casaco de um branco resplandecente. Eu lia um livro de Rachel Carson, mas, vez por outra, meu olhar vagava para a rua do lado de fora. O homem que rezava perto da porta não se movera. O que teria acontecido se ele tivesse dito alguma coisa para Jennifer? Ela era uma pessoa calma, mas religião era algo que lhe despertava o ódio.

Uma jovem apareceu sozinha — usava óculos escuros, equilibrava-se num salto alto e emprestou à sala um súbito ar levemente ilícito. Depois de um momento, parei de reparar nela e voltei para minha leitura. Mais de duas horas se passaram. Comecei a ficar preocupado sem saber por que Jennifer não aparecia. A mulher chamada Colleen tinha dito a Jennifer no telefone que a operação não demoraria muito. Eles fariam alguns testes, "meramente protocolares", e essa parte durava só alguns minutos. Segundo Colleen, a coisa toda acabaria em uma hora.

A porta para a área restrita se abriu, e apareceu uma moça acompanhada por um homem vestido numa camisa com estampa de camuflagem. Dirigiram-se às duas mulheres. Elas se levantaram e abraçaram o casal. Não ficou claro se a jovem havia se submetido a uma operação ou se tinha ido apenas para uma consulta. Parecia bem. Comecei a fingir que lia, ciente de que meu intestino se agitava. Pelo menos outra hora se passou. A porta se abriu, mas era só a enfermeira.

Voltei para minha leitura. A enfermeira se aproximou e falou comigo.

— Você está com a Jennifer?

O que tinha acontecido com ela? Quem deveria ser avisado em caso de emergência? Pessoas morriam durante o parto na Índia, eu tinha ouvido falar disso o tempo todo quando era criança. Há apenas dois anos, Smita Patil tinha morrido logo depois de dar à luz. Mas isso era um aborto, o que poderia ter dado errado?

O crachá da enfermeira dizia PAULA. Ela tinha por volta de quarenta anos.

— Jennifer quer que você entre.

A porta se abriu para um corredor estreito. Quando chegamos ao quarto, Paula deixou que eu entrasse sozinho. Jennifer estava deitada na cama, com um lençol que a cobria até a cintura. Tinha chorado e estava com os olhos vermelhos. Um biscoito intocado e um copo d'água descansavam na mesa de cabeceira. Quando perguntei se sentia muita dor, ela balançou a cabeça e, como se sentisse frio, puxou o lençol até o pescoço.

— Não quero que reboquem o carro. Pode colocar mais moedas no parquímetro?

Por que não pensei nisso antes?

— Sim, sim. Quer mais alguma coisa? Quer que eu traga um chá ou um suco? Por que demorou tanto?

Jennifer não dizia nada, por isso minhas perguntas eram tão apressadas e confusas. Saí às pressas, me antecipando à mulher árabe que entrava na clínica. Usava um *hijab*. Um homem magro com um bebê nos braços segurava a porta. Pedi desculpas e passei. Debaixo do limpador de para-brisa havia uma multa. Vinte e cinco dólares. Guardei na jaqueta, dizendo a mim mesmo que pagaria imediatamente e não diria nada a Jennifer. Com a mão ainda dentro do bolso da jaqueta, pensei em cozinhar arroz basmati e frango com coentro. Jennifer gostava. E faria um pouco de sopa de lentilha. Deixaria um pouco de vinho tinto por perto, caso ela quisesse. E tinha de levar flores. E lavar os lençóis caso manchassem de sangue. Os lençóis ficariam manchados de sangue? Eu não sabia a resposta, mas com certeza agiria com atenção e generosidade.

Naquele momento ainda não admiti o que eu já sabia: que nada que eu pudesse fazer seria adequado. Parecia que Jennifer descobrira algo sobre mim, uma descoberta a qual eu não tinha acesso. Era como se certa noite um policial tivesse visitado o apartamento quando eu não estava lá e tivesse feito algumas perguntas desconcertantes. E, ao fim da conversa, Jennifer se dirigira a uma gaveta no quarto e encontrara a evidência. Tudo o que faltava agora era que uma acusação viesse a público.

De noite coloquei um buquê de flores perto da janela do quarto — cravos brancos e vermelhos, algumas flores de áster e margaridas amarelas, um talo de pequenas rosas brancas. Depois trouxe o jantar com uma pequena taça de vinho na bandeja. Jennifer sentou na cama e olhou para mim

— Agradeço o que você está fazendo, mas eu realmente só queria ficar sozinha. Pode pegar essa garrafa de vinho e ir embora?

— Vou logo mais. Por que não come primeiro? Queria que você comesse alguma coisa.

— Não, desculpa... *Por que estou pedindo desculpas?* Eu quero ficar sozinha. Vá. Por favor.

Meu primeiro pensamento: Graças a Deus estou usando estas sandálias. Trouxe da Índia. Eram inapropriadas para a estação.

Mas agora se provavam úteis. Pelo menos não precisei aborrecê-la demorando a calçar os sapatos.

Ao cruzar a porta, me perguntei por que ela insistira para que eu levasse o vinho comigo. Mas logo vi que aquilo não tinha importância. Eu tinha falhado. E sabia que tinha falhado do modo como você sabe que falhou num sonho: você pode não saber a causa, mas a prova está disponível, o trem se aproxima, você escuta o rumor, e tudo o que há é um sentimento de vasta tristeza por não ter pernas e não poder agarrar e pôr em segurança o pequeno embrulho caído no meio dos trilhos.

Um homem estava sentado no último degrau da escada que levava ao apartamento de Jennifer. Quando abri a porta, não se mexeu. Tinha uma ferida grande num dos dedos da mão direita, que descansava num carrinho de compras repleto de sacos de lixo transbordando de farrapos. Fechei a porta com um tanto mais de força e segui pela rua pensando que precisava comer um pouco de arroz e frango ao curry. Levava a garrafa de vinho na mão. Comeria e beberia um pouco. Eu me dizia essas coisas, mas também sentia uma tristeza arrebatadora.

O mundo havia escurecido. Uma mão gigante no céu havia pintado a cidade ao meu redor com uma substância negra e suja. Dois quarteirões adiante, dei com uma porta aberta para um pequeno restaurante libanês no subsolo. Não havia nenhum outro cliente. Sentei num canto e pedi sopa de lentilha e pão. Sempre que o garçom sumia de vista, eu bebia um gole no gargalo da garrafa, de um jeito não muito agradável. A comida e o vinho sumiram em algum lugar vazio dentro de mim. Liguei para Jennifer no dia seguinte e nos vários dias que se seguiram, mas o telefone só chamava e chamava. Numa ocasião liguei para a livraria. God disse que Jennifer estava doente e que não voltaria antes do Natal. Ele sabia o que havia de errado com ela? Tinha ouvido que era pneumonia. Não podia ser verdade.

Uma semana depois, recebi um bilhete dela. Na primeira linha dizia que sentia muito, mas que não poderia voltar a falar comigo. Parei de ler na linha seguinte, que começava com *Todas as possibilidades nasceram mortas*. A linguagem me parecia carregada, a metáfora deliberada demais, e imprecisa, me arrastando para águas lamacentas de tanta miséria. Compreendia sua tristeza e sua decepção. Também sabia que não se tratava de nada que eu tivesse dito, mas de tudo que eu tinha deixado por dizer. Ela sabia que eu não a amava de modo profundo ou duradouro. Primeiro, me senti culpado, mas depois outro pensamento se apresentou. Nas semanas que se seguiram, comecei a repetir a mim mesmo que havíamos feito uma coisa boa quando nos aproximamos. Agarramos uma chance de felicidade. Parte de mim sempre achou que fui superficial e oportunista. Mas fomos felizes. Ela transformou alguma coisa em mim, e eu transformei alguma coisa nela. Essa parte do que aconteceu foi uma dádiva.

Só voltei a ver Jennifer um ano depois, no inverno seguinte. Eu estava com outra garota. Tínhamos nos encontrado para um lanche rápido no Ollie's, o restaurante chinês perto dos portões da universidade. Comemos um pato falso com pimenta acompanhado de arroz em tigelas fumegantes. Quando saímos para o frio, toquei o cotovelo da minha amiga. Eu ia dizer que queria ter bebido uma Tsingtao, mas fiquei em silêncio, pois tinha visto Jennifer. Eu conhecia o casaco que ela estava vestindo, e as luvas também. Nossos olhos se encontraram. Ela fez que não me viu, mas seu lábio superior se curvou sobre os dentes num desconforto tão grande que fui transportado para o quarto na clínica onde eu a vira deitada na cama coberta até o pescoço com o lençol. Virei o rosto e caminhei rapidamente na frente da minha nova amiga, que, mais tarde, quando se tornou minha namorada, nunca me perguntou nada sobre Jennifer, de modo que nunca discutimos o que havia acontecido entre nós.

Parte 2
Nina

Outro recorte no meu caderno de anotações para o romance. Dessa vez retirado de um ensaio de Abraham Verghese numa revista americana.

Sua voz assumiu um tom conspirador: "Ouvi dizer que, quando pousou no Kennedy, um dos nossos camaradas conheceu uma mulher linda — uma loira mortal — e o irmão dela na área de restituição de bagagens. Ela foi *muito, muito* amigável. Ofereceram-lhe uma carona num conversível branco. Levaram-no até o apartamento deles, e, então, sabe o que o irmão da loira fez? Puxou uma maldita de uma arma e disse: 'Coma minha irmã, ou eu mato você'. Consegue imaginar? Que país!'".

(Na citação de Verghese, eu me identificara com a fantasia, mas ao lê-la agora o que chama a minha atenção é a música daquele detalhe insistente, que nasce da ambiguidade: *muito, muito*.)

Sentados, bebíamos vinho em copos de plástico.

Ao descer as escadas do prédio onde morava, Ehsaan tropeçou e torceu o tornozelo. Andar se tornara difícil, então nosso seminário foi temporariamente transferido para sua casa. Os tópicos de discussão naquele dia eram questões de deslocamento e exílio, tendo por foco escritos de Edward Said ("Reflexões sobre o exílio"), Assia Djebar ("Não há exílio") e Anton Shammas ("Amérka, Amérka"). Uma das estudantes do seminário, Negin, que era iraniana e crescera em Los Angeles, disse que tinha gostado muito de Djebar. Não existe exílio para as mulheres. Quando as mulheres perdem seu país e vão viver em outro lugar, os costumes da velha pátria as seguem até lá. Não conseguem fugir. Sua mãe dissera à sua irmã mais velha, que estudava direito: Não vire uma puta. A mãe desejava um casamento no qual a família desempenhasse um papel. Mas a irmã resistia. Como uma das personagens de Djebar, repetia aos pais: Não vou casar.

Ehsaan sentara-se apoiando as pernas erguidas num banco. Virara-se para Negin, que contava sua história. Quando ela terminou, Ehsaan falou de sua mãe. Quando deixou o vilarejo onde nasceu, Irki, em 1947, acompanhando os refugiados que se deslocavam para o Paquistão, sua mãe permaneceu na Índia. O exílio dela foi diferente do exílio de Djebar. Ehsaan disse que sua mãe enxergava os que lutavam pelo Paquistão como reacionários insuficientemente anticoloniais. Aquele era um lado da questão. Por outro lado, diferente dos irmãos mais velhos de Ehsaan, que tinham planos esperançosos em relação ao que queriam fazer no novo país, a mãe deles se viu tendo de encarar uma tarefa mais simples. Aba, irmã de Ehsaan, adoecera. Tinha febre tifoide.

— Minha mãe decidiu cuidar da minha irmã, que não poderia fazer aquela árdua viagem.

— Quando você as viu de novo? — Negin perguntou.

— Não vi. Não minha irmã, ao menos. Ela morreu. Isso se deu dez, onze anos mais tarde. Nessa época encontrei minha mãe. Ela veio ao Paquistão por um breve período, depois voltou para a vila na Índia. Ela tinha gostado da vida por lá. Nós a trouxemos de volta porque ela adoeceu. Morreu no Paquistão.

Ele ficou em silêncio. Pensei na minha mãe em Patna. Ela esperava que eu voltasse quando recebesse meu diploma. Logo ela envelheceria também. E minha avó no vilarejo, a quem, no olho da mente, eu podia ver pondo duas ou três flores de hibisco vermelho no altar em seu quintal. O altar era uma pedra negra, não maior do que um punho, sobre um pedestal de cimento e tijolo de pouco mais de um metro de altura do qual se projetava um grande bambu com um *jhandi* vermelho no topo.* A breve oração da manhã era a primeira atividade da minha avó depois do banho, enrolada em um sári de algodão, os cabelos ainda molhados. Como aconteceu, eu nunca mais a veria de novo. No meu segundo Diwali na América, liguei para o telefone dos meus vizinhos em Patna, para falar com meus pais. Minha irmã atendeu e disse que nossos pais tinham ido ao vilarejo cuidar da minha avó, que estava muito doente.

— Ela perguntou por você. Foi o que a mãe disse.

— Por que você não foi?

— Eu acabei de voltar. Vou ter prova em três dias.

— Estão celebrando o Diwali?

---

* Espécie de bandeira ritualística presente na cultura hindu. (N. E.)

— Este ano, não. Sem fogos de artifício por aqui.

Minha irmã, mais velha do que eu, acabara de me dizer que minha avó tinha morrido. Esse pensamento evidente só me ocorreu depois que desliguei o telefone. Meu pensamento seguinte foi que minha irmã deve ter corrido aos prantos dos vizinhos até nossa casa. Quando imaginei isso, minhas próprias lágrimas chegaram. Antes de ir embora da Índia, minha avó brincara comigo dizendo que eu me casaria com uma mulher branca e me tornaria um *sahib*. Nunca voltaria. Mas vou trazer minha noiva branca para a Índia, eu disse a ela. Não, não faça isso, ela respondeu. Ela vai perguntar por que sua avó tem um nariz tão grande e achatado. É tão achatado quanto as costas de um percevejo.

Duas semanas depois chegou uma carta da minha mãe. Não era um aerograma, mas um envelope contendo uma fotografia do rosto da minha avó morta, com uma guirlanda branca ao redor da cabeça. Minha mãe escreveu que eu não devia me sentir mal, que minha avó se despedira pacificamente. Pedia-me que rezasse pela sua paz. Acenda um *agarbatti* e coloque perto da fotografia. *Pense bons pensamentos*, escreveu minha mãe.

A discussão na casa de Ehsaan naquele dia começou com a frase de Said que dizia *o exílio é estranhamente atraente enquanto reflexão, mas terrível como experiência*. Said era amigo de Ehsaan: todos nós sabíamos que os dois trabalharam juntos pelos direitos dos palestinos despossuídos. Mas a história que Ehsaan nos contara sobre sua mãe e sua irmã me fez imaginá-lo também como um exilado, sofrendo o que Said descrevera como *a tristeza paralisante do afastamento. Meritíssimo, perguntaram-me quando tudo começou. Quando comecei a me tornar a pessoa que sou hoje. Não sei se há uma resposta simples para essa questão. Contudo, talvez tenha sido a partir daquela sessão na casa de Ehsaan, quando, sob a influência das palavras de Said, passei a considerar tudo o que havia de heroico ou glorioso na vida de Ehsaan como simples tentativas de superar aquela grande tristeza.*

Para aquela aula lemos também um recente artigo de Anton Shammas, escritor palestino que cresceu em Israel. Ehsaan desejava saber se nos atraía a ideia de uma "pátria portátil" — as coisas que os migrantes carregam consigo. Eu me manifestei. Disse que achei muito comovente a história do homem palestino que trouxera para San Francisco pequenas plantas e sementes nativas da Cisjordânia. E, escondidos no pesado casaco escuro, os sete pássaros representativos da sua terra natal: *o duri, o hassoun, o sununu, o shahrur, o bulbul, o summan e o hudhud, parceiro de bate-papo do próprio rei Salomão.*

Já os nomes dos diferentes tipos de pássaros eram charmosos. Lendo a lista, pensei nos pássaros do meu próprio passado — e da canção do koel no verão.

Ehsaan sorria. Depois ergueu o copo de vinho e disse:

— Kailash, por favor, conte pra gente: quando partiu de casa recentemente, a caminho da América, o que trouxe com você?

— Pensei muito nisso enquanto lia o Shammas. Eu trouxe na mala uma cópia do *The Illustrated Weekly of India* com um ensaio fotográfico de Bihar. As fotos são em preto e branco. São imagens do lugar onde estão minhas raízes. É como as vejo.

— A revista com fotografias — Ehsaan disse. — Alguém no passado poderia ter trazido outra coisa, talvez a terra do país natal num jarro.

Ele olhou para os outros alunos.

— Eu trouxe fotos dos meus pais e do meu cachorro — Peter disse.

Os outros provavelmente haviam feito o mesmo, pois concordaram com a cabeça.

Quando ninguém mais ofereceu nenhuma resposta, Ehsaan contou que os palestinos que haviam deixado a terra natal e que nunca conseguiram regressar ainda conservavam as chaves das casas que foram obrigados a abandonar. As chaves agora eram inúteis, pois as fechaduras já não existiam. Mas aquelas chaves eram portais para a terra natal.

Deixei minha casa de forma deliberada; ainda assim, fiquei abismado com o quão pouco eu trouxera comigo. Era como se imaginasse que aqui descobriria um novo ser. Pensei no meu quarto na residência universitária. As paredes não tinham nada — havia uma janela, mas nenhuma fotografia —, e o próprio quarto exalava o cheiro dos lençóis sintéticos baratos que eu usava. Na cama havia um cobertor elétrico amarelo-limão. Em vez das fotos dos meus pais, trouxe na mala uma revista, meus diplomas e um ou dois certificados esmaecidos. Trouxe também algumas fitas cassete em frágeis estojos de plástico. Geeta Dutt, C. H. Atma, Mohammed Rafi, Hemant Kumar. No meu quarto, eu fazia as leituras das disciplinas deitado na cama, uma fita cassete tocando no rádio. Por muitos anos, não raro cheio de autopiedade, imaginava que Lata Mangeshkar cantava o hino de muitas pessoas como eu: *Tum na jaane kis jahan mein kho gaye…**

———

Certo dia, minha colega de classe Siobhan, que parecia ser ou ter sido secretária de todas as organizações estudantis progressistas do campus, informou que haveria uma aula aberta. No golfo Pérsico, a guerra era iminente. O presidente Bush enviara tropas para a Arábia Saudita, e de lá elas seguiriam para o Kuwait a fim de forçar a saída de Saddam. Um palestrante de cavanhaque do Departamento de Ciência Política falou por um bom tempo sobre o papel do petróleo na guerra. A invasão iraquiana no Kuwait havia, na verdade, beneficiado as empresas petrolíferas ocidentais. A elevação dos preços do petróleo tinha lhes garantido

———

* A voz de uma mulher se aproximando de você no silêncio da noite: *Você está perdido em algum mundo desconhecido/ e eu fiquei sozinha neste mundo apinhado de gente.*

lucros gigantescos. Isso era verdade não apenas para as empresas americanas, mas também para aquelas com bases em outros países, da Arábia Saudita à Venezuela. Só que Bush não poderia permitir que o Iraque determinasse os termos ou controlasse os preços do petróleo ao redor do mundo. Só nos últimos meses, a dependência dos Estados Unidos em relação ao petróleo do golfo quadruplicara; se entendêssemos isso, saberíamos por que as tropas americanas tinham sido enviadas ao Oriente Médio.

Quando o palestrante terminou, um grupo de estudantes começou a gritar: "Chega de sangue, chega de petróleo! Chega de sangue, chega de petróleo!". Outras pessoas empunhavam cartazes. Um deles dizia: UM BANHO DE SANGUE MAIS GENTIL, MAIS AMÁVEL.* Duas garotas seguravam as pontas de um lençol de cama onde haviam escrito com spray: GEORGE BUSH ESTÁ TENDO UM WARGASM.**

Em seguida, pediram à escritora Grace Paley, uma mulher baixinha, com um halo de cabelo prateado, que se dirigisse à plateia. Ela falou sobre um fuzileiro naval chamado Jeff Patterson, que, no último agosto, recusara-se a se juntar à sua unidade. Sentou na pista de voo no Havaí e negou-se a lutar numa guerra na qual ele não acreditava. Alistara-se no Corpo de Fuzileiros Navais para ter acesso à educação, mas o tempo que passara nas bases em Okinawa, na Coreia do Sul e nas Filipinas mudou sua visão. Ele era o primeiro entre as fileiras de soldados americanos a protestar; mais tarde, outros se juntariam a ele. Paley leu um comunicado de Patterson: "Como controlador de artilharia, apontei canhões para Oahu, fiz chover fósforo branco

---

* O cartaz mencionado pelo autor faz referência a um discurso de George Bush, no início de seu mandato, em que o ex-presidente americano prometia "*a kinder, gentler nation*" — "uma nação mais gentil, mais amável". (N.T.)

** Aqui o cartaz mencionado estabelece um trocadilho envolvendo os termos *war* e *orgasm* — guerra e orgasmo —, criando o neologismo intraduzível *wargasm*. (N.T.)

escaldante e toneladas de explosivos na grande ilha e disparei livremente contra Kahoolawe... Não posso me curvar mais". Antes de terminar, Paley disse que concordava com o que havia sido dito sobre o petróleo e a guerra. Mas a realidade era pior ainda, ela disse. Havia energias alternativas para tudo que constitui uma vida americana normal e confortável — televisão, ar-condicionado, luz, aquecimento, carros. Só havia uma empreitada que precisava de uma infusão colossal de energia na qual nenhuma alternativa ao petróleo funcionaria — essa empreitada era a guerra. Um tanque só pode andar cinco metros se consumir um galão de gasolina. Em suma, essa guerra era uma guerra para garantir que a América continuaria a promover guerras.

Depois foi a vez de Ehsaan. Siobhan o apresentou como seu professor preferido. Disse que recentemente ele passara um ano lecionando em Beirute. Ehsaan vestia um suéter marrom e uma camisa de gola alta preta, o cabelo grisalho bem aparado. Estava bonito. Sorriu e disse que, como era uma aula aberta, ele não perderia tempo fazendo piada sobre o vice-presidente Dan Quayle. Contudo, era preciso deixar claro que, em aventuras imperialistas, não são os filhos dos ricos que têm de suportar a maior parte das provações. Em outras palavras, devíamos notar que Quayle nunca se alistou para lutar no Vietnã; em vez disso, juntou-se à Guarda Nacional. Quase sessenta mil americanos morreram na Guerra do Vietnã, e, desse número, menos de cem eram membros da Guarda Nacional.

A despeito de seu histórico covarde, Quayle discursara no dia anterior em Nova York, a menos de três quilômetros de distância de onde estávamos, a favor de um ataque dos Estados Unidos. Ehsaan tinha algumas perguntas para Quayle: Quem lutará no seu exército? E no exército iraquiano, quem lutará? Quem morrerá? Depois dessas perguntas disse que, como Grace Paley, leria uma carta escrita por um soldado. A carta fora redigida por um sipai indiano, durante a Primeira Guerra Mundial, na região que hoje é o Iraque. O soldado lutava na Mesopotâmia pelo Exército britânico. Escrevera aos pais, em 1916, contando que uma parte da 7ª Brigada, na qual ele lutava, estava sob ataque, cercada de inimigos por todos os lados. *Houve tentativas de resgatá-los, mas sem sucesso. No dia 6 de março aconteceu uma batalha para libertá-los, com pesadas perdas do nosso lado. Alguns dos nossos homens estão na força sob ataque, vinte no total. Comeram seus cavalos e as mulas. Cada um tem um quarto de libra de farinha por dia. Queremos muito nos juntar às forças de resgate.* Tamanha precisão sobre a dor e o sofrimento dos camaradas lutando na guerra. Uma guerra, reparem, que nada tinha a ver com os destinos e as escolhas particulares daqueles soldados indianos. E a verdade completa é ainda mais insuportável.

Ehsaan ergueu a voz. Pelos registros feitos durante o cerco somos informados de que os oficiais britânicos se divertiam concebendo cardápios com carne de cavalo. Aprendemos também que *o devotado ordenança* do major Stewart *morreu enquanto voltava ao abrigo para almoçar seu filé de mula.* Não há necessidade de adivinhar a etnia do ordenança. Ele morreu porque Churchill adquirira para o governo britânico noventa por cento das ações numa corporação chamada Companhia de Petróleo Anglo-Persa. Era preciso controlar Basra; danem-se as vidas de milhares de soldados indianos. Se estamos realmente interessados em apoiar nossas tropas, que não por acaso são constituídas por um grande número de jovens desafortunados provenientes de grupos minoritários, se estamos de fato interessados em apoiar esses jovens homens e mulheres de cor, então vamos evitar colocá-los na linha de fogo para beneficiar um grupo de empresas petrolíferas e o governo que promove o interesse delas em toda parte.

Aplausos efusivos. Procurei Nina, mas ela não estava lá. Minhas mãos estavam frias, e me agradava a ideia de compartilhar um dos seus cigarros Dunhill. Mas em dez minutos começava minha aula de etnografia em Schermerhorn, então corri sem sequer cumprimentar Ehsaan.*

Nina e eu nos conhecemos naquele primeiro semestre, numa disciplina sobre cinema.** Ela tinha cabelo curto, grandes olhos castanhos e lábios impetuosos. Seus movimentos eram sedutores; o porte, pequeno e atlético: dançarina até o fim da adolescência. Mesmo quando não se movia, e só sentava no escuro assistindo aos filmes que nos eram exibidos na pequena sala, eu estava sempre atento aos contornos de suas feições. Em algumas ocasiões, em vez de assistir ao filme, eu estudava a luz refletida no seu rosto. Tínhamos conversado poucas vezes na sala e uma vez depois de

---

* Um destacado professor alemão que realizara sua pesquisa na Indonésia era o responsável pelo curso de etnografia. Também tinha interesse pelo sul da Ásia. Na semana anterior, ele havia exibido um breve documentário sobre um menino servo numa pequena cidade da Índia. O documentário era comovente. Durante minha infância, testemunhei por toda parte o abuso de crianças que trabalhavam nos lares ao meu redor. Mas a minha própria experiência com servos era um pouco diferente. Jeevan, um jovem de casta baixa da nossa vila, era o ajudante doméstico na minha casa quando eu era criança. Eu devia ter uns quatro anos quando Jeevan me conduziu até a porta do banheiro e me pediu para espiar lá dentro. Nunca tinha reparado na fenda que havia na madeira da porta. E agora eu via, como se num filme, minha tia solteira, a irmã mais nova do meu pai, debaixo do chuveiro. Lembro distintamente de ficar perplexo, e talvez embaraçado, ao ver o tufo de pelo debaixo de seu estômago. Como é que Jeevan sabia que eu não contaria nada aos meus pais? Essa pergunta só me ocorreu na adolescência. Esqueci essa cena por muitos anos e não recordo o que forçou o seu retorno. Antes de viajar para os Estados Unidos, encontrei Jeevan no vilarejo. Agora ele era agricultor, prematuramente envelhecido, cada parte de seu corpo encolhida, exceto as unhas dos dedões nos pés rachados e descalços. As solas dos pés tinham buracos, como se um pequeno parafuso tivesse sido inserido e em seguida retirado, repetindo-se o processo em outro ponto — buracos que Jeevan atribuía às horas que passara de pé, nas águas do arrozal. Fotografei seu pé e usei a imagem no meu primeiro livro, *Passport Photos* (Berkeley: University of California Press, 2000). ** Se o leitor numa pressa indiscriminada passou por cima da epígrafe extraída de Abraham Verghese na p. 58, esta seria uma boa ocasião para voltar a ela. Mesmo emoções fortes e genuínas podem ter início na mais pura fantasia. Nina era uma obra de fantasia, sim, mas também tinha muita personalidade, era passional e ousada.

uma festa na casa de Peter — eu me esforçando demais para ser inteligente e engraçado, e ela conseguindo sê-lo, sem trabalho algum.

Um dia, depois da exibição de *Um dia de cão*, de Sidney Lumet, encontrei Nina inclinada no bebedouro. Ela ergueu a cabeça, os lábios ainda molhados.

— Queria te perguntar uma coisa — eu disse.

Nina riu. Quer saber se sou fértil?

Embora risse ao dizer isso, sua expressão era calma e analítica. Eu também ri. Havia um bocado de nervosismo na minha risada, pois eu não sabia o que dizer.

— Não, só quero saber se você vai se matricular em Literatura Comparada 300 no próximo semestre.

— Vou, sim. Como eu poderia deixar de me inscrever num curso que aparece listado como CLIT 300?

Mais risos.

Na semana seguinte discutimos *O império dos sentidos*, de Nagisa Oshima, na aula de cinema. A professora era uma francesa baixinha cujos rosto e pescoço se cobriam de erupções caso você fizesse perguntas desconfortáveis.* Uma estudante

---

* Sou grato àquela professora pelo conselho bastante útil que ela me ofereceu mais tarde. Na época eu ignorava todas as convenções da redação acadêmica. Ao fim do semestre, depois de me dar um C, ela muito gentilmente me sugeriu que eu comprasse um manual de instruções. Muitos anos depois, quando eu era mais velho e mais sábio, ou pelo menos mais experiente, me deparei com uma paródia do manual de escrita de Strunk e White, composta por um duo chamado Baker e Hansen. Tive certeza de que os exemplos deles teriam me impressionado se eu tivesse lido na faculdade. Estes são os exemplos utilizados por eles para o que Strunk e White haviam oferecido sob a regra de "Omitir palavras desnecessárias":

Usado para obter prazer sexual. (errado)
Usado para o prazer sexual. (certo)

O pênis dele era do tipo deformado e não circuncidado. (errado)
O pênis dele era deformado e não circuncidado. (certo)

Ela tirou a roupa de modo apressado. (errado)
Ela tirou a roupa apressadamente. (certo)

italiana, que assistira recentemente a um filme sobre uma explosão nuclear no monte Fuji, estava apresentando uma complexa tese sobre o cinema japonês. Nina estava sentada ao meu lado. Lembrei do haicai sobre o cuco que Jennifer tinha me dado, e quis escrever um haicai. Mas não sobre o chamado solitário do cuco. Minha fascinação por Nina demandava uma expressão de amor mais arriscada. Passei-lhe um pedaço de papel, onde eu havia escrito:

Entre tuas coxas musgo úmido
chove sêmen
sobre o monte Fuji

Ela me surpreendeu pondo a ponta da língua para fora, como se lambesse um sorvete.

De repente, lá estava eu no supermercado comprando revistas tipo *Cosmopolitan*, caso houvesse matérias como AS DEZ COISAS MAIS SEXY QUE VOCÊ PODE DIZER NA CAMA ou SETENTA E SETE POSIÇÕES SEXUAIS. E o que aprendi? Que eu tinha de perguntar coisas do tipo *Tudo bem se a gente for mais devagar?*

Muito tempo atrás, numa tarde de inverno em Delhi, no começo da adolescência, vi *Tootsie* no cinema Chanakya. Dustin Hoffman, disfarçado de mulher, escuta a bela Jessica Lange se lamentar.

— Sabe o que eu queria? Que algum homem fosse honesto suficiente e viesse até mim e falasse: "Eu poderia dizer alguma frase grandiosa para você, mas a verdade mais simples é que acho você muito interessante e gostaria de fazer amor com você". Não seria um alívio?

Aquilo me deu alguma iluminação, mas não durou muito, pois, numa cena posterior, Hoffman, agora sem o disfarce, encontra Lange num coquetel e arrisca aquele exato discurso. Antes mesmo de terminar, ela joga uma taça de vinho na cara dele.

Uma pessoa melhor teria aprendido a se mover cautelosamente entre aqueles dois diálogos. Eu não. Eu oscilava de um extremo a outro. Daí minha fome por instrução. Quando conheci Nina comprei também *Romance para leigos*, da dra. Ruth. A dra. Ruth encorajava o leitor a se manifestar enquanto transava: *Embora você preserve o direito de permanecer calado, talvez seja bom falar um pouquinho antes do seu gesto final.* Ela dizia que você nunca sabe como vai reagir se nunca tentar. Quando gozei dentro de Nina pela primeira vez, encenei uma tola pantomima — não bem um grito de guerra, mas um punho erguido celebrando a invasão revolucionária das barricadas. Ela, por outro lado, permaneceu em silêncio, quase pensativa; mais tarde, contudo, estava afetuosa e sorria, o que anulou minha sensação de mau agouro. Mas cá estou eu me atropelando.

═══

Antes mesmo do meu rompimento com Jennifer, aconteceu o seguinte.

Na caixa de correio do meu departamento, pouco antes do Dia de Ação de Graças, apareceu um folheto vermelho anunciando uma festa na casa de Peter. Mostrei o folheto para Jennifer, que não se interessou.

> A todos os professores assistentes,
> Venham e aprendam a falar inglês assistindo a *Down By Law* (dir. Jim Jarmusch).
> Começamos às oito da noite. Rua 121 Oeste, 514, apto. 3B. Porta à esquerda. A campainha não funciona.
> Não deixem o gato fugir!
> Tragam sua própria bebida. 242-7311.
> Anfitrião: Peter Koerner.

Levei uma garrafa de vinho. No rótulo havia uma mulher pelada e o nome Cycles Gladiator. A mulher tinha o traseiro carnudo, e o cabelo longo, selvagem e ruivo, esvoaçava atrás dela, flutuando no ar, as mãos no guidão de uma bicicleta decorada com pequenas asinhas coloridas. Era bem ao gosto do Peter.

Maya, do Departamento de Relações Internacionais, já estava lá, com um ar de rainha de Awadh, um gato no colo. Sedas flutuantes e um animal sonolento com olhos de pérola. Reconheci outras pessoas. Jean está lá, o pós-graduando francês, faixa preta, que, segundo relatos, contava em voz alta (trezentos e quarenta e três... trezentos e quarenta e quatro... trezentos e quarenta e cinco) enquanto trepava. Essa informação tinha vindo do colega de apartamento de Jean, um irlandês que, por comparação, se descrevera como "um fodedor semissilencioso". Paulo, um dos antropólogos chilenos, era outro que eu conhecia. Estava lá na companhia de uma mulher que cultivava algo muito próximo de um bigode.

Abri o vinho que levei. Foi quando vi Nina sair do banheiro, ainda envolta num ar de privacidade. Uma corrente invisível, como um sopro de ar suspendendo uma pipa, entrou no meu corpo. Nina não era sequer professora assistente estrangeira — que surpresa adorável! Apressei-me na direção dela, mas ela achou que eu só queria usar o banheiro e me deu passagem, pressionando-se contra a parede. Sorrimos um para o outro, e eu segui. Lá dentro, estudei meu rosto no espelho. Cabelo preto cacheado de palha selvagem. Óculos de aros redondos que não conseguiam esconder as sobrancelhas grossas. O rosto que me olhava de volta no espelho não era feio, mas era, sem dúvida, comum. Não transmitia autoconfiança suficiente para que nenhuma mulher na sala ao lado olhasse para ele e pensasse que queria beijá-lo. Mais cedo eu estivera com Jennifer. Comemos comida tibetana barata. Mas as mulheres no apartamento de Peter, com quem eu me sentava nas aulas, ainda me eram estranhas.

Quando voltei, vi que Nina se sentara num sofazinho com Paulo. Posicionei-me no braço do sofá, ao lado de Paulo, em silêncio, pois Nina e ele estavam no meio de uma conversa sobre a música de Ornette Coleman. Outras pessoas na sala também conversavam e bebiam. Siobhan citou uma frase de um conto que lera na aula de literatura americana: *Vê-la na luz do sol era como ver a morte do marxismo.* Nunca tinha ouvido o nome do escritor. O que ele queria dizer? Siobhan zombava da política embutida em tal desejo, e as pessoas ao redor dela concordavam com a análise. Um deles, Marc, um poeta que sempre levava uma latinha de Altoids na mão, ajeitou o cabelo e disse: Essa linha de sexualidade é uma coisa perfeitamente datável. É um artefato da Guerra Fria! Contudo, eu tinha gostado da frase, embora não entendesse o que significava. Queria eu ter dito aquilo. Pela porta de vidro à esquerda reparei no pequeno grupo no pátio externo — outra característica da vida americana, onde você se retira para fumar ao ar livre. Dentro da sala, logo antes de colocar o filme, Peter foi até Maya e beijou sua bochecha. Maya acariciou o rosto de Peter, depois lhe abriu espaço no sofá. O gato pulou do colo dela. Por um instante ou um pouco mais, refleti sobre o que eu acabara de testemunhar. A afeição indisfarçada de Maya por Peter, e seu gesto simples e amoroso, na frente de todo mundo. Quando tinham se apaixonado? Aquilo me causou certo espanto, mas também me deixou com uma sensação de culpa: pensei em Jennifer e no que ela disse certa vez sobre eu nunca querer tocá-la em público. Mesmo se tivéssemos tornado público o nosso amor, eu não teria agido como Maya. Não teria encostado meu nariz no dela carinhosamente e sorrido um para o outro enquanto nossos amigos fingiam não perceber nada.

O filme era em preto e branco. Um italiano chamado Roberto vagava pela noite em New Orleans. Carregava uma caderneta e registrava diligentemente todas as expressões idiomáticas que ouvia. Acabava na Orleans Parish Prison, cada superfície no filme se iluminando com a luz dramática que eu reconhecia dos filmes indianos dos anos 1950 e 1960. Roberto tentava falar como americano, mas sempre embaralhava as frases.

— Jack, você tem fogo? — Isso era Roberto pedindo ao companheiro de cela um fósforo para acender o cigarro.

Sempre que eu ria, olhava para Nina, que assistia ao filme com uma expressão satisfeita. Roberto era encantador; matara um homem depois de uma altercação num jogo de cartas, mas insistia que era "uma boa maçã". E era! Mais tarde encontra um jeito de escapar da prisão. Na fuga, perde seu "livro de inglês", mas continua a entreter. Memorizara traduções de poetas americanos, Whitman e outros. Ouvi "The Road Not Taken", de Frost, em italiano.

Na fuga, Roberto encontrava o amor. Durante essas cenas eu às vezes pensava em Jennifer e às vezes em Nina. O filme me deixou sentimental, carente, e a sorte de Roberto me encorajou.

— Você vai a pé para casa? — perguntei a Nina quando ela estava indo embora.

As calçadas estavam escuras das folhas secas do outono. Um carro iluminado passou lentamente, música ecoando pelas janelas abertas. Nina disse alguma coisa sobre adorar Prince. Num falsete agudo, cantou *Cause nothing compares...* e apressou o passo. Corri atrás dela.

— Você tem fogo?

Nina entrou no jogo. Fingiu me oferecer um isqueiro, e eu fingi que sacudia um cigarro para fora do maço. Quando juntei as mãos ao redor da flama imaginária, suas mãos ficaram aninhadas entre as minhas. Tocá-la daquele jeito era excitante. Mesmo antes de chegar ao prédio dela, a cinco ou seis quarteirões do meu, comecei a me perguntar se algum dia eu beijaria aquelas mãos. As mãos, os braços macios. Os lábios. Ainda que não fizesse tanto frio na rua, meus dentes começaram a tremer de excitação.

Quando chegamos à rua dela, Nina parou na porta e perguntou: Quer entrar?

— Não — eu disse, um pouco apressado demais. A mão que ergui pela metade para me despedir quase queria alcançá-la. Voltei-me para a rua escura. Jennifer pode me telefonar, pensei. Hesitei por isso, em parte. O motivo principal é que eu era covarde. Fiquei desapontado por não ter coragem de dizer sim, mas também me senti secretamente exultante. O convite de Nina era um presságio para o futuro.

Uma semana antes do feriado de Natal, artigos teriam de ser submetidos para todas as disciplinas. Eu podia datilografá-los no meu próprio quarto ou usar os processadores de texto da biblioteca. Eu estava apenas começando a escrever artigos acadêmicos, e sentia que me sairia muito mal. Além disso, não sabia o que escrever para a disciplina de Ehsaan.* Perguntei-lhe sobre a carta que ele lera na aula aberta. Ele me indicou o título de um livro de um historiador britânico chamado David Omissi; no livro, encontrei outras cartas de soldados indianos que serviram na Primeira Guerra Mundial, a maior parte deles na França. Decidi que seria melhor se conseguisse entrelaçar meus comentários com excertos retirados das cartas de que eu gostava.

Fateh Mohamed escrevera na carta que enviou a Punjab: *O frio nos últimos cinco ou seis dias tem sido mais intenso do que havíamos experimentado nos dois invernos anteriores. Se você despeja*

---

* Lemos E. M. Forster, Joseph Conrad, Frantz Fanon, Patricia Limerick, Assia Djebar, C. L. R. James e outros. O parágrafo em que Ehsaan descrevia o programa do curso dizia: *Este curso enxerga a expansão do Ocidente nas Américas, na Ásia e na África como um acontecimento que moldou a história e a civilização mundial mais decisivamente do que qualquer outro fenômeno que não o capitalismo. Além de inquirir de modo geral o curso da expansão ocidental, nosso objetivo é explorar seu legado para o nosso tempo e para a civilização moderna. Nosso foco são, primeiramente, as perspectivas, culturas e costumes, os modos de ser e de fazer, a despeito de sua enorme variedade, que os encontros coloniais engendraram. Dada essa preocupação, o curso se baseará, principalmente, em narrativas históricas, literatura, crítica e cinema. Estudantes independentemente interessados são encorajados a pesquisar questões relacionadas à arte, área não contemplada oficialmente.*

água num recipiente, ela congela em dez minutos. Ao mesmo tempo, venta forte. Se a França não tivesse sido um país tão compassivo, a existência sob tais condições teria sido impossível. Pela bondade dessas pessoas [os franceses] esquecemos o frio. Eles próprios se abstêm de sentar junto à fogueira, insistindo para que a gente sente. Além disso, em vez de água, eles nos dão para beber o petit cidre, suco de maçã. De minha parte, fora das trincheiras, nunca bebi água.

De pronto me identifiquei com o que havia naquelas cartas: o desejo de relatar o que era novidade, mas também de exagerar, de tornar as coisas extraordinárias, de dizer que como carne todos os dias ou que me servem suco ou vinho.* Contudo, na maior parte das cartas, o páthos era a trama. Considere-se o grito presente na carta (menos uma carta do que uma única nota lamuriosa) que Muhammad Akbar Khan escreveu para sua casa: *Meu papagaio ainda está vivo ou morreu?*

Uma carta enviada a Peshawar — *Ao todo, fiz parte do Hodson's Horse por trinta e três anos. Durante uma viagem de comboio, quando duas pessoas se sentam lado a lado por apenas algumas horas, sente-se a ausência do outro ao desembarcar: como é grande a angústia que sinto quando penso em ter de me separar do regimento!* Que sentimento bonito! Quando li a carta desse velho soldado me vi pensando que essa vibração intensa de sentimento, a consciência que o remetente tinha da tristeza do vínculo, só poderia ter sido o resultado de uma longa experiência com a separação e a solidão.

---

* Havia tanta poesia enfática nas descrições da realidade cotidiana. Leia-se esta carta que Kala Khan escreveu para Iltaf Hussain em Patiala: *Você pergunta sobre o frio? No presente momento só posso dizer que a terra está branca, o céu está branco, as árvores estão brancas, estão brancas as pedras, a lama está branca, a água está branca, a saliva do sujeito congela-se num grumo branco sólido, a água está tão dura quanto pedra ou tijolo, e a água nos rios e canais é como espesso vidro laminado. Cada um de nós recebe dois pares de botas caras e resistentes. Temos óleo de baleia para esfregar nos pés, e como alimento nos oferecem ovelhas espanholas vivas.*

Às vezes, os soldados pareciam ter consciência de que as autoridades liam suas cartas. Enalteciam o rei britânico. Esforçavam-se para consolar seus entes queridos. Eram frequentemente cuidadosos no modo como expressavam a necessidade de produtos que poderiam usar para aparentar uma doença. Ou para se entorpecer. Mas também cometiam erros. Um soldado escreveu aos parentes dizendo que, da próxima vez que enviassem ópio para a França, dissessem apenas que era uma loção para a barba. A carta foi retida pelos censores.

Cartas como a de Tura Baz Khan me pareceram atípicas ou transgressivas, pois cheias de jactância sexual. Não soube o que pensar sobre elas. Mas outras cartas, também tocadas por sentimentos pessoais e sexuais, chamaram a minha atenção por outras razões. Uma das cartas que comentei em profundidade no meu artigo fora enviada por um soldado do 20º Regimento Deccan Horse, posicionado na França; não compreendi inteiramente a carta ou suas circunstâncias, mas fui atraído por sua silenciosa corrente subterrânea de tristeza e resignação. Era endereçada a um líder na vila do soldado em Punjab, e embora tratasse de uma questão íntima, a linguagem da carta era formal, quase abstrata. Para mim, era um exemplo de um escritor perdido nos confins do sofrimento.

Minha ideia é de que, já que agora faz quatro anos desde que estive em casa, minha esposa deve, se assim desejar, obter permissão para se ligar, de acordo com os ritos védicos, a algum outro homem, de forma que crianças possam nascer em minha casa. Se isso não for feito, a dignidade da família sofrerá. De fato, essa prática deve agora ser seguida no caso de todas as esposas cujos esposos têm estado ausentes por quatro anos ou mais. É permitida pelos ritos védicos, se as esposas se dispõem. Todos sabem que todo artigo cujo consumo cresce enquanto a produção para cessará de existir a certa altura.

Carta de Tura Baz Khan do 40º Pathans no entreposto de
Bolonha, na França: [*Ele havia anexado um cartão de cigarro
com* A duquesa de Gordon, *à maneira de Sir Joshua Reynolds.*]
*Esta é a mulher que conseguimos. Recorremos a ela. Estou enviando
isto* [o retrato dela] *e, se você gostar, diga-me, que a enviarei.
Conseguimos tudo o que queremos.* [*Carta apreendida.*]

Outras cartas eram fáceis de entender, mas difíceis de aceitar. Uma missiva breve e nada ambígua escrita por Kabul Singh dos 31º Lanceiros: *Asil Singh Jat e Harbans cometeram uma vileza. Violaram à força uma jovem francesa de dezenove anos. É caso de grande humilhação e arrependimento que o bom nome dos 31º Lanceiros tenha sido manchado dessa forma.*

Recebi o artigo de volta pelo correio em vez de encontrá-lo entre a correspondência do meu departamento. Em dois pontos nas margens do papel Ehsaan escrevera "Bom". Havia um parágrafo com comentários datilografados num bloco de notas grampeado na última página. Ehsaan considerou meu comentário sobre as cartas *um pouco magro*. Eu poderia ter considerado várias questões: Quais eram as regras em relação à deserção? Quanto os soldados ganhavam? Qual era a despesa do Exército durante a guerra? Quais eram os costumes e as leis em relação ao casamento? Qual era a punição em casos de estupro? Meus olhos deslizaram para a última linha do parágrafo. Eu escapara de severos danos corporais: tirei B.

Meritíssimo, mais uma vez, o desejo de explicar quem eu sou. Os relatos dos soldados me trazem à mente a história de um dos meus ancestrais pelo lado materno, Veer Kunwar Singh, que lutara não pelos ingleses, mas contra eles. Kunwar Singh já tinha oitenta anos de idade quando aderiu à revolta contra a Companhia das Índias Orientais, em 1857. Começou sua campanha preparando uma emboscada contra as forças britânicas perto do rio Son. Dois dias depois, sipais revoltosos saquearam o tesouro em Ara, bem próximo da casa onde, pouco mais de um século depois, Lotan Mamaji nasceu. Os sipais também assaltaram a cadeia e soltaram os prisioneiros. Os europeus locais, totalizando apenas dez indivíduos, refugiaram-se na casa do engenheiro da estrada de ferro, um homem chamado Boyle; fortificaram a porta com uma mesa de bilhar e sacos de areia. Da base militar em Bruxar, certo major Eyre conduziu tropas leais que ajudaram a libertar os homens escondidos na casa de Boyle. A artilharia de Eyre prevaleceu sobre o desorganizado exército de Kunwar Singh, mas o velho guerreiro escapou em seu cavalo. Seus sipais feridos foram executados na praça da cidade. Eyre foi à propriedade de Kunwar Singh e ordenou que os campos e as cabanas nos vilarejos ao redor fossem queimados. A casa de Singh também foi destruída, e o templo que ele construíra, vandalizado. Em setembro daquele ano, dois meses depois de Kunwar Singh dar início à campanha, os ingleses levaram sob custódia o envelhecido imperador Bahadur Shah Zafar, em Delhi, e o enviaram ao exílio em Burma. Mas Kunwar Singh persistiu. No curso de todo o ano que se seguiu, mesmo nos meses de monção, participou de batalhas e liderou ataques de guerrilha que se estenderam até quatrocentos e oitenta e dois quilômetros a oeste de Ara. Em abril de 1858 derrotou as forças britânicas em Azamgarh.

Quando o inimigo retomou a ofensiva, Kunwar Singh conduziu uma brilhante retirada de suas forças por mais de duzentos e quarenta e um quilômetros. A despeito do poder superior e

da liderança, testados na Guerra da Crimeia, os soldados ingleses não foram capazes de capturar Kunwar Singh. Ele morreria mais tarde em sua casa, com seu próprio pendão balançando no telhado. Mas o motivo pelo qual ele é lembrado até hoje é a história que se conta sobre sua travessia do Ganges em Shivpur Ghat. O incidente se deu em 21 de abril de 1858. Kunwar Singh estava num barco, guiando a retirada das tropas, que eram perseguidas pela infantaria britânica. Seu barco estava sob fogo da canhoneira Meghna, uma das três canhoneiras utilizadas ao longo do rio. Uma das embarcações dos rebeldes virou, e em seguida o barco no qual estava Kunwar Singh também foi atingido. Seu braço esquerdo foi estraçalhado por uma bala de canhão. A amputação era a única cura naqueles dias, e de acordo com a história que se repete até hoje, Kunwar Singh puxou a espada com a mão direita e, decepando o braço esquerdo, deixou-o cair como uma oferenda ao rio sagrado.

———

CLIT 300 se chamava Brecht e Seus Amigos. Durante aquele segundo semestre, via Nina em sala de aula duas vezes por semana. Tinha mais confiança no flerte, pois percebia que ela não me levava a sério — ainda que, agora que Jennifer e eu tínhamos nos separado, eu rezasse constantemente para que Nina me levasse, *sim*, a sério. Uma vez, entrei na sala e a encontrei sentada em um círculo de quatro ou cinco pessoas. Na mesma hora reparei que a roupa que ela vestia, um colete cinza-claro de seda crua por cima de uma camiseta de algodão sem mangas, havia sido feita na Índia. Ela provavelmente a adquirira em alguma loja tipo Bloomingdale's, mas podia muito bem ter sido um presente meu. Aproximando-me dela, experimentei o tecido do colete com a ponta dos dedos.

— Excelente. Dá pra ver que meu primo fez um bom trabalho no tear de madeira.

Não conferi se os outros haviam aprovado ou se desdenhavam completamente do comentário. As duas coisas, provavelmente. Tudo o que importava é que Nina sorria.

— Seu primo? O que perdeu o braço na guerra?

— O próprio. Por sinal, mês passado ele foi a Londres apresentar uma amostra da melhor seda à rainha no Festival da Índia. Uma forma de agradecer por ter reinado sobre nós.

— Bem, agradeço seu primo pelos dedos ágeis. Prefiro seu tear de madeira a todas as fábricas do norte da Inglaterra.

Meritíssimo, para os padrões de um tribunal de justiça, éramos grandes mentirosos. Mas como eram libertadoras aquelas mentiras! Como me davam prazer!

Ri do comentário dela. Eu não queria que a brincadeira acabasse.

— As fábricas estão fechadas agora, e ouço dizer que estão cheias de arrependimento.

— Sim, e é muito bem feito. Que aqueles ingleses de merda sofram de gota e sejam obrigados a pegar um pouco de ar fresco em Brighton.

Nina continuava sentada. Rindo, pus a palma da mão na sua nuca. Ela baixou a cabeça, como se eu tivesse acabado de anunciar que faria uma massagem. E foi o que fiz — com os polegares, tracei lentos círculos na base de seu crânio, meus olhos fixos no ponto onde seu cabelo era mais curto. Eu tinha plena consciência de que a conversa dentro da sala diminuíra, mas eu não pretendia parar. Quando Nina murmurou obrigado, juntei os dedos e dei uma escovadela nos ossinhos de sua nuca. Tinha um frescor a pele dela. Fui inundado por um sentimento de paz.

Essa foi a primeira vez que toquei em Nina. Pressionando meu corpo contra o encosto de cadeira dela, escondi minha ereção. Tentei respirar normalmente e me manter calado, mas o silêncio parecia carregar aquele momento de significado, e eu não ousei contribuir com aquilo. Desatei a tagarelar.

— Madame, não falo para me gabar, mas para esclarecer minha responsabilidade: venho de uma longa linhagem de massagistas místicos.

— Sua imensa dedicação é evidente, sr. Biswas.

O professor, David Lamb, entrou na sala. Silencioso, preciso, usava óculos que uma década mais tarde seriam conhecidos como "franzenescos". Lamb viu o que eu estava fazendo. Aposto que adoraria ir para a cama com Nina. Era algo que sem dúvida lhe ocorreria muito naturalmente. Os dois tinham tantas coisas em comum, a conversa fluiria sem necessidade de fingimento ou exagero. Sentariam num dos restaurantes mais afastados do centro, bebendo vinho com queijo e azeitonas, trocando piadas sobre uma performance que os dois teriam visto no Public Theater. Um dos dois sugeriria um jantar, e o outro concordaria de imediato. Quando a noite chegasse, em vez de complicar, só tornaria tudo mais simples. De manhã, Lamb pegaria os óculos estilosos do criado-mudo e olharia para ela sorrindo. Quando Nina se sentasse, ele diria alguma coisa engraçada, e ela se inclinaria e o beijaria bem na ponta daquele nariz imponente. Ele nos viu, minhas mãos na nuca dela, e não disse nada.

Retirando-me, fui sentar no único assento vazio, que ficava na frente de Nina. Se ela tinha consciência de que tínhamos nos envolvido num ato íntimo, não revelou. Nossos olhos não se encontraram durante o restante da aula. Semanas depois, a cabeça reclinada de Nina e seu pescoço desnudo me voltariam ao pensamento quando encontrei um livro chamado *A arte da massagem sensual* entre os sete ou oito livros empilhados no banheiro dela. Um círculo azul na capa anunciava MAIS DE UM MILHÃO DE CÓPIAS VENDIDAS. Mesmo hoje se entro numa loja de alimentos saudáveis, a visão de velas e frascos de óleo de amêndoa me trazem de volta a aura onírica e mal iluminada de membros se retesando e relaxando sob a pressão dos meus dedos. Tem um aroma em particular que reconheço facilmente nas narinas, vagamente floral, mesclado com algo mais quente e telúrico, que para mim é o aroma da antecipação, ou mais precisamente, a essência da promessa do sexo prestes a se cumprir.*

=====

Uma noite, estudantes entraram correndo na biblioteca da universidade, gritando e atirando sangue falso uns nos outros. O líquido vermelho respingou no chão e em alguns livros abertos nas mesas. Era uma encenação de um episódio da Guerra do Golfo. As coletivas de imprensa do general Schwarzkopf eram claramente assépticas demais. Na representação dos alunos, alguns "médicos" carregavam os "feridos e moribundos". O líder do grupo, Marc Rosenblum, disse que os estudantes da Universidade de Mosul, cuja cafeteria os Estados Unidos haviam bombardeado, "não tiveram a oportunidade de ficarem putos porque os livros deles foram danificados". Eu estava no meu quarto e perdi a coisa toda.

---

* O livro que mais nos divertia era o que garantia ajudar mulheres a atingir o orgasmo. Não era de Nina. Encontramos o livro num café em Gardiner, Montana. Hippies — pessoas brancas com dreadlocks no cabelo — eram os donos do café. O livro encontrava-se na estante ao lado de *Catch-22*, um guia da Antártida e, se lembro corretamente, uma cópia novinha em folha de *Meridiano de sangue*, além de vários outros romances cujas lombadas agora estão embaçadas na minha memória. Os livros estavam lá para clientes folhearem enquanto esperavam por seus sanduíches de abacate com queijo de cabra caseiro e brotos de alfafa. No livro sobre orgasmos, Nina encontrou uma passagem bem ao seu gosto e me mostrou. Puxei meu bloco de notas, como homens sensíveis de temperamento artístico devem fazer nessas ocasiões, mas então decidi simplesmente roubar o livro. Timing é importante durante a atividade sexual, notava o autor, citando o tipo de conhecimento antropológico que fascinava Nina: *em* A experiência feminina do masculino, *da dra. Sofie Lazarsfeld, somos lembrados de um costume popular na Turíngia. Lá um casal não se casará até que o rapaz e a moça tenham serrado um tronco juntos. Se o ritmo dos movimentos dos dois combinar, o casamento acontece, de outra forma, o compromisso é rompido.*

Também perdi um "beijaço" que Siobhan e suas amigas do ACT-UP tinham organizado no lugar de uma aula aberta. O evento foi noticiado no jornal do campus, *Daily Spectator*, com uma imagem algo óbvia de duas estudantes se beijando, enquanto, num pôster pairando ao fundo, o senador Jesse Helms olhava com desconfiança. Quase todos os dias as pessoas se juntavam nas escadarias da biblioteca para protestar contra a guerra. Várias vezes vi Nina entre os manifestantes. Eu chegava e fazia uma varredura na multidão procurando por uma boina e uma echarpe palestina, tons escuros e, muitas vezes, um cigarro na mão. Era Nina. Em sonho, eu caminhava até ela e lhe tascava um beijo. A gente trombava na sala dos professores assistentes, mas eu achava o clima da aglomeração pública mais convidativo. Nina me intimidava. A guerra era discutida em todo lugar. Tentei comparecer aos protestos, mas também tinha de lidar com as minhas disciplinas e as aulas que eu próprio ministrava. Era demais. Comia um lanche rápido no café no Pulitzer Hall e acompanhava pelos monitores as coletivas de imprensa dos militares. Perdi o programa na PBS em que Ehsaan e Said apareceram. Para completar, havia sempre a questão financeira. Se durante um mês em particular eu enviasse cem ou duzentos dólares para a família de Lotan Mamaji em Ara, ficava pressionado a viver frugalmente. Ao dormir, meus sonhos eram repletos de uma vaga ansiedade: de volta ao meu vilarejo, eu me inclinava sobre uma ponte tentando cuspir no rio abaixo, mas minha boca estava seca e nada saía. Na água transparente debaixo de mim, pequenos peixes nadavam.

Logo já não fazia tanto frio. A guerra acabou; os protestos não fizeram nenhuma diferença. O secretário de Defesa Dick Cheney disse na televisão que o exército iraquiano estava empreendendo "a Mãe de Todas as Retiradas". Do lado de fora da minha janela o cenário se transformara. A neve suja que passara o que me pareceram vários meses debaixo da lixeira e das caixas de correio derreteu. No corniso do parque os botões se abriram em lindas flores vermelhas. Eu já podia ver as tartarugas no lago verde. E havia os narcisos! *Meritíssimo, há algum imigrante da Índia ou da Jamaica ou do Quênia que não fique emocionado ao ver os primeiros narcisos da primavera? O cidadão de bem obrigado a memorizar o poema de Wordsworth sobre narcisos sem ter a menor ideia do aspecto daquelas flores pode celebrar a primavera com um tipo de alegria que os nativos nunca conhecerão. É dessa forma que descobrimos que chegamos aqui!*

Eu tinha acabado de almoçar e estava a caminho da biblioteca quando disse a mim mesmo que poderia ler mais tarde, quando anoitecesse, mas que agora, considerando o dia claro e ameno, eu devia talvez procurar algum amigo com quem beber uma cerveja. Larry provavelmente estaria na sala dos professores assistentes, trabalhando feito escravo num artigo sobre Bellow. Não seria difícil persuadi-lo a colocar seus óculos Ray-Ban e sentar ao sol no Max Caffé. Quando cheguei, vi que as luzes se encontravam apagadas, mas Nina estava lá, sentada à mesa dela, o rosto banhado pela luz branca da luminária. Um sapo verde pulou do meu peito e mergulhou na pequena poça de luz debaixo do queixo de Nina. Ou foi isso que senti. Meu coração se transformara num sapo e fugira do meu corpo. Pulsava agora sob o olhar de uma mulher que eu amava à distância.

— Camarada Nina!

Em resposta, aquele balançar de cabeça de quem acha graça. Uma mistura equilibrada de entusiasmo e indiferença.

— Camarada I.R. para você, meu querido. Estou tentando fazer meu imposto de renda.

Impostos! Com um floreio dramático extraí da minha mochila uma pasta amarela que vinha carregando havia uma semana: um formulário de prestação de contas, uma dúzia de recibos da livraria da universidade, os recibos do ônibus e do hotel da conferência sobre Rushdie em Buffalo. O medo que eu tinha de Nina me tornara ousado.

— Nina, eu imploro. Pare, por favor. Vamos fazer nossas declarações juntos.

— Por que eu faria uma coisa tão dolorosa com você?

— Camarada I.R., bebamos uma cerveja então. Mas façamos também nossas declarações. Eu não consigo decifrar esses formulários.

Concordando que lá fora estava um dia glorioso, Nina juntou a papelada e desligou a luminária. Por um momento, ficou parada, pensando. Um peixe suspenso sobre a água. Um suéter de malha fina azul pendia livremente dos seus ombros. Em seguida, num clique, alguma coisa se resolveu dentro da cabeça dela, e Nina correu para a porta, puro vigor e eficiência.

— Você está com todos os formulários?

— Não!

Paramos no correio do campus para pegar os formulários. Todas as cadeiras e sofás no Max Caffé acomodavam algum estudante de direito abastado. Nina decidiu, então, que poderíamos ir a uma pracinha perto do apartamento dela, onde buscamos um cobertor e um cooler. Uma breve caminhada morro acima e chegamos a uma pequena torre de pedra, construída para celebrar a morte de marinheiros no mar. Foi naquela primeira visita ou mais tarde que ela me contou que todas aquelas embarcações que haviam naufragado eram navios negreiros? Na placa, nenhuma menção às centenas de pessoas amontoadas nas escotilhas apertadas, homens, mulheres e crianças pequenas afogados com os grilhões ainda amarrados aos tornozelos e pescoço.

Nina estendeu o cobertor sobre a grama. No cooler que eu tinha carregado encontrei três garrafas de cerveja e, numa sacola de folha prateada, colheres e um pote de sorvete. Na distância, quase trezentos metros adiante, visível entre as árvores escuras ainda secas, ficava a estrada. Nina deitou de barriga no chão, caneta entre os dedos, as páginas do formulário 1040NR abertas na frente dela. Nome e endereço, ela disse, e sem esperar que eu respondesse, começou a escrever. Mas minha mente divagava.

Status de inscrição
Isenções
Rendimento anual bruto
Linha da coluna dela
Pernas
Ai, as pernas de Nina

Respondi às perguntas prontamente, quase sempre inventando as respostas. Como um advogado perspicaz, ela aceitava o que eu dizia.

— Não brinque com o estado — advertiu Nina. Olhava para mim, os óculos escuros escondendo os olhos. — Não quero ver você deportado.

Será que disse aquilo no sentido que eu queria? Mais tarde ela me confirmaria que sim, mas, aqui e em outras instâncias, mantive a mente aberta. *O único ponto digno de nota, Meritíssimo, é que foi a prática solene do dever fundamental do cidadão — pagar impostos — que nos aproximou.* Enquanto ela demonstrava sua destreza com os números, eu respirava o aroma da grama e me imaginava puxando a saia dela até a altura de suas pernas macias. Seus seios apertavam-se contra a terra. Eu queria cobri-los na concha das mãos, apertá-los suavemente, pacientemente, enquanto ela multiplicava em grande velocidade $1094,19 \times 6$.

Quando Nina concluiu os cálculos, descobrimos que cento e oitenta e sete dólares tinham de ser reembolsados para mim. Assinei meu nome no fim do formulário.

— Obrigado — eu disse. — Obrigado.

Ela prendeu os óculos no cabelo.

— O que você vai fazer com os seus dólares?

— Posso levar você para jantar?

Fomos ao La Cucaracha. No primeiro gole da minha margarita, uma doce calma desceu sobre mim. Dispensei toda a arrogância fingida, ainda que, para ser honesto, minha mente não estivesse totalmente livre de dúvidas. Contudo, eu já não estava preocupado. Havia pouca ansiedade. Na verdade, houve momentos em que tive certeza de que essa mulher, que ria e zombava de mim enquanto comia tortillas, estava esperando que eu a beijasse.

— Você está numa situação terrível num navio, digamos. Uma viagem de campo que deu terrivelmente errado. E o único modo de escapar é se você transar com um dos seus professores. A questão é: com quem você *não* transaria, tipo nunca, jamais, nem em um milhão de anos, nem mesmo para salvar sua própria vida?

— Bonnie Clark — respondi, depois de uma pausa.

— Essa foi fácil demais. Deixa eu mudar a pergunta: com quem você escolheria dormir, mesmo que estivesse fazendo isso só porque, caso contrário, os piratas que te capturaram te matariam?

Com você. Só você. Mas mais importante: será que o tempo pode parar? Quero que esse minuto dure para sempre.

— Eu não tenho medo da morte — respondi.

— Por que um cachorro não pode mentir um bocado? É porque ele é honesto demais ou dissimulado? Pobre Wittgenstein!

Eu não tinha lido Wittgenstein. Mas David Lamb, nosso professor de CLIT 300, lera Wittgenstein, e Hegel, e Kant, e Stanley Cavell. Uma vez, Lamb comentou numa festa que sempre que sofria de insônia lia Derrida: Não porque me põe para dormir, mas porque torna a insônia um prazer. Enquanto pensava em Lamb, uma lasca de gelo se alojou no meu coração. Minha confiança inicial refluiu, e me senti encalhado na praia, vendo o barco afastar-se lentamente. Meu pai cresceu numa choupana. Eu sabia no fundo do meu coração que eu estava mais próximo de uma família de camponeses do que de um casal de intelectuais sentados num restaurante em Nova York. Nosso jantar com fraldinha e camarões gigantes estava quase no fim, e como agora eu já não sabia por que estávamos rindo, um sentimento fatalista começou a se apoderar de mim. O instável coração humano, propenso ao desespero. Quão depressa o aborrecimento se estabelece.

Talvez Nina tenha reparado em alguma mudança.

— O.k., senhor das verdades, é hora de desembarcá-lo na sua cama.

Quando entramos no carro, ela disse que não devia ter bebido tanto. Fiquei aliviado quando ela seguiu em direção a minha casa, em vez de dobrar na rua dela. A tensão se aliviou. Agora que não tinha de ponderar se seria ou não convidado a subir ao apartamento dela, eu podia relaxar. Mas, para lidar com esse desapontamento, eu precisava de um cigarro.

— Sabe o que eu queria agora? — eu disse, animadamente.

— Um boquete?

Ri alto, e ela também.

Quando chegamos, Nina disse que precisava usar o banheiro. Ao ouvir o barulho da descarga, me dirigi ao fim do corredor, mas em vez de abrir a porta da frente, assim que ela se aproximou de mim, eu disse: Não vá.

Minha mão tocou sua bochecha.

— *Finalmente* — ela disse.

Fazia o gesto das aspas ao dizer isso. E não tinha acabado. Continuou: Meu Deus, será que a tinta já secou?

É difícil beijar uma pessoa que está rindo de você, então esperei um momento. Em seguida ela mesma pôs um dedo na minha boca e se inclinou com uma expressão séria no rosto. O choque suave dos lábios dela nos meus libertou um desejo furioso dentro de mim. O beijo foi longo, de pé, no corredor, as costas de Nina espremidas contra a parede.

Sou de uma terra de famintos, Meritíssimo, e ostento essa fome, essa ganância espantosa. Ávido por tocar cada parte dela, virei Nina de forma que suas costas se voltassem para mim. Ela ergueu os braços, espalmando as mãos na parede. Eu era um homem cego, com os peitos dela nas mãos. *Numa tarde em Delhi, Noni fora com Deepali, da Sociologia, a Surajkund. Voltaram tarde. O que ele mais gostava nela? Noni disse que os peitos de Deepali eram como* kabootars, *dois pombos macios se agitando sobressaltados entre seus dedos. Meritíssimo, esta é a verdade do meu sonho americano: possuir a vida de um sikh de Patiala.* Esse, pelo menos, era o sonho, até que eu conhecesse Nina e ela me levasse, quase diariamente, a outras vizinhanças. Durante minha adolescência, eu costumava escrever entradas cheias de culpa no meu diário. Nunca escrevi a palavra *masturbação*; anotava apenas que estive "me distraindo".* *Na adolescência, fui inocente mesmo em relação a coisas como um catálogo da Victoria's Secret. Nina, Meritíssimo, fez dessa autoconsciência uma coisa do passado. Nina, uma vez que nos tornamos amantes, me livrou da minha culpa.* Ela examinava as fotografias no catálogo e me perguntava que modelo eu gostaria de comer. Onde você quer fazer — no terraço de madeira visível no topo da foto, ou aqui mesmo, na areia da praia, onde ela afundou as unhas dos pés?

Durante toda aquela tarde, enquanto ela me ajudava com a declaração de imposto de renda, eu fitara as pernas de Nina, cruzadas sobre o cobertor de lã. Agora, agachado no corredor,

---

* Não era um sistema de registro muito sofisticado, eu sei. Ao contrário de Victor Hugo, que escondia suas muitas atividades sexuais de sua senhora de tantos anos, Juliette Drouet, adotando um sistema variado nas anotações. Aqui, James Salter sobre Hugo: *Junto com o nome ou as iniciais de uma mulher, ele podia marcar um N, que significava "nua"; outra coisa para "carícias"; suisses, para seios; e por aí vai, num tipo de ordem ascendente. Para tudo, o ato integral, ele escrevia* toda, tudo. *Quase todos os dias havia alguma anotação.* James Salter, *The Art of Fiction* (Charlottesville: University of Virginia Press, 2016).

ao lado da bicicleta que eu comprara por vinte dólares de um estudante de engenharia elétrica chinês, eu beijava a parte de trás dos seus joelhos. Beijava e lambia, enfiando minha língua onde mais pudesse. Ao tocá-la, eu tocava o mar, andava sobre a areia macia, provava o sal da minha ânsia infinita. Ouvi Nina suspirar quando deslizei minhas mãos por entre suas pernas. Então ela disse: Vamos pra sua cama.

Peço desculpas, Meritíssimo. Mesmo naquele momento eu quase podia ouvir minha mente repetindo clichês como "foi uma viagem tão longa". Eu pensava na longa espera pelo contato carnal com Nina, mas aquela frase — a frase era o título de um romance recém-lançado de um escritor de Mumbai que vivia em Toronto. Uma viagem tão longa. *Eu ouvira Maya usá-la depois de uma busca por samosas em diferentes lanchonetes, mas no livro o objetivo supostamente era encapsular a condição do imigrante. Eu sonhava em ser escritor, e mesmo enquanto me atrapalhava com o fecho do sutiã de Nina, procurava uma linguagem que expressasse minha experiência. E essa procura era parte do prazer do momento.* A viagem tinha sido não do corredor até a cama, mas desde a ânsia inicial até o momento da realização. Era isso que o sexo com Nina significava para mim: desejo agudo, e esforço, e bem quando o objetivo parecia ainda muito distante, sucesso. Essa dor que eu vinha nutrindo por tanto tempo, como se por uma vida inteira, chegou ao fim com Nina deitando-se nua sobre mim. Um par de coxas brancas se abrindo, pernas enlaçadas ao meu torso, e, logo em seguida, escancaradas. Sua cabeça se aproximava centímetro a centímetro da parede, e pondo minha mão protetoramente sobre seu cabelo, meti-me mais fundo dentro dela. Seus gemidos aos poucos se transformaram, entre meios suspiros, naquela frase que o artigo da *Cosmopolitan* havia dito que todo homem desejava ouvir: *Eu vou gozar.*

Parte 3
Laura e Francis

> umbrella made sense. I could really see
> him doing something like that." Walker
> is passionate about Hollinger's sculpture.
> "The first time I saw Steve's art work was
> the week I was getting married," she said.
> "I thought it was so amazing—so com-
> plex and sensitive and deep that I said to
> myself, If I meet this guy, I'm not going
> to get married!"
>   This was not the first time a Hollinger

Acho que o recorte* acima é de 2008. Não conheço
os indivíduos envolvidos, ou não me lembro.
Devo ter lido e aprovado enquanto comentário
inusitado sobre o encontro entre arte e desejo.
E mais isto: na mão de uma criança, num pedacinho de
papel destacado de uma folha: *Fato feliz: lontras dormem de
mãos dadas para não flutuarem para longe umas das outras.*

---

* No recorte, lê-se: "'… posso mesmo vê-lo fazendo algo assim.' Walker é apaixonada pela escultura de Hollinger. 'A primeira vez que vi a arte de Steven foi na semana em que eu me casaria', contou. 'Achei tão impressionante… tão complexa e sensível e profunda que eu disse a mim mesma: Se eu conhecer esse cara, não vou casar!'. Esta não foi a primeira vez que um Hollinger…". (N.T.)

Sr. Kissinger, você está preso.
Isso seria dito depois da sobremesa. Tudo estaria calmo. Nada fora do normal. Ehsaan acreditava que, porque eles eram acadêmicos, e tinham amigos em comum, poderiam ser convidados para um jantar no qual Kissinger também estaria presente. Nesses círculos as pessoas bebericavam conhaque. Ehsaan escolheria o momento de falar. Como era articulado, suas palavras chamavam a atenção. Ele se levantaria e faria o anúncio da prisão, dirigindo-se diretamente a Kissinger.

Em seguida Kissinger seria conduzido a um encontro com ativistas contrários à guerra. Seria questionado sobre suas políticas. Àquela altura a polícia já teria se lançado numa perseguição frenética. O acusado teria de ser transferido de esconderijo, e em um ou dois dias um comunicado seria emitido afirmando que ele fora preso por crimes de guerra. O objetivo era educar o público. Pôr a guerra de novo na primeira página dos jornais em vez das intermináveis histórias sobre o rompimento dos Beatles ou o suposto comportamento obsceno e lascivo de Jim Morrison. Eles seriam claros quanto aos seus propósitos. Kissinger seria solto quando o governo cessasse os ataques com aviões B-52 no Vietnã.

Encontravam-se numa casa emprestada em Weston, Connecticut. Uma casa branca de um único andar com um grande alpendre na frente, protegido por telas. Pertencia aos sogros de Ehsaan, que na ocasião estavam na Europa. Ehsaan cozinhara arroz *pulao* e frango ao curry. Todos bebiam *vin rosé* fresco e, quando o vinho acabou, gim e tônica. Daquele calmo entardecer, da luz do verão que se demorava, e do fluxo da conversa entre amigos, veio a ideia de dar voz de prisão a Kissinger.

Sr. Kissinger, você está preso. Essa declaração foi mencionada mais de uma vez no processo.

Ehsaan riu quando perguntei sobre o julgamento. Tantos anos haviam se passado. No entanto, ele ainda guardava um artigo violeta mimeografado, empalidecido pelo tempo, do *Bulletin of the Atomic Scentists*. Noam Chomsky lhe dera, ou talvez Howard Zinn, já não lembrava. Em algum momento durante o julgamento político de Kissinger um membro do grupo de Ehsaan informaria ao público americano que os bombardeios por B-52 haviam transformado os campos de arroz do Vietnã numa paisagem lunar. O campo estava inutilizado para qualquer tipo de plantação, salpicado de crateras, algumas se estendendo por quase treze metros, com nove metros de profundidade. Enfileiradas umas nas outras, essas crateras formariam um fosso de quarenta e oito mil quilômetros, uma distância maior do que a circunferência da Terra. Problemas médicos imprevistos agora atormentavam a população, que vivia enfiada debaixo da terra dia e noite. As crianças sofriam de um sem-número de doenças, inclusive raquitismo, pela falta de luz do sol.

Ehsaan contou que a ideia surgiu pela primeira vez numa manifestação contra a guerra na Igreja de São Gregório em Nova York. *Sim, Meritíssimo, americanos comuns comprometeram-se num plano para fazer valer a justiça, pois sentiam que seu governo agia de maneira ilegal.* Em qualquer grande aglomeração as pessoas simplesmente levantavam e diziam: Por meio deste decretamos voz de prisão e detemos tais e tais pessoas, dirigentes do governo. "Intimações" eram então "emitidas". Tudo era puramente simbólico e não envolvia nenhuma ação concreta. O objetivo era educar.

A ideia de prender Kissinger foi uma exacerbação na guerra contra a guerra, um passo à frente em relação a ações anteriores, como queimar registros de convocação ou despejar baldes de rejeitos humanos no gabinete de arquivos do Serviço Militar. Mas a ideia não prosperou, pois como você deteria alguém como Henry Kissinger sem se valer de alguma forma de coerção? Parecia implausível. Naquela noite, Ehsaan e seus convidados gastaram vinte minutos discutindo o plano, mas o abandonaram antes mesmo de o gelo derreter nos copos.

O caso é que, alguns meses depois, em novembro de 1970, quando discursava numa audiência do comitê orçamentário do Senado, J. Edgar Hoover mencionou essa conspiração, além de um plano para explodir os circuitos elétricos subterrâneos e os tubos de vapor responsáveis pelo abastecimento de Washington, D.C. Era tudo invenção, Ehsaan diria mais tarde. Junto com Ehsaan, os demais acusados por Hoover eram dois padres católicos e duas freiras ativas no movimento pela paz. Depois de tornar a acusação pública, Hoover colocou centenas dos seus agentes para investigar atividades contrárias à guerra. Pouco mais de um mês depois, agentes do FBI bateram de porta em porta intimando um monte de pessoas. Um julgamento foi agendado.

Após o pronunciamento de Hoover, Kissinger especulou que "freiras sofrendo de abstinência sexual" estariam por trás do complô para sequestrá-lo. O presidente Nixon deu carta branca, dizendo que deixaria o Departamento de Justiça conduzir a investigação de forma desimpedida. Ehsaan contou que ele e seu grupo telefonaram para William Kunstler. Depois de uma reunião apressada, o célebre jurista emitiu um comunicado em defesa deles: *O sr. Hoover é generoso demais. Nós não temos nem as instalações nem a equipe necessárias para conduzir uma empreitada desse tipo. Nem temos acesso a reservas de fundos, como o governo tem...* O propósito era instilar algum senso de realidade num cenário que a imaginação paranoica de Hoover tornara febril. Por isso mesmo o principal advogado de defesa, Ramsey Clark, no pronunciamento de abertura, no primeiro dia do julgamento, lembrou ao júri: Obviamente, sabemos que Henry Kissinger não foi sequestrado. Encontra-se vivo e seguro em Pequim.

O julgamento aconteceu em Harrisburg, nos primeiros três meses de 1972. *Meritíssimo, não teria havido processo, nem julgamento, não fosse uma carta escrita depois daquele encontro de verão em Weston, Connecticut. Uma carta de amor, nada menos. É nessa conjuntura que quero notar, de uma vez por todas, que o enredo da História avança pelas ações dos amantes. Ah, a sabedoria do amor. A superioridade do amor e suas muitas loucuras. Também quero acrescentar que esses detalhes seriam fielmente comunicados a Nina, mais tarde, quando nos apaixonamos. Penso que a descoberta desses detalhes fazia parte da excitação de estar apaixonado por ela. Entende aonde quero chegar, Meritíssimo? Imploro paciência ao tribunal.*

Àquele jantar conspiratório em Weston, Connecticut, na noite de 17 de agosto de 1970, esteve presente uma jovem chamada Laura Campbell. Laura começara a ensinar história da arte numa universidade católica em Nova York. Também era freira e estava apaixonando-se por um homem que se encontrava preso, para quem toda semana ela escrevia cartas. O homem era um padre que, como forma de protestar contra a guerra, vertera sangue nos registros de convocação do serviço militar. Depois do ato, esperou a polícia aparecer para prendê-lo.

O nome do padre era Francis Hull. Cumpria sentença de seis anos em Lewisburg, Pensilvânia, por atividades antiguerra; também participava do movimento pelos direitos civis e era crítico da postura isenta da Igreja nas comunidades negras. Dele pude examinar fotografias em preto e branco. Na juventude, Hull fora jogador de basquete, e mesmo aos cinquenta anos, parecia irradiar energia juvenil. O rosto era marcante; o sorriso, aberto. Numa das reportagens de jornal, uma citação acompanhava sua fotografia: *Minha fé é no Todo-Poderoso, que salvará nossas almas. Eu mesmo só estou tentando salvar a vida dos jovens negros no Vietnã.*

Padre Hull também tinha fé em um colega presidiário, Douglas Adams. Adams participava de um programa de dispensa para estudantes e, todos os dias, dirigia-se à Bucknell University. Uma vez no campus, entregava todas as cartas de Hull que conseguia contrabandear entre seus cadernos a uma bibliotecária chamada Mary. As cartas eram na maior parte para Campbell, mas também, eventualmente, para outros ativistas. Em troca, Mary entregava a Adams as cartas que recebia de Laura pelo correio. Nem Francis Hull nem Laura Campbell sabiam que Adams abria cuidadosamente cada carta e fazia uma fotocópia que ele levava de volta para a prisão numa pasta de plástico. Isso porque, depois de ter lido a primeira carta de Laura para Francis, e de ter feito a devida cópia, reportara-se ao FBI, tornando-se informante.

Antes do julgamento, Ehsaan nunca sequer pusera os olhos em Adams, que entrou no tribunal flanqueado por marechais do Exército americano. Era um homem atarracado metido numa camisa de cor lavanda, parado rigidamente no mar de limo verde que era o carpete do tribunal. Era a principal testemunha do governo. Não olhou para nenhum dos acusados. No depoimento, alegou que Ehsaan por duas vezes lhe telefonara numa lavanderia para tramar o sequestro de Kissinger. Ehsaan comunicou à imprensa que aquilo era "completamente falso". Adams, evidentemente, não possuía nenhuma qualidade que inspirasse o interesse ou a confiança de Ehsaan: servira por um breve período na Coreia, depois passara uma série de cheques sem fundos e roubara um carro. De volta aos Estados Unidos, tendo fugido de uma prisão militar, forjou cheques mais uma vez, em Las Vegas e Atlantic City. Numa conversa com um jornalista, seu próprio pai disse que o filho jamais falara a verdade uma vez na vida.

Ainda assim Adams era um sedutor. Em Bucknell, contou a uma jovem com quem travara amizade que por ser bastante ativo no movimento antiguerra provavelmente estaria sob monitoramento das autoridades. Alegara ser amigo íntimo de Francis Hull, nome cuja mera menção atiçava a curiosidade e a admiração das pessoas. Estava saindo com duas estudantes. Propôs casamento a uma delas, uma loura chamada Jane, que estava em dúvida. Para torná-la mais receptiva, Adams comprou uma passagem de ônibus para que Jane, pela primeira vez na vida, viajasse a Nova York, onde conheceria a irmã Laura, a quem abriria o coração. No caminho, Jane leu uma carta de Adams — segundo as instruções dele, ela só deveria retirá-la do envelope quando estivesse no ônibus. Tanto a saudação como as expressões que usou para se despedir, Adams tomara emprestadas do que lera nas cartas de Laura para Francis. Dizia que, se às vezes parecia adotar uma postura distante, era porque alguém próximo a ele o delatara ao FBI no passado. Na carta, contava a Jane que a pedira em casamento porque tinha câncer e queria que ela lhe concedesse seis meses de felicidade.

Façamos aqui uma breve pausa. O desprezo que Ehsaan e outros sentiram por Adams, aquele sentimento, levemente exagerado, também está no meu coração: numa memória que não é minha, vejo Adams adentrando o tribunal flanqueado pelos marechais armados pairando protetoramente acima dele, e espumo de raiva. Adams parece nervoso porque em todas as histórias que lemos os mentirosos olham ao redor com apreensão, ao mesmo tempo que se esquivam do olhar de todos os presentes. Ehsaan nem olha para ele, mas eu olho. Meu interesse por Adams beira a simpatia. Ele alegara que era íntimo de Hull, pois achava que as mulheres que desejava ficariam impressionadas; eu fiz a mesma coisa com Nina, mencionando meus encontros com Ehsaan. Adams roubou as palavras de Hull e Laura para usar nas cartas que escreveu para Jane. Eu não quero ser Adams, com sua camisa xadrez e seus óculos grandes demais, e também não quero suar como ele, mas sou ele. *Deixe-me explicar com um exemplo, Meritíssimo.* Na disciplina de Ehsaan do semestre passado li Stuart Hall, que nasceu na Jamaica e passou a maior parte da vida na Inglaterra, onde conquistou muitos admiradores como teórico cultural de enorme influência. Num ensaio, Hall dizia que pessoas como ele, que chegaram à Inglaterra nos anos 1950, estavam lá na verdade havia muitos séculos. Falava, naturalmente, da escravidão e das plantações de açúcar. *Eu sou o açúcar no fundo da xícara de chá inglês.** O que Hall dizia ali é que, simbolicamente, as pessoas das nações mais escuras tinham uma longa história no Ocidente. O símbolo da identidade inglesa era a xícara de chá, mas de onde vinha o chá? Não havia plantações de chá na Inglaterra. E não havia história da Inglaterra sem aquela outra história. Uma mensagem, enfim, poderosa e articulada daquele jeito inimitável típico de Hall. Pois bem: num poema que eu escreveria para Nina alguns meses depois, coloquei

---

* Stuart Hall, "Old and New Identities, Old and New Ethnicities". Cópia xerocada de um artigo datilografado enviado a Ehsaan por seu velho amigo Hall. O artigo foi publicado alguns meses depois em *Culture, Globalization and the World-System* (Nova York: Palgrave Macmillan, 1991, organizado por Anthony D. King). Ver pp. 48-9.

descaradamente como meu verso final: *Sou o açúcar no fundo do seu café, sou a cor na sua xícara de chá.* Fim da pausa.

Francis Hull e Laura Campbell se valiam de uma estratégia nas cartas. Tinham medo de que um dos guardas as descobrisse, caso checasse os cadernos onde Adams costumava escondê--las. Desse modo, sempre começavam as cartas como se estivessem preparando um artigo acadêmico. A carta que serviu de base para o processo, por exemplo, Laura Campbell intitulara: "Reflexões sobre o avanço tecnológico — no aniversário da chegada do homem à Lua". O primeiro parágrafo dizia:

> É possível reverter a tendência ao avanço tecnológico — a qualquer avanço? Parece que todos nós temos a inclinação (& em circunstâncias difíceis quase a necessidade) de olhar para o passado, quando a vida era melhor, e o ar era mais fresco, e, mesmo com suas dificuldades, as relações humanas eram mais fáceis e mais "bonitas". Confesso: eu faço isso muitas vezes. Mas parece claro que é impossível reverter tudo e voltar ao passado. Apesar dos perigos e das dificuldades, deve--se aplicar uma consciência moral ao aqui e ao agora e a tudo mais que isso implica, e comprometer a própria existência à construção de um futuro de esperança e vida. Mesmo sem saber o que se quer dizer com isso em termos de proximidade com nossos entes queridos, ainda tentamos dizer "sim", mesmo que, por vezes, de modo mais fraco.

O segundo parágrafo começava com as palavras: *Quais eram nossos pensamentos no ano passado quando o homem caminhou sobre a Lua pela primeira vez?* Essas palavras, contudo, eram seguidas por uma frase que mergulhava no elemento pessoal, registrando o prazer de Campbell com o último encontro dos dois. *A melhor parte foi ver você com o velho espírito de luta e saber em primeira mão que, para além do confinamento físico, eles não têm controle algum sobre você.* Em seguida, vinha o trecho que dera justificativa para que J. Edgar Hoover instaurasse a investigação:

Isto é confidencial e não deve ser registrado em papel, e eu gostaria que você não dissesse sequer uma palavra sobre isso para ninguém até que a gente tenha um entendimento mais claro. Comento isso com você por duas razões. Primeiro, obviamente, para saber o que você pensa sobre isso; segundo, para lhe garantir que as pessoas estão pensando seriamente em levar a resistência a outro patamar. Ontem Ehsaan nos recebeu em Connecticut. Ele esboçou um plano para uma ação que, digamos, demandaria mais seriedade — e nós discutimos os prós e os contras por várias horas. Demanda mais reflexão e uma seleção cuidadosa de equipe. Sequestrar — na nossa terminologia, dar ordem de prisão, direito nosso enquanto cidadãos — alguém como Henry Kissinger. Emitir uma série de demandas, i.e., cessação do uso de B-52 no Vietnã, Laos, Camboja, e soltura de prisioneiros. Mantê-lo preso por mais ou menos uma semana durante a qual mandachuvas de cepa liberal seriam trazidos até ele — também sequestrados, se necessário (e necessário seria, na maior parte) —, estabelecendo um tribunal ou grande júri a partir do qual um processo seria instaurado. Não temos a pretensão de que essas demandas sejam atendidas. Ele seria solto depois de tudo com a mensagem de que nós não somos violentos, ao contrário deles, que permitiriam de bom grado que um homem fosse morto — um dos deles — só para que pudessem continuar matando. Os liberais seriam soltos, e se divulgaria um vídeo de todos os procedimentos, no qual, com sorte, Kissinger se mostraria muito mais honesto do que se mostra em seu próprio território. O impacto de algo do tipo seria fenomenal.

Ehsaan costumava se aproximar e parar às minhas costas, lendo os arquivos por cima do meu ombro. Naquele semestre eu era seu assistente. Corria o ano de 1991, e eu fora designado para organizar os documentos no escritório de sua casa. Quando me viu lendo a carta da irmã Laura Campbell, ficou em silêncio por um momento e, então, inclinando-se sobre mim, sublinhou com a unha do polegar direito as palavras *não deve ser registrado em papel*. Riu um riso estridente e se virou para atender ao telefone. Sua voz chegava do quarto ao lado.

— Edward, como vai? Nós vamos discutir isso, mas primeiro preciso dizer: encontrei um queijo que vai lhe agradar...

Tratei de voltar aos papéis espalhados na minha frente.

De volta àqueles dias no fim do verão de 1970. Adams trouxe a carta de Francis Hull para a bibliotecária. Intitulava-se "O uso e a efetividade da terapia em grupo no sistema penal". Eis a frase de abertura: *Uma ênfase sobre os relacionamentos parece ter patrocinado uma tendência crescente da parte dos administradores penais no sentido de aproximar os detentos uns dos outros e dos membros da equipe carcerária.* Seguiam-se imediatamente algumas linhas sobre o quanto Hull apreciara a visita da irmã Laura: *a melhor parte da tarde foi sua pessoa radiante.* Então, como se conduzisse uma reunião numa audiência pública, lançou-se numa avaliação crítica do sequestro de Kissinger. Sua principal dúvida: *por que não o coordenar com a ação contra serviços do governo?* Hull deteve-se na questão da *propaganda efetiva a favor do movimento* por dois parágrafos. No fim, acrescentou: *Você me permite tecer um pequeno elogio, irmã? A grande diferença na minha atitude deve-se sobretudo às suas vindas. E quando essa odisseia acabar, aprenderei com você, recebendo a educação que resulta do casamento das mentes e das almas.*

Entre as nove pastas relacionadas ao processo em estudo havia um clipping de imprensa que descrevia Ehsaan como *um homem gentil e esbelto de quarenta anos, com modos excelentes e um sorriso atordoante.* A história principal era sobre a arrecadação de fundos para a defesa. Ehsaan recebera duas mil cartas de apoio e duas desfavoráveis. A carta mais comovente, dizia a reportagem, era a de um negro, veterano da Guerra do Vietnã e ex-aluno de Ehsaan, que o agradeceu por *ser gentil comigo e me tratar como um ser humano.* Esse veterano anexara um cheque de três mil dólares, todo o dinheiro que recebera pela dispensa do serviço militar — *porque agora que meu governo fez isso com você, você precisa de toda ajuda que conseguir.* Inicialmente, o veterano pretendia usar o dinheiro para dar entrada numa casa. Ehsaan devolveu o cheque, a reportagem informava, sugerindo que cem dólares seria *uma contribuição mais justa.*

Em outro clipping notava-se que um dos marechais presentes no tribunal se referira a Ehsaan como *aquele motorista de camelo.* No elevador, um dos cidadãos de Harrisburg disse ao repórter: *aquele paquistanês devia ser você-sabe-o-que por trazer mais problemas ao país.* Isso bem poderia ter provocado revolta ou indignação no meu coração pós-colonial, mas o que mais me despertou o interesse foi a seguinte descrição, presente em outra reportagem, feita dessa vez por um homem, no que se costuma chamar de *jornal de registro público: Irmã Laura usa minissaias frequentemente, e com suas longas pernas torneadas, sua compleição suave, o rosto oval e os olhos azuis amendoados, não aparenta seus trinta e dois anos de idade.* Quando li aquilo, pensei em Hull escrevendo para Campbell: *Você me permite um pequeno elogio, irmã?* E vi também Ehsaan no tribunal, próximo a uma enorme janela iluminada pelo sol — vi-o com o rosto moreno e bonito, e seu supracitado sorriso atordoante, esbanjando atenção e palavras para a tal freira de minissaia.

Ehsaan voltou do telefonema, e eu me voltei para a página cuja frase ele sublinhara com o dedo. Sua perna doía de novo; vi a careta que fez ao sentar. Eu tinha uma pergunta.

— Por que ela colocou tudo aquilo na carta?

— A primeira coisa que lhe ensinam como guerrilheiro na Argélia é o seguinte lema: *Quand tu es en prison, tu ne demandes que des oranges*. Quando você está na prisão, você não pede nada mais que laranjas... É preciso muita disciplina revolucionária para resistir à tentação de pedir mais.

Quando Ehsaan era jovem, isto é, na idade que eu mesmo tinha quando o conheci, ele fora à Tunísia como pós-graduando de Princeton realizar uma pesquisa relacionada ao doutorado. Na vizinha Argélia, a revolução estourara. Dizia-se que Ehsaan viajara para a Argélia e que tinha lutado na guerra contra os franceses. Era verdade? Ninguém sabia ao certo. Algumas pessoas mais tarde comentaram comigo que Ehsaan não era avesso à criação de mitos. Eu mesmo nunca tive a chance de lhe perguntar e, anos depois, sentado num restaurante numa noite chuvosa na Broadway, quando indaguei sua viúva, ela respondeu calmamente que não sabia. Apreciei a honestidade dela, especialmente quando a pressionei para que explicasse por que Ehsaan escolheu ficar nos Estados Unidos em vez de voltar para o Paquistão quando terminou os estudos. Ela riu e disse: "No Paquistão, as mulheres usavam o *hijab*. Aqui elas mostram as pernas". Mas, de volta àquele dia no escritório de Ehsaan, eu erguera o olhar da carta fotocopiada, escrita na caligrafia clara, inclinada à direita, de Laura Campbell.

— Deve ter sido terrível para os dois... Que as cartas fossem lidas em voz alta no tribunal.

— Sim, aquilo foi deplorável — Ehsaan disse. — Eles eram pessoas adoráveis, de grande dignidade. Durou horas. Eles não tiravam os olhos do chão.

O advogado de defesa contrainterrogara as testemunhas do governo e estava convencido de que Adams encerrara sua participação sem um pingo de credibilidade. Não era necessário estender aquela charada. As acusações eram absurdas. Ele simplesmente se levantou e disse: Estes réus vão sempre buscar a paz. Meritíssimo, a defesa encerra aqui. O júri votou por dez a dois a favor da absolvição. Nos meses que se seguiram, tanto Hull quanto Campbell abandonaram suas ordens religiosas. Casaram-se e abriram uma casa comunitária numa vizinhança negra em Baltimore.

— Eu fui ao casamento dos dois. — Ehsaan disse. — Agora eles têm dois filhos. Você devia visitá-los. Eles vão te receber bem.

— Durante o julgamento, eles devem ter se visto no tribunal todos os dias, não? Isso deve ter sido um alívio.

— Eles nunca esconderam a afeição no tribunal. Sempre se abraçavam quando entravam juntos. Algumas pessoas ficavam chocadas. Eu os admirava por isso... E é desse modo que se deve entender o que Laura fez na carta dela. Ela compartilhou um segredo com o homem que amava — só isso. Ele foi posto na solitária por causa de uma greve de fome que fez na prisão em Danbury. E ela quis oferecer um alento. Tenho que confessar, eles muitas vezes me deram a impressão de ingenuidade, mas eram também as pessoas mais honestas que conheci na vida.

Anos se passaram. É um dia quente de agosto, em 2009, e estou numa Starbucks, na New Jersey Turnpike, descansando. As pessoas vêm até aqui de bexiga cheia e tanque de gasolina vazio. No jornal que alguém deixou na mesa há uma menção a um padre que usou um alicate para abrir um buraco numa grade de ferro, subir no silo de um míssil nuclear Minuteman III e brandir uma faixa que protestava contra o uso de mísseis. Não é Francis Hull. Contudo, mais abaixo na reportagem há uma menção a Laura Campbell, e a frase *viúva de Francis Hull*. Então, tal como Ehsaan, Hull já se foi. Campbell deve estar com setenta e poucos agora. Eu ligo para o diretório de informações e, alguns minutos depois, estou pedindo permissão a Laura Campbell para visitá-la.

— Quer almoçar? — Essa é a pergunta simples e direta que ela me faz ao telefone.

Ela é alta, de cabelos grisalhos. Veste uma camiseta em que se lê MILICOS FORA DE TODOS OS CAMPI!. A calça jeans está salpicada de tinta. Situada ao lado de um cemitério, a pequena casa às suas costas serve como local de encontro para ativistas: às sextas, como hoje, eles distribuem comida e roupas pela manhã. Mas agora já passou do meio-dia; na mesa posta do lado de fora da casa estão espalhadas as sobras: uma jaqueta de algodão da estação passada, um suéter cor de mostarda, meias velhas cuidadosamente emparelhadas. No ponto mais distante, posso ver um vasilhame de sopa quase vazio e, ao lado, uma bandeja de alumínio com farelos de pão seco. Por toda parte ao nosso redor há sepulturas. Pergunto a Laura se seria possível me mostrar o túmulo de Hull antes de almoçarmos. Ela me apresenta primeiro a um burrico no estábulo. Acaricia o burrico, cujo nome é Vinnie, e alisa sua crina. Depois seguimos entre árvores de sassafrás procurando por suas três cabras de estimação. Entre os milhares de trabalhadores irlandeses mortos, desde o século XIX, muitos deles, imigrantes recém-chegados, plantaram-se bordos e nogueiras. E também elmos e carvalhos. As cabras têm como companheira e protetora uma lhama alta chamada Paz. Eu afago as cabras e tento fazer o mesmo com a lhama, mas irmã Laura me impede.

— Elas não estão acostumadas ao toque. A língua delas não se distende, então elas nunca foram lambidas pelas mães. Mas são muito sensíveis, muito inteligentes, isso, sim.

Uma grande lápide negra de mármore com uma cruz celta marca o local de descanso de Francis Hull. Laura corre lentamente a mão pelo topo da pedra. É um gesto de ternura. Ela aponta as figueiras e ameixeiras ao lado, e os pés de alface e as fileiras de cenouras. Quando entramos e sentamos para almoçar, ela segura minha mão enquanto fecha os olhos e reza. A refeição é simples: pasta, frios, salada. No carro, eu pensara em lhe fazer perguntas sobre Ehsaan e Francis Hull, mas percebo que estou feliz em simplesmente estar na companhia dela. Ainda assim, pergunto.

— Todas as notícias que li sobre o processo mencionam sua beleza e seu amor pelo padre Hull. Aquele amor era parte do que você via como revolução?

Senti-me um tanto impudico perguntando aquilo, mas ela não hesitou.

— Você deseja que o que é bom na sua vida também possa ser apreciado pelos outros.

Meritíssimo, estes réus vão sempre buscar o amor.

=====

A vida chega a você através de imagens. Todos os dias, neste verão, as fotografias nos jornais exibem refugiados que arriscam a vida em alto-mar, numa aposta para escapar de suas cidades bombardeadas. Pais com salva-vidas abraçando seus filhos, mulheres com bebês apertados contra o peito. Não está claro qual será a resposta do presidente Obama à crise, mas a Alemanha abriu as portas aos recém-chegados. No Twitter, os refugiados da guerra competem pela minha atenção com imagens de refeições degustadas por conhecidos em restaurantes, seus animais de estimação, ou entardeceres espetaculares vistos durante os feriados na praia. Presto atenção no que me chega da Índia. Outro dia alguém me enviou uma fotografia de um riquixá verde-amarelo movido a gás natural em Delhi. No toldo amarelo da traseira do veículo, as palavras *asli jat* em híndi. Até aí tudo bem. Mas debaixo das palavras em híndi, havia estas em inglês:

NINGUÉM PERMANECE VIRGEM
A VIDA FODE TODO MUNDO

Quando eu era criança na Índia, os cartazes em inglês no transporte público eram variações de O.K., TATA, BUZINE POR FAVOR, USE CAMISINHA À NOITE. Quando é que os motoristas de riquixá a gás de Delhi tornaram-se parte do exército falante de inglês de Lord Macaulay, distribuindo máximas sobre como todo mundo se fode na vida? Justo essa palavra em particular — *fuck* —, curta e dominada por consoantes, e ainda assim maleável e aberta a uma variedade de inflexões. Mais tarde contarei a história de uma descoberta que fiz — um sermão inteiro de um guru indiano sobre essa palavra.

NOITES ÀS 19H

SEG:	ALCOÓLICOS ANÔNIMOS
TER:	ABUSO FAMILIAR
QUA:	DISTÚRBIOS ALIMENTARES
QUI:	DIGA NÃO ÀS DROGAS
SEX:	VIGÍLIA CONTRA O SUICÍDIO ADOLESCENTE
SÁB:	SOPA COMUNITÁRIA
DOM:	SERMÃO ÀS 9H "O FUTURO JUBILOSO DA AMÉRICA"

Afixei esse cartão à porta do gabinete dos professores assistentes do Departamento de Língua Inglesa.* O cartão exibia uma tabela de avisos do tipo que você via em escolas e igrejas, com letras de plástico branco inseridas em buracos na tabela preta.

---

* Quase todos os estudantes de pós-graduação no departamento eram professores assistentes: nossas mensalidades diminuíam por estarmos mais do que dispostos a servir no exército da academia como recrutas — recrutas ansiosos, frequentemente excêntricos, talvez sobrequalificados, certamente mal pagos, e em todo caso sem lugar no mercado de trabalho. Como muitos outros antes de mim nos últimos cento e cinquenta anos, eu não poderia ter saído da Índia sem essa disposição da minha parte para trabalhar sob um regime de servidão.

(O prazer de abraçar estereótipos superficiais! Eu era um estrangeiro. Ainda sou, mais de vinte anos depois.) Uma seta desenhada no cartão com uma caneta hidrográfica apontava para *QUI. Horário de atendimento: 16h-18h*, com o meu nome ao lado.

O gabinete era utilizado por seis de nós. Na mesma sala ficava a mesa de Nina. E também as dos outros professores assistentes: Pushkin Krishnagrahi, Ricardo Morales e Larry Blofeld. Mais perto da minha mesa ficava a do meu amigo Peter, cujo aviso contendo seu horário de atendimento (*Koerner: Qui. 13h-14h ou sob agendamento*) ficava perto do meu cartão. Em parte por solidariedade e em parte para me provocar Peter afixara uma cópia de uma foto que também mostrava um cartaz do lado de fora de uma igreja:

FICAR NA CAMA

GRITANDO Ó MEU DEUS

NÃO CONSTITUI

FREQUENTAR A IGREJA

Sobre a minha própria mesa, eu bem poderia ter posto uma foto do Taj Mahal. Isso certamente era verdade nos primeiros dias, quando eu não teria hesitado em destacar furtivamente de qualquer revista da biblioteca uma propaganda da Air India. Que fique claramente registrado, contudo, que a primeira coisa que arranquei foi uma reprodução na *Atlantic* de um quadro do começo da carreira de Picasso. *Meritíssimo, Picasso o pintara depois de fazer amor pela primeira vez. As costas morenas de um homem magro afundavam na carne de uma mulher formosa de coxas cômodas. O que chamara a minha atenção era o braço esbelto e lânguido da mulher, com o cotovelo levantado, mantendo Picasso no lugar certo.* Depois, quando comecei a ler autores que eu não tinha lido na Índia, foi a foto deles que colei no lugar da tabela da igreja. Brecht, Baldwin. Isso ainda durante meu primeiro ano na América. Um dia encontrei um postal no Greenwich Village com a imagem de um grafite num muro. Onde aquela fotografia fora tirada? Não havia indicação. Citava um diálogo entre um repórter e Mahatma Gandhi:

— Gandhi, o que o senhor acha da civilização ocidental?
— Acho que seria uma ótima ideia.

Esse novo postal ganhou um lugar de honra na parede: quando um estudante vinha falar comigo, ele ou ela podiam olhar por cima da minha cabeça e ler o cartão. Era como um pensamento numa bolha imaginária, um comentário espirituoso que eu queria adotar como minha fala no palco, minha versão pessoal do *Ser ou não ser* ou do *Amigos, romanos, compatriotas*. Mas, então, um dia, um folheto apareceu na minha caixa de correio. As palavras de abertura eram *Se Deus está morto, então você perde a palavra mais importante na sua língua. E você precisa de um substituto. Em vez de Deus, Foder se tornou a palavra mais importante em nossa língua*. Era o trecho de um discurso de Osho, também conhecido como Bhagwan Rajneesh. Todo tipo de folheto, panfleto e anúncios eram postos em nossas caixas de correio todos os dias. A diferença é que um indiano tinha escrito aquelas palavras. Logo, eu as tratei como se fossem minhas. Fiz cópias para todos os meus amigos e colegas de gabinete. No dia seguinte, ou no dia depois, havia uma fita na minha caixa de correio. Tanto o folheto quanto a fita vieram de um pós-graduando de Bengali, Biman, que em geral mantinha-se ocupado trabalhando em sua tese sobre a obra de Naguib Mahfouz. Escutei a fita com grande interesse. Osho falava com aquilo que se chama por aqui de sotaque carregado. Para mim, a voz dele era como as vozes dos meus parentes e amigos, mesmo a palavra *inglês* pronunciada com um silvo sibilante ao final. A palestra toda de Osho era uma investigação sobre a palavra *fuck*.

A fala do guru era repetidamente interrompida por risadas do público americano. Aquilo me encheu de euforia. Ignorei a superficialidade terrível. Um indiano dissertava sobre a língua inglesa, oferecendo um sermão que vinha de baixo, um discurso profano sobre como o sexo era a nova divindade, e todas aquelas pessoas brancas estavam amando!

Que foda, fomos aceitos!

— Primeiro, ao acordar, se você repete o mantra *Foda-se* cinco vezes, você também limpa sua garganta.

Isso era Osho falando. Pus a fita para rodar no som portátil do gabinete.

Osho começou como professor numa pequena cidade em Madhya Pradesh, depois se tornou guru internacional. As pessoas desistiam de suas vidas, e de suas propriedades, e afluíam ao seu *ashram* em Pune. Eu ouvira dizer que Osho incitava as pessoas a libertarem suas mentes e que orgias inevitavelmente aconteciam no *ashram*. Em algum momento nos anos 1980 ele transferiu-se para Oregon. Meu pai tinha um amigo de faculdade, um psicólogo de Chapra, que lera os livros de Osho e queria segui-lo para a América. Uma noite, quando eu era adolescente, esse homem apareceu na nossa casa em Patna vestido num *kurta* cor de açafrão. Pediu a minha mãe um pouco de *sindur* para fazer um sinal vermelho na testa. Por acaso minha mãe teria um colar de contas de *rudraksha*? Ela tinha! O amigo do meu pai umedeceu a ponta dos dedos na pia e tocou seus cachos. Estava indo para uma reunião espiritual e tinha esperanças de conquistar uma linguista americana. Sempre achei que o amigo do meu pai era bonito, tinha um carisma preguiçoso, e agora, enquanto ouvia a fita de Osho, a lembrança dele me ocorreu. Alguns meses depois ele morreria num acidente de carro. Nunca conseguiu viajar para a América. Mas Osho, partindo de um lugar parecido, e de uma casta parecida, tinha conseguido. Era um exemplo.

— Um dos verbos mais interessantes da língua inglesa hoje é *fuck*. É um verbo mágico.

Isso era Osho de novo, na fita.

E então veio a lista de usos do termo — uma lista estranha, bastante exata, e também bastante imprecisa, de certa forma completamente equivocada. Osho, à maneira de um professor, nomeava a categoria gramatical e fornecia um exemplo. Cada item era seguido por uma gargalhada incontrolável dos devotos. Eu ouvia a gargalhada e imaginava os hippies seminus, que haviam se reunido no enorme rancho em Oregon, rindo com lágrimas nas bochechas.

Verbo transitivo: João fodeu Maria.

Verbo intransitivo: Maria fodeu.

Nome: Maria dá uma bela foda.

Adjetivo: Maria é foda.

Ignorância: Foda-se essa merda.

Problema: Agora eu me fodi.

Fraude: Me foderam na loja de carros usados.

Agressão: Vai se foder.

Descrença: Não fode, cara!

Dificuldade: Tá foda, viu.

Era estranho e incoerente, mas meus amigos riam. Aqui estava um exemplo daquilo que os americanos classificam como uma coisa *tão ruim que é boa*. Vez por outra, alguém apertava o play e a gente escutava. Por semanas a fio, meus colegas de gabinete tentaram falar como Osho falava.

Era engraçado, pois era Osho — aquele sotaque de cidadezinha indiana misturado ao estudo diligente de expressões idiomáticas americanas. Parte da graça era essa. Bem como o fato de que aqui estava um líder espiritual dissertando sobre o verbo *fuck*. E depois havia também aquele momento, que com certeza se fez presente na reação dos meus amigos, em que se percebia no fim como tudo era banal. Eles riam do fato de que algo tão estúpido fizesse sucesso. Era engraçado. (Por exemplo: *Decepção: Foda, viu, que triste* — que, na pronúncia de Osho, ficava algo como: *trisssste*).

Rajneesh, pois esse era o nome original de Osho, parou de ensinar depois que se tornou o "Guru do Sexo" e começou a angariar seguidores em todas as partes do mundo. Antes de Manmohan Singh e outros líderes políticos engendrarem uma reforma liberal na economia indiana, pelo menos vinte anos antes deles, Rajneesh já pregava que o socialismo só socializaria a pobreza. O que a Índia precisava não era de mais Gandhis, mas de mais capitalistas.

— Mas seu Osho é um *jaina*. Vem de uma família de mercadores. Ele pode até falar em Deus, mas está mesmo é atrás de dinheiro.

Esse era meu pai, no seu modo típico de jogar conversa fora, falando um dia sobre Osho com o amigo psicólogo.

Osho não via utilidade nenhuma nos eruditos. Nem nas religiões. Embora tivesse lido pouco, fez questão de ler a Bíblia. Ele a lera, dizia, como uma história de detetive. Tinha tudo na Bíblia — amor, vida, assassinatos, suspense. Era sensacional. Osho gostava de dizer que sua opinião sobre eruditos era a mesma do mulá Nasrudin. E narrou esta história: Um homem foi até o mulá Nasrudin e disse: Nasrudin, você ouviu falar? O grande erudito da cidade morreu e precisam de vinte rupias para enterrá-lo. O mulá Nasrudin deu ao homem uma nota de vinte rupias e disse: Tome, e já que vão cavar, por que não aproveitam e enterram outros cinco eruditos?

As orgias no *ashram* de Osho foram relatadas no *U.S. News & World Report*. Peter disse que lera sobre elas ainda adolescente na Alemanha; uma tia sua em Colônia abandonou os estudos, fez tatuagens chinesas na barriga e sonhava em se juntar ao *ashram*. No rancho de Osho em Oregon, houve inclusive relatos de bioterrorismo. Seus seguidores foram acusados de tramar o assassinato de um procurador local. Depois que Osho foi deportado, vinte e um países negaram-lhe acesso. Ele voltou para a Índia e morrera recentemente. O que era um tanto decepcionante. Em Oregon, houve encarceramentos e toda sorte de acusações por parte da polícia. Sua secretária oficial, Ma Anand Sheela, uma mulher nascida na Índia, mas casada com um americano, foi presa sob acusação de assassinato. Quando questionada por jornalistas na Austrália sobre o medo que as pessoas tinham quanto à possibilidade de o culto a Osho se alastrar pelo país, Ma Anand Sheela respondeu: *Tough titties*.

*Tough titties!**

Perguntei a Larry Blofeld, meu colega de gabinete que andava trabalhando num romance,** o que significava aquela frase. Ele sorriu e flexionou o peitoral.

Larry aceitava abertamente minhas debilidades e se valia de estratégias consistentes nas respostas. Uma vez discuti Faulkner com ele, mas mesmo que eu fizesse uma pergunta, por exemplo, sobre um personagem de *Absalão, Absalão!*, Larry respondia minha dúvida traçando alguma conexão com a Índia.

---

* "*Tough titties*", expressão idiomática irrecuperável em português. Constitui uma forma de lamento sarcástico ou insincero, de conteúdo obsceno. Em tradução literal: "peitinhos difíceis". (N.T.)   ** O romance de Larry se intitulava *Pop*. Não era sobre um pai, como presumi de início, mas sobre cultura popular. Jovens que largavam a faculdade para se tornarem cantores. Começava com um rapaz dirigindo de Chicago até a universidade em St. Louis com a namorada. Eu sabia disso porque uma vez pedi a Larry para ler a abertura. Foi uma coisa mágica para mim, o fato de que alguém que eu conhecia havia escrito um romance. Larry pegou o manuscrito de uma pasta amarrada com uma fita elástica. O protagonista, Blake, estava no volante. Esta foi a frase que pedi para Larry repetir, pois eu queria anotar: *Illinois é um estado grande e durante as quase quatro horas em que estiveram na I-55, atravessando a distância que se estendia aproximadamente entre o quarteirão de onde Al Capone dirigia suas operações e a pequena casa onde o presidente Ronald Reagan nasceu, Jessica por duas vezes removeu o cinto de segurança para chupá-lo.*

Mesmo que a única conexão que ele conseguisse fazer fosse com a comida indiana servida num restaurante que ele próprio visitava regularmente. E se não conseguia fazer nenhuma conexão, caía na zombaria mal disfarçada.

Agora, em resposta à minha pergunta, inclinou-se para trás e disse: *Tough titty, said the kitty, when the milk went dry.** Já ouviu isso? Não se ouve muito isso em Nova Delhi?

Não respondi nada, apenas sorri polidamente.

— Me diz aí, a Índia é muito longe? — Larry perguntou.

Dei de ombros.

— Beleza, então me responde essa pergunta, por favor. O que fica mais perto de Nova York? A Índia ou a Lua? Te dou uma dica. A Lua você consegue ver.

A bile me subiu à garganta. Fazia um grande esforço consciente para continuar sorrindo.

Larry ergueu as sobrancelhas, como se perguntasse se eu tinha alguma coisa a dizer.

Não, Larry. Como Osho diria: Vai se foder.

---

* "Peitinho difícil, disse o gatinho, quando o leite acabou." (N.T.)

Parte 4

Lobo Número Três

*Eles sabem que eu sou um estrangeiro.
Isso me deixa um tanto apreensivo.*

James Salter, *A Sport and a Pastime*

*"Só há três coisas a se fazer com uma mulher", Clea
disse certa vez. "Você pode amá-la, sofrer por ela, ou
transformá-la em literatura." Eu estava vivenciando
fracassos em todos esses domínios do sentimento.*

Lawrence Durrell, *Justine*

Recebemos uma reclamação. Por conta disso, mesmo antes de começar o novo ano acadêmico, meu segundo ano na América, todos os professores assistentes estrangeiros precisaram comparecer a uma oficina, com café e rosquinhas de graça. Lotando a sala, o perfil demográfico previsível: chineses e indianos. Como a participação era obrigatória, Pushkin estava lá — de outra forma ele não se dignaria a comparecer a uma coisa desse tipo. Chegou com um volume de poesia de Nirala; disse que o estava traduzindo para um editor londrino. Pushkin era de Gwalior, de uma família brâmane íntima de Nehru, filho de um político que escrevera um livro de poemas em híndi. Naquela época, eu não sabia nada daquilo, mas em poucos anos Pushkin surpreenderia Ehsaan ao ser convidado para jantar com Kissinger depois de publicar um artigo sobre o Afeganistão no *New York Review of Books*.

Seu nome completo era Pushkin Krishnagrahi. Não oferecia nenhum acesso fácil ao seu mundo, mas nos permitia alguns vislumbres interessantes através de certas coisas que dizia. Por exemplo, uma vez explicou que certo autor não o impressionara, pois "reputações literárias nos Estados Unidos são meramente uma consequência do patrimônio imobiliário". Era espichado, usava cabelo longo e barba. A seriedade era parte do traje e foi exibida, primeiro, em conferências e festivais acadêmicos. No entanto, lá estava Pushkin conosco, naquela mesma sala. Nina não estava. Nina, a americana, falante nativa. Ela e eu agora tínhamos nos tornado uma tribo de dois, falávamos um com o outro numa língua particular, uma linguagem de amor e libido. Eu poderia estar lendo um livro sobre uma rebelião camponesa em Portugal, mas era fácil olhar pela janela e deslizar para dentro de um devaneio. Logo estávamos sentados num banco de frente ao Hudson, minha mão na coxa de Nina, compartilhando uma lembrança. Como americana, ela considerava obrigação sua me informar sobre alguns fatos particulares da terra. Por exemplo, o tamanho preciso em quilômetros, comprimento e largura, do enxame de gafanhotos que chegou ao Texas em 1875. Dois mil oitocentos e noventa e seis quilômetros de extensão, cento e dez de largura. Os gafanhotos comeram tudo no caminho, não apenas a vegetação, mas também os arreios dos cavalos, ou a roupa que secava nos varais. Na presença dela, eu aceitava o apocalipse. Nina disse que os fazendeiros tentaram afastar os gafanhotos correndo contra o enxame, mas acabaram tendo as roupas do corpo devoradas. Eu então me inclinava para comer as roupas dela, e ela ria e me afastava. A gente se beijava, minha mão cobrindo seu seio alegremente. Mas agora eu não estava com Nina. *Meritíssimo, naquele dia, naquela sala, falavam de tradução e eu subitamente quis contar uma história para Nina. O voo que me trouxe para a América viajou primeiro de Delhi a Frankfurt, depois de Frankfurt a Nova York. Na segunda etapa da viagem, a comissária de bordo passou oferecendo o jantar. Enquanto avançava pelo corredor, perguntava: "Vitela ou galinha?". Uma velha punjabi sentara-se ao meu lado. Eu ainda não tinha falado nada com ela. Mais cedo observara sua luta com a porta do banheiro e imaginei comigo mesmo que esta podia ser a primeira vez que ela viajava de avião. Ia visitar um filho ou uma filha que trabalhava no estrangeiro? Não perguntei. Quando finalmente o carrinho nos alcançou, a comissária repetiu a pergunta, e a velha disse: "Galinha, não, galinha, não". Ela não falava inglês, e eu logo entendi que ela queria dizer que era vegetariana. Mas a comissária disse: "O.k., vitela então. E para você, senhor?". Eu precisava pôr um fim àquilo, então disse à senhora punjabi em híndi: "Mataji, a senhora provavelmente não vai querer isso. Isso é carne. A senhora come carne?". Ela afastou a mão da bandeja como se tivesse se queimado. A comissária disse que eles provavelmente tinham macarrão lá nos fundos. Acabou me servindo macarrão também, embora eu preferisse vitela, mas não estava com ânimo para protestar. Estava com raiva de mim mesmo. Meritíssimo, nunca me coloquei acima da culpa. Afinal, por que não me levantei para ajudar a senhora com a porta do banheiro? Eu tinha visto que ela não sabia sequer abrir a porta.*

Enquanto pensava naquilo, na orientação para os professores estrangeiros, uma mulher chamada Donna passou distribuindo fotocópias de um artigo da *Spectator*. Uma garota estava sentada na grama em frente ao Farrow Hall. Debaixo da foto se lia: *Melanie Olson, estudante de astronomia, abandonou o curso de matemática por não conseguir compreender o professor estrangeiro.* A garota vestia uma saia jeans, e o fotógrafo registrara a foto de baixo para cima, com a câmera inclinada no chão. No primeiro plano, folhas.

Peter sentara-se ao meu lado. Pôs o dedo na fotografia e, num meio sussurro, disse:

— Na verdade, ela queria ter levado no rabo, mas o professor estrangeiro dela não entendeu.

Peter usava óculos de aro grosso e cheirava a cigarro e suor. Ao lado dele estava Maya, trocando farpas com Donna.

Maya estava especialmente linda e cheia de mistério. Tinha sombreado os olhos negros e esfumaçados com kohl, e o pescoço e os braços exibiam delicadas joias de prata. Ela era de Delhi e falava num falso sotaque britânico. Eu podia vê-la perfeitamente passando as tardes em salas com ar-condicionado em South Extension ou Golf Links, cercada de vasos com plantas exuberantes e almofadas dispostas criativamente em padrões de ouro, vermelho e magenta, nos divãs rebaixados de madeira. Quando cheguei a Delhi pela primeira vez para estudar, pessoas como Maya me atraíam. Eu as invejava. E esse sentimento de inveja produzia por sua vez uma sensação de repugnância. Eu ainda não escapara daquela confusão de sentimento.

— Não estou aqui para libertar graduandos americanos do provincianismo — Maya dizia a Donna. — Isso não consta de modo algum na descrição das minhas obrigações.

Um amigo chileno, Paulo, da Antropologia, balançava a cabeça entusiasticamente e batia a mão na mesa. Donna cobriu o estômago com a jaqueta e disse que haveria um momento para discussão ao final da oficina. Maya disse que Bush estava bombardeando o Iraque. Talvez isso pudesse ser o assunto da discussão.

Peter ergueu o queixo arredondado na direção de Maya e disse calmamente: Você conhece essa mulher irritante que está sentada do meu lado?

Sua discreta demonstração de sarcasmo escondia a fascinação que nutria por Maya. Apenas três semanas depois de se conhecerem, tornaram-se amantes. Isso era uma das coisas que sempre me vinham à cabeça quando eu pensava sobre o amor: a amarga e perfumada Maya apaixonada pelo amargo e desleixado Peter. Apaixonaram-se porque, em certo sentido, falavam o mesmo idioma, duas línguas venenosas entrelaçadas numa bela dança íntima? Quando estavam juntos, contudo, pareciam calmos e subjugados, de maneira alguma dispostos a pronunciamentos raivosos sobre o mundo. Em vez disso, eram atenciosos um com o outro, solícitos, generosos com seus gestos de afeto. Parecia que ficavam perfeitamente felizes só de estarem na companhia um do outro. Eu os via com xícaras de café, lendo debaixo do toldo vermelho e branco do

Hungarian Pastry Shop, ou de pé do lado de fora do West End Bar fumando incontáveis cigarros.

Depois de colocar todos os participantes em duplas, Donna disse que agora interpretaríamos papéis.

— Você é um professor que está falando com um aluno que perdeu aula porque ele ou ela precisou lidar com alguma emergência.

Seguiram-se algumas risadinhas. Donna ergueu três dedos, todos com anéis, e leu uma tabela que dizia:

> *Por favor, atenção ao seguinte:*
> *A. Contato visual*
> *B. Clareza de expressão*
> *C. Atitude amigável*

Antes de nos revezarmos nos papéis de professor e aluno tínhamos de conversar com o companheiro de dupla por cinco minutos. Meu par era uma das estudantes chinesas — no adesivo colado ao peito, lia-se CAI YAN. Como eu a vira conversando com Maya, já tinha imaginado que ela cursava Relações Internacionais. Primeiro tive medo de não entender o que ela me diria, mas ela falava calma e claramente, o que, por sua vez, me deixou inseguro. Precisei me obrigar a falar de maneira menos estabanada.

Os pais de Cai Yan viviam em Quanzhou. Sua mãe era professora. Seu irmão mais velho era um pianista conhecido em Shanghai. O pai fora um burocrata que renunciara ao cargo anos atrás e era dono de uma fábrica perto de Guangdong. Perguntei o que a fábrica manufaturava. Até então Cai Yan mantivera um sorriso levemente impenetrável, mas agora deu uma breve risada.

— Patins da marca Black Dragon.

— Nomes indianos sempre significam alguma coisa. É assim com os nomes chineses também? O que Cai Yan significa?

— Meu nome... Acho que significa pássaro na primavera, ou andorinha da primavera.

Cai Yan era esbelta e elegante. A jaqueta que vestia tinha pequenos botões em formato de ferradura. Seu cabelo era preto e lhe cobria a cabeça como um lindo elmo.

— Como estão as coisas? — perguntei.

— Teve um incêndio na lavanderia no sábado.

— Oh.

— Na rua 132.

— Conheço.

— Consegui salvar minhas roupas. Mas não consegui voltar. Tentei, mas estava consciente da inutilidade...

Será que ela quis dizer *futilidade*? Um pouco depois, quando ouvi *reparar*, era provável que ela tivesse dito *respirar*. "Acho difícil respirar." Será que meu sotaque também causava esse tipo de confusão? Tive a sensação de que nós dois estávamos jogando um jogo de adivinha. Mas não havia como errar a palavra *fogo*.

— Por que você queria voltar lá?

— Minha mochila estava lá com vários livros da biblioteca. E meu diário.

— Você perdeu tudo?

— Um bombeiro pegou para mim. Os livros da biblioteca ficaram com algumas páginas chamuscadas. O diário tinha virado uma cinza preta e úmida.

— Que pena.

Tive a sensação de que essa era a primeira vez que Cai Yan compartilhava essa notícia com alguém.

— Era isso que queria explicar para você — ela disse. — Não completei minha tarefa de casa por causa do incêndio. E perdi a aula.

Ela viu minha expressão e ergueu uma sobrancelha. E então sorriu discretamente.

— Entende? Era uma emergência.

Quando finalmente compreendi que essa era a história inventada, ri, mas ela não alterou o sorriso de Monalisa. Aparentemente ela não tinha problema algum em se divertir com a estupidez dos outros.

Donna queria que interpretássemos o papel do professor afável, que escuta pacientemente as frágeis ficções dos alunos. Cometi um erro e presumi inicialmente que Cai Yan estava descrevendo algo que de fato acontecera com ela. Quando chegou minha vez, comecei pela verdade. Contei a Cai Yan que, quando eu era adolescente na Índia, os muros das cabanas perto da minha vila tinham grafites com slogans como *O presidente Mao é nosso presidente*. Era comum estar num ônibus na estrada e ficar preso no tráfego por meia hora por causa de uma marcha protestando contra o massacre de manifestantes camponeses. Jovens homens magros de *kurta* e mulheres cantando na estrada: O Oriente é vermelho! O sol se levanta! China produz Mao Tse-tung!

— "Dong Fang Hong" — Cai Yan disse, com um sinal de excitação. — É o nome dessa música.

Ela disse que tinha cantado aquilo na escola.

Como Donna nos instruíra, mantive contato visual com minha colega, sempre com modos agradáveis e amigáveis. E comecei a me exibir.

Perguntei: Você conhece Lin Biao?

Mesmo nos anos 1980, com Mao e Zhou Enlai mortos há muito tempo, e o reformista Deng no poder, a China significava outra coisa na Índia. Ainda havia grupos comunistas nas vilas ao redor da minha cidade natal, lutando pela revolução camponesa. Mao era o deus deles. Muitas vezes nos trens que passavam por Ara viam-se multidões heterogêneas de homens jovens e velhos que cantavam músicas sobre a mudança social que estava prestes a vir com a graça de Mao. Naqueles grupos, todos tinham o mesmo olhar de zelosa convicção em suas faces barbadas, e a cantoria não precisava de nenhum acompanhamento além do som do trem e do tamborim.

O nome que eu mencionara a Cai Yan, Lin Biao, pertencia a um lendário companheiro de Mao, que mais tarde foi acusado de traição política e morreu ao tentar fugir de avião. Eu conhecia seu nome, pois costumava ler nos jornais que os maoistas da zona rural de Bihar seguiam "a linha de Lin Biao". Isso implicava a crença de que um dia os vilarejos se rebelariam, dominando as passivas e decadentes cidades. Como uma forma de gentileza para Cai Yan, pintei um quadro envolvente, cheio de perigos. Na adolescência, às vezes eu me sentava para o café da manhã com torradas e ovos mexidos, um romance de Somerset Maugham ao lado do prato, quando uma multidão aparecia na esquina da minha rua. E acrescentei coloridos. Disse que os rebeldes, brandindo bandeiras vermelhas, às vezes me deixavam ir à escola. Quando eu voltava, havia três vacas paradas no jardim da minha casa e, no quarto onde dormiam meus pais, uma nova família se instalara e agora dormia, tendo cortado a madeira da cama para usar como lenha.

Ela escutava tudo seriamente, mas sem nenhum sinal de curiosidade.

— Estou exagerando — eu disse.

— Eu sei — ela respondeu. Falava numa voz suave, quase serena, sem vaidade nenhuma.

Mas eu havia me equivocado ao pensar que ela não ficara curiosa. Como percebi depois, a menção ao nome de Lin Biao foi um equívoco. Eu o evocara num capricho, mas para Cai Yan aquilo implicava nostalgia. Nostalgia não pela China de sua infância, mas pelos pobres vilarejos do meu passado. São nessas conexões fugazes que os destinos se moldam. Dois anos antes do fim da pós-graduação, Cai Yan conversou com Ehsaan e decidiu que escreveria sobre a luta dos maoistas em várias partes da Índia.* Naquela altura meu romance com Nina já tinha seguido o mesmo destino dos mimeógrafos e das telefonistas de longas distâncias.

———

O livro *O Buda do subúrbio*, de Hanif Kureishi, foi publicado no mesmo ano em que mudei para os Estados Unidos. Descobri o livro um ano depois, quando o li para uma disciplina chamada Grã-Bretanha Negra. Tratava-se ali de uma Inglaterra exaurida pelo que um dos personagens em *Buda* chamava de *raça*, *classe*, *foda* e *farsa*. Adotei esses interesses ecléticos (*Raça & Classe* por acaso era o nome de um jornal sério — Ehsaan era parte do conselho editorial —, mas Kureishi queria apimentar a coisa com *Foda & Farsa* — corpo e mente juntos!). Depois vi uma cópia de *Sammy e Rosie* na biblioteca. Kureishi escrevera o roteiro. Shashi Kapoor interpretava Rafi Rahman. Um charmoso político paquistanês era acusado de introduzir em seu país a corte marcial, além de outros abusos complementares, como tortura e mutilação. Um episódio do filme me afetou em particular. Rahman vai encontrar-se com Alice, seu amor dos tempos de estudante

---

* Tenho no meu caderno de anotações este conselho sobre como escrever sobre lugares, conselho apresentado em sombras preto e branco de iluminação noir, aparentemente apenas para homens — embora Cai, como mulher, tenha questionado a natureza fundível de todas essas categorias:

> Chandler always prided himself on being, as he said, the "first to write about Southern California in a realistic way," going on to note that "to write about a place you have to love it or hate it or do both by turns, which is usually the way you love a woman."

[Na imagem, lê-se: "Chandler sempre se orgulhou de ser, como ele dizia, o 'primeiro a escrever sobre o sul da Califórnia num estilo realista', acrescentando que 'para escrever sobre um lugar, você precisa amá-lo ou odiá-lo, ou ambos, um de cada vez, que é geralmente como você ama uma mulher'". (N.T.)]

em Londres. Em Alice, Rafi encontrara sua mulher branca. Ela o amara. Ele prometeu voltar, mas nunca voltou. Alice, interpretada com certa fragilidade luminosa por Claire Bloom, leva Rafi ao porão de sua casa e lhe mostra as roupas que colocou na mala, os livros, os sapatos, os frascos de perfume. Mostra-lhe os diários de 1954, 1955, 1956, com a inscrição "Meu querido Rafi". E Rafi não tem nenhuma resposta para Alice quando ela lhe diz: *Esperei anos por você! Pensei em você todos os dias! Até que comecei a me curar. O que eu queria era um casamento de verdade. Mas você queria poder. Agora você deve alegrar-se por ter introduzido no seu país o açoitamento para pequenas infrações, a corrida nuclear e a caça às perdizes.* Fiquei pensando em Jennifer enquanto assistia a essa cena, sentado sozinho na cabine da biblioteca. Será que um dia ela diria que esperou por mim?*

Escrevendo um artigo sobre Kureishi me deparei com um comentário seu numa entrevista: "Gosto de escrever sobre sexo enquanto foco de energias sociais, psicológicas, emocionais, políticas — é tão central na vida das pessoas, com quem você trepa, quanto você as ama, a dança que envolve tudo, toda a sedução, traição, lealdade, fracasso, solidão". Isso me surgiu como um credo a adotar. Não tanto pela questão da escrita, mas pela questão do sexo como algo central nas nossas vidas. Ainda assim,

---

* Alice me lembrava Jennifer e mais ninguém. Aquela memória e o sentimento correspondente só pertenciam a ela. Eu lera em algum lugar que Bobby Fischer era capaz de encontrar um antigo adversário por acaso, e evocando uma partida que jogaram quinze anos antes, dizer: Você devia ter movido seu bispo para a e7. Sou muito ruim de xadrez, mas o comentário mexeu comigo porque sei muito bem que me sento do lado de fora de uma caverna com uma horda de memórias precisas. Cada refeição pela metade, cada filé-mignon abandonado numa mesa num restaurante espanhol, cada persiana fechada e a ressaca correspondente, cada nascer do sol, cada pôr do sol, Patsy Cline num jukebox num bar encardido no interior de Montana, cada toque, e sua respectiva temperatura, cada garrafa de vinho largada no lixo e agora selada na caverna atrás de mim pertencem a um momento particular e a uma mulher em particular que eu amei naquele momento no passado.

não me senti muito confiante, então levei a citação, que copiei num fichário, ao meu amigo Peter. Ele tragava seu cigarro e balançava a cabeça enquanto eu lia as palavras de Kureishi. Na mosca, ele disse, e perguntou se eu queria uma cerveja.

Bebericamos nossas cervejas. A luz do pôr do sol inundava a sala. Peter se levantou e pôs uma fita para rolar, a mesma que ele costumava colocar no nosso gabinete compartilhado, *The Köln Concert*, de Keith Jarrett. Quando voltou a sentar, agora com uma nova garrafa de cerveja, achei que Peter parecia pensativo, talvez até triste.

— Sexo é uma coisa complicada — ele disse.

Fiquei calado.

— É importante, claro, como Kureishi diz. O que quero dizer é que é uma coisa enorme e complicada e nem sempre é possível alcançar tudo que há por baixo.

Peter tinha muito coração e era sempre muito honesto. No passado, ele me contara sobre sua luta com a depressão, doença que corria no lado paterno da família. Acho que Peter era bem aberto em relação a questões pessoais porque não havia um traço de malícia em seu coração. Ainda assim ele me surpreendeu quando me falou de Maya. Disse que uma noite ficou até mais tarde no apartamento dela, talvez por conta de um trabalho. No escuro, tateou até a cama onde Maya já se encontrava dormindo e tropeçou acidentalmente num pacote no chão. Com o barulho, Maya gritou e correu da cama para o armário. Peter não conseguia entender o que estava acontecendo. Talvez ele também tivesse gritado, contou. Assustara-se com o que tinha acontecido e rapidamente acendeu a luz.

— Sou eu, sou eu!

Maya não respondeu nada. Peter disse que ela costumava dormir nua e, ao sair do armário, parecia especialmente vulnerável. Ele se deitou na cama ao lado dela. Peter agora achava que tinha se assustado pois, naquele momento, vira Maya subitamente como uma pessoa desconhecida. Ela voltou a dormir, ou pelo menos foi o que ele imaginou, até que Maya suspirasse e ajustasse a cabeça em seu ombro.

— Desculpa — ela disse, baixinho. — Tem a ver com uma coisa que aconteceu quando eu era mais nova.

Peter esperou no escuro. Ela não disse mais nada. Na manhã seguinte, ele mencionou o que tinha acontecido, mas Maya não quis comentar. Ele aceitou e nunca mais tocou no assunto. Contudo, na semana anterior, zangada com Peter por ele ficar calado por horas a fio sem falar com ninguém, Maya contou a ele sobre o que lhe acontecera no passado. Disse que quando estava no ensino médio em Delhi, seus pais ficaram em Moscou por dois anos. O pai tinha uma posição na embaixada indiana. Maya ficou em Delhi para completar o ano escolar. Ficou com um tio em Jor Bagh. Esse homem não era de fato seu tio, era o melhor amigo do pai, dos tempos de faculdade, um advogado de sucesso, parte do conselho administrativo da associação de críquete de Delhi. Ele chegava tarde do clube e a estuprava toda noite, exceto quando ela estava menstruada.

— Toda noite. Isso vai muito além de estupro. Tenta imaginar, toda noite. Como é que você processa uma coisa desse tipo? Ela tinha dezesseis anos. Eu nem perguntei quanto tempo ela ficou naquela casa.*

---

* Onde Maya poderia ter encontrado ajuda ou feito uma denúncia? Veja-se este outro recorte de jornal que colei entre as minhas notas:

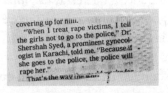

[Na imagem, lê-se: "'Quando cuido de vítimas de estupro, eu digo às garotas para não irem à polícia', contou o dr. Shershah Syed, um proeminente ginecologista em Karachi. 'Porque se ela for à polícia, a polícia vai estuprá-la'". (N.T.)]

Não contei nada disso para Nina, talvez porque senti quase instintivamente que ela consideraria errado da parte de Peter me contar essa história de Maya. Afinal, Maya não era minha amiga. Fiquei tentado a contar tudo a ela quando voltamos de uma sessão de *Thelma & Louise*, mas no fim não disse nada.

O filme estava em cartaz havia muitas semanas no cinema perto da rua 84 na Broadway. Caía uma garoa. No começo da tarde, Nina e eu caminhamos até o cinema e nos acomodamos com pipoca e refrigerantes gigantes. O marido ridículo de Thelma me lembrava um primo meu de Dhanbad. Eu já o vira estender os braços à espera de que a esposa abotoasse as mangas de sua camisa e afivelasse seu relógio de pulso.

Na cena em que as duas personagens entram num restaurante de beira de estrada, senti uma tensão crescer dentro de mim. Thelma bebia e dançava com um homem chamado Harlan. Mais tarde, quando Harlan estava prestes a estuprá-la no estacionamento, Louise entrava em cena com uma arma. Um minuto depois, quando Louise atira nele, Nina soltou minha mão e me surpreendeu batendo palmas. Eu também bati, e depois mais algumas pessoas no cinema aderiram, mas pelo menos uma pessoa, um homem sentado numa fileira atrás da gente, pediu silêncio.

Havia alguns momentos engraçados, mas em geral o filme torcia e retorcia nossa tristeza. Thelma, interpretada por Geena Davis, passa por uma mudança enorme (ela se *radicalizava*, como Ehsaan diria), ao passo que Louise, a personagem de Susan Sarandon, é forte e esclarecida e inteiramente destituída de ilusões. Enquanto assistia ao filme eu sabia que Nina depois me perguntaria qual era minha cena favorita. Eu tinha gostado muito da resolução de Thelma ao final, quando ela diz: Não posso voltar... Entenda, eu não conseguiria viver. Ou mais cedo, quando ela diz ao policial antes de trancá-lo no bagageiro da viatura que ele devia ser gentil com a esposa: Meu marido não foi gentil comigo. E veja como eu fiquei. Em outra cena, Louise era um tanto indiferente à afeição do namorado, Jimmy. Dizia a Thelma: O que ele ama é a caçada, só isso. Aquilo me fez pensar em algo que Jennifer dissera sobre mim. Mas eu não contaria para Nina.

A pipoca e o refrigerante roubaram nosso apetite. Sentamos nos degraus do prédio de Nina com duas Coronas.

— Você percebeu logo de cara por que Louise não queria passar pelo Texas?

— Não — respondi.

Uma velha senhora passou por nós na calçada, levando um cachorrinho na coleira.

— Você, sim?

— Foi a coisa mais forte do filme. O passado que existe ali por baixo da superfície.

Quando ouvi Nina dizer isso, pensei em Peter e no que ele me contara sobre Maya, mas não tive coragem de dizer nada. Em vez disso, eu disse: Gostei da música sobre a mulher que percebe que nunca irá passear por Paris num conversível...

— Marianne Faithfull. É sobre suicídio. Você devia ouvir outra música dela, "Broken English". Devo ter lá em cima.

Foi nesse momento, sentados na escada, com a rua escurecendo, que comecei a contar a Nina sobre a filha adolescente do primo do meu pai. Suneeta vivia no mesmo vilarejo onde meu pai tinha crescido. O pai dela era agricultor, como todo mundo na família, mas era também um bêbado. Metia-se em confusões e muitas vezes batia na esposa, uma mulher alta que as pessoas diziam que era também muito forte. A casa deles era separada da casa da minha avó por uma ruazinha estreita enlameada. Deepak, o irmão mais velho de Suneeta, seguira o exemplo do pai. Quando menino, me seguia o dia inteiro quando eu visitava o vilarejo, ávido para me trazer frutas ou pular no lago da vila, caso eu pedisse. Mas agora crescera. Minha avó reclamava que Deepak roubava os cereais da casa dela. Como o pai, subia na tamareira e bebia o vinho de palma direto nos potes que os trabalhadores penduravam por lá. Suneeta era alta como a mãe. Tinha a pele clara e olhos castanho-claros. Quando entrou na adolescência, era tímida comigo. Eu mal trocara poucas palavras com Suneeta, mas escutava muitas reclamações sobre ela. Suneeta entrava à surdina na horta da casa da minha avó e roubava espinafre. Lembro dela num sári laranja de algodão barato, o cabelo levemente desgrenhado, com um ar atraente e um tiquinho dissoluto. A notícia de sua morte foi um choque. De início, a história que correu na família era a de que fora presa de uma paixão por um homem mais velho, um homem esperto, parente distante. Diziam que Suneeta encontrava-se com ele no bosque das mangueiras atrás da casa da minha avó. Ele também vivia no vilarejo, era casado e a assassinara. Contudo, essa história, como todas as histórias na minha família, escondia algo ainda mais sinistro. Numa noite, como descobri depois, Suneeta foi assaltar a casa de um parente distante da família e foi descoberta. O homem a manteve presa num quarto por alguns dias e a estuprou várias vezes. Um amigo se juntou a ele. Quando a notícia se espalhou, Deepak e o pai entraram na casa e cortaram a garganta de Suneeta. Quando a polícia chegou de uma cidade vizinha, as coisas foram arranjadas de tal modo que, no fim, os estupradores é que foram acusados de assassinato. Estavam na prisão e lá morreriam. Contaram-me que Deepak nunca voltou para casa; desapareceu da vila e agora trabalhava como diarista numa linha de trem em Assam. Alguns acreditavam que ele tinha retornado e vivia como puxador de riquixá em Patna. Quando voltei ao vilarejo, a mãe de Suneeta segurou minha mão e chorou pelos filhos que perdeu.

A noite agora tinha caído. Depois de um momento, Nina fez uma pergunta.

— Sua tia aprovava o que Deepak fez?

— Eu não quis entrar em detalhes.

— Não estou perguntando se você descobriu se ele decepou a cabeça dela num movimento só.

— Eu sei.

— O que eu quero dizer é que...

— Era difícil conversar com ela. Ela segurava minha mão e chorava e chorava. Também fiquei desconcertado porque, de tempos em tempos, ela levava minha mão até os olhos e enxugava as lágrimas com ela.

———

Nina se matriculou numa disciplina ministrada por Ehsaan chamada Trapos e Bandeiras. Ela não cursara a disciplina de Ehsaan no primeiro semestre, quando estudei com ele. Naquele outono, inscrevera-se também num curso sobre marxismo e desconstrucionismo com um professor indiano, e em outro sobre literatura vitoriana. O curso sobre romancistas vitorianos era ministrado por uma estrela da área, que conheci numa festa certa vez — a vitorianista, bêbada, meleca escorrendo do nariz, sentara-se no chão da cozinha, enquanto o marido entretinha os preocupados estudantes na sala de estar com histórias sobre o tempo em que deu aulas na África. Trapos e Bandeiras era estruturada como uma crítica ao nacionalismo. Fiz a disciplina com Nina, Cai Yan e várias outras pessoas. Lemos Gramsci e Tagore, pois os heróis de Ehsaan eram poetas e revolucionários fracassados. Nina gostou do programa, e de Ehsaan também, mas muitas vezes brincava dizendo que fez a inscrição por engano: achava que o curso era sobre moda e por isso se chamava Trapos e Bandeiras.

Começamos a frequentar um bar nas noites de quinta. A partir das nove, qualquer pessoa podia pegar o microfone e recitar poesia. Cinco pessoas na plateia eram escolhidas aleatoriamente para dar nota aos poemas. Uma noite era um homem esbelto, careca e bem barbeado, lendo poemas sobre raiva e amor gay, depois alguém com o rosto de Bobby Kennedy impresso nas calças lendo um poema de amor. Uma mulher indiana na plateia gritou que aquele poema merecia dez: Amo poemas que falam de mamilos. O mestre de cerimônias coçou a barba e disse: Vamos ter um particular sobre isso, ha-ha. Uma jovem negra numa camisa de time de beisebol com *jungle fever* escrito nas costas recitou suavemente um lamento sobre as muitas luas de gestações indesejadas em lares humildes. Naquela primeira noite, já bem tarde, no trem que nos trazia de volta aos nossos apartamentos no centro da cidade, aproximei minha boca do ouvido de Nina e, como se estivesse de pé no bar falando ao microfone, improvisei uns versos interpretados ao ritmo do vagão em movimento:

Baby, li num livro que esta é a hora do trabalhador imigrante
— depois do leiteiro e um pouco antes do faxineiro.
Seu poema de amor imigrante é um gago ao amanhecer, na
porta da sua casa, uma esperança terrível, encurralada
nesta hora de metamorfoses.
Nada tem das certezas dos que batizam garrafas de vinho
nas línguas da Europa.
Uma mulher de vinte e poucos anos, de Shanghai, sozinha
na estação de trem,
no meio da noite de Nova York,
tendo trabalhado até tarde numa fábrica de tecidos,
olha agora as próprias mãos por um longo tempo
sob a luz azulada da estação.

Essas eram as descobertas naquele semestre. Nina me deu um livro de poemas de poetas radicais americanos. Pablo Neruda escrevera odes a coisas ordinárias como o tomate e a cebola; eu compus versos sedentos sobre o espelho de Nina, o cachecol preferido dela, e um par de colheres no armário da cozinha. Também estava lendo poetas modernistas que haviam escrito em híndi. Meus interesses poéticos se alargaram e logo eu reunira uma série de poemas políticos que abriam com um verso inflamado que roubei de Joseph Heller: Mesmo aquele gordo filho da puta, Henry Kissinger, andou escrevendo um livro!*

Línguas desamarradas, Meritíssimo. A linguagem de uma libertação que vinha pela própria linguagem. E a libertação do corpo. Na gaveta onde guardo meu passaporte há um ingresso amarelado do show *Rumours of War*, de Billy Bragg. O ingresso foi grampeado por Nina num cartão onde ela copiara o trecho de uma carta que Antonio Gramsci escrevera para a futura esposa: *Quantas vezes me perguntei se é possível forjar conexões com uma massa de pessoas, quando nunca se teve grandes sentimentos por ninguém — é possível ter uma coletividade quando não se foi amado profundamente por nenhuma criatura humana em particular?* **

O show de Billy Bragg foi no Beacon, um teatro vizinho. Nina e eu fomos caminhando, de mãos dadas. Era um teatro pequeno e estava lotado. Bragg vestia uma camiseta preta, jeans pretos, a guitarra pendendo dos ombros. Suas músicas eram contra a guerra e contra a ganância. Parecia que, se ele continuasse cantando, todos os punks na primeira fila que estavam dançando e pulando para cima e para baixo começariam a se lamber. Nina e eu fomos beber depois, e enquanto voltávamos para seu apartamento, ela não parava de cantar *I dreamed I saw Phil Ochs last night*. Quando chegamos, ela não me levou para sua cama, onde muitas vezes fazíamos amor e dormíamos

---

* Joseph Heller, *Good as Gold* (Nova York: Simon & Schuster, 1979), p. 328.

** Antonio Gramsci, *Selections from Cultural Writings*, orgs. David Forgacs e Geoffrey Nowell-Smith; trad. William Boelhower (Cambridge, MA: Harvard University Press, 1991), ver p. 147.

com as pernas entrelaçadas, três ou quatro noites por semana; em vez disso, com um cobertor numa mão e uma pequena lanterna na outra, ela me levou à cobertura do prédio. Lá no topo estava escuro, mas por toda parte se viam as luzes da cidade.* À direita, assomando na escuridão, as torres da ponte George Washington. Trechos iluminados do Cliffside Park na distante Jersey, flutuando nas águas do Hudson. E, mais perto, o brilho vermelho da fachada de um estacionamento.

O pequeno raio de luz que subira as escadas, três ou quatro degraus por vez, saltou agora mais ou menos vinte anos. Vem descansar ao lado de Nina e se apaga. Ela está deitada de bruços no cobertor. Passou um pouco de gel na mão e besuntou meu pau.

— Não, um pouco mais para cima — ela diz.

Eu nunca tinha feito daquele jeito. Aquilo me excita, mas também fico com medo de machucá-la. Sinto a tensão de seu músculo, e o relaxamento, e ela logo está se batendo contra mim, arfando de um jeito que me faz querer devolver com força cada estocada.

— Você quer que eu meta mais forte?

Em algum lugar entre os gemidos dela, um sim sussurrado, e os dedos de sua mão direita tocando a própria nuca. A essa altura eu já não sabia se estava de pé ou ajoelhado. Gozei num ímpeto, e as costas delas arquearam, pinoteando para trás, duas, três, quatro vezes.

---

* Essa solidão imensa no meio da cidade. Agora me ocorre outro recorte de jornal no meu caderno. Lê-se no topo *Uma favela próspera*, e a seguinte seção abaixo: *Em seguida, Parapa fixou uma tábua do tamanho de um homem na parede do barraco, para que enquanto seu pai e seu irmão fizessem amor com as suas esposas no andar de baixo, ele pudesse manter-se castamente na plataforma. Ainda assim, às vezes ele dorme do lado de fora, perto de um esgoto a céu aberto, na quietude abençoada da rua.* (Uma pesquisa no Google mostra que esse clipping é da *Economist* de 19 de dezembro de 2007. Pesquisei porque queria descobrir por que eu escrevera *Uma favela próspera* no topo da página. É o título usado na revista.)

— Eu amo você, eu amo você — Nina dizia. E logo em seguida: — Vamos descer e ver o final do *Saturday Night Live*?

Naquele semestre na disciplina CLIT 300, David Lamb usou um livro cujo título, *O trêmulo corpo privado*, me vinha às vezes à cabeça depois que Nina e eu fazíamos amor. Ela me apertava, e eu sentia seu corpo sacudido por um breve arrepio. Naquele momento, ela me agarrava com mais força, e tão logo o instante passava, Nina se virava e dormia prontamente. Uma vez mencionei *O trêmulo corpo privado*, e ela desatou a zombar de Lamb. Adorei aquilo. Afastava meus sentimentos de fascinação e inveja. Uma semana ou duas depois, Lamb pediu um relatório sobre outro livro — *Roland Barthes por Roland Barthes*. Barthes citava uma carta de um homem em Marrocos, identificado apenas como Jilali. A carta de Jilali era sobre o que ele próprio chamava de *um tema inquietante*: *Tenho um irmão mais novo, estudante de ensino médio, um garoto bastante musical (violão), e muito amoroso; mas a pobreza o envolve e o esconde nesse mundo terrível (ele sofre no presente, "como diz seu poeta") e estou pedindo a você, querido Roland, para encontrar um emprego para ele em seu doce país tão logo você possa, pois ele leva uma vida repleta de ansiedade e preocupação; agora você conhece a situação dos jovens marroquinos, situação que me deixa pasmo e me proíbe todos os sorrisos radiantes...* Barthes descreve a linguagem da carta como "suntuosa", "brilhante", "literal e, no entanto, imediatamente literária". Todo mundo no curso de Lamb focou no que Barthes chamava de "o prazer do texto", que comunicava *"ao mesmo tempo verdade e desejo: todo o desejo de Jilali (o violão, o amor) e toda a verdade política do Marrocos"*. Escrevi um pequeno ensaio sobre o discurso utópico. Mas o relatório de Nina foi consideravelmente menor. Ela xerocou uma seção da carta citada em *Roland Barthes por Roland Barthes* e distribuiu cópias para todas as pessoas da sala. Com uma caneta hidrográfica escrevera na página a seguinte pergunta: *Aquele Barthes maldito arranjou ou não um emprego para o irmão de Jilali?**

Só alguns meses haviam se passado desde Jennifer, mas eu já me encontrava profundamente apaixonado por Nina. Um observador exterior talvez pensasse que eu estava obcecado por ela; talvez Nina também pensasse isso, embora nunca tenha dito. Por várias semanas durante aquele primeiro verão, ela esteve viajando. Ficou na casa de veraneio dos pais. Os pais viviam em Pittsburgh, mas passavam os verões em Cape Elizabeth, Maine, onde tinham uma cabana. Na infância, Nina passara verões em Roma, a cidade natal de seu pai — os pais de Nina conheceram-se em Roma quando a mãe dela fez um intercâmbio estudantil pela Universidade Dartmouth. Mas por muitos anos agora a família passava o verão no Maine. Nina me disse que eles não tinham telefone no chalé. Esperei por cartas que chegavam de poucos em poucos dias, embora não com tanta frequência quanto eu gostaria, em envelopes que continham fotografias e, numa ocasião, uma seção de um mapa mostrando a praia e o oceano. As mensagens eram invariavelmente breves, migalhas que só cutucavam minha fome e me deixavam faminto. *Estou ciente, Meritíssimo, da linguagem de que me valho, mas me permita que eu me aproxime da bancada e apresente as evidências? Esta é Nina numa carta datada de 29 de junho de 1991: O que eu tenho a dizer sobre o que você chama de sua situação é o seguinte. Eu quero sua mão constante nas minhas costas, quero seu trabalho não remunerado nas lavouras dos meus sonhos noturnos, quero*

---

* As afetações da vida estudantil: o amor expresso no idioma das leituras obrigatórias da pós-graduação. Um leitor do *Village Voice* no Dia dos Namorados daquele ano (1991) teria encontrado na seção intitulada "Manifestação pública de afeto" a seguinte mensagem para Nina, que me custou trinta dólares: *Ei, baby, vamos relaxar na cama e ler a poesia do futuro ou mesmo os escritos marxistas estilo papai e mamãe que você tanto admira. Beijinhos.*

suas costas pressionadas contra o meu ventre, seu Brasil acolhedor e sua Terra do Fogo tímida. Quero suas camisas manchadas de esperma e seu bebê, bebê.

Em outra ocasião ela escreveu: *Hoje eu peguei uma coisa que nunca tive antes — laringite. Mal consigo falar. Hoje eu poderia sussurrar doces obscenidades no seu ouvido. Você alguma vez quis foder uma mudinha, querido?*

Obscenidades!

Meritíssimo, adentrei o corpo da América. Disse obscenidades ao pé do ouvido de uma de suas leais cidadãs enquanto a penetrava.

Meritíssimo, isso tudo era novidade para mim.

Nina era receptiva ao extremo, recebia-me aos risos. Bastava um único sorriso seu para me salvar da autodepreciação. Ou do que eu imaginava como a depreciação que o mundo me dirigia. *Meritíssimo, quando falava com ela ao telefone, eu falava num sotaque inglês pomposo, inclinando-me a usar palavras que o príncipe Charles usava nas conversas com Camilla Parker Bowles.* (Eu ainda era menino na escola quando Charles beijou Diana na sacada do Palácio de Buckingham. Uma década se passaria até que eu lesse sobre seu longo e persistente caso com a supracitada Parker Bowles, que o abordara numa partida de polo com uma proposta inesquecível: "Minha bisavó foi amante do seu bisavô — que acha?".) Tal havia sido minha educação patética, antissentimental. Nos meus jogos de sedução eu me apoiara em palavras colhidas por receptores de rádio publicadas em tabloides britânicos como motivo de chacota:

CHARLES: O problema é que eu preciso de você várias vezes por semana. Deus do céu. Vou simplesmente viver dentro das suas calças ou algo assim.

CAMILLA: (em falsete) E você vai virar o quê, uma calcinha?

CHARLES: Ou um absorvente.

CAMILLA: (aos gritos) Ai, querido!

Ninguém nunca tinha falado comigo como Nina falava. Antes de viajar para o Maine, ela me deu um bracelete de couro com um fecho de prata no meio. Agradeci com um beijo.

— Tente não deixar nenhuma mulher encostar nele quando estiver transando por aí — ela disse.

Eu com frequência pensava em outras mulheres. Será que ela sabia disso? Acho que ri nervosamente.

Ela disse: Lembre-se: eu que vi seu esperma primeiro, o.k.?

— Sim — respondi, sem saber direito o que ela queria dizer com "ter visto primeiro", mas não me importava. Eu disse: — Meu esperma, e as mangas perfumadas dos meus pomares, e todos os frutos da minha labuta, a árvore da minha infância, o apartamento mobiliado da minha alma.

Tantos discursos floreados. Será que ela estava zombando da minha sintaxe febril quando enchia de floreios retóricos suas cartas ocasionais? Mais de uma vez pensei que éramos como dois atores pornôs mandando ver na frente da câmera. Mas esse não era o perigo maior. O desafio maior para o amor não é quando você finge que está num filme pornô: é quando você pensa que está num filme indiano ruim, repetindo platitudes açucaradas e reconfortantes um para o outro. Nina por um breve momento viveu num filme de B. R. Chopra e depois escapou.

Como era a fala natural de Nina? Quando você ligava para ela, a secretária eletrônica recebia a chamada. Ela nunca respondia. O que você ouvia era a voz de Laurie Anderson, dizendo: Oi, não estou em casa agora… Em seguida, uma série de bipes eletrônicos, pontuados por uma repetição robótica de clichês, numa linguagem sem sentimentalismo nenhum. Era inteligente e incrivelmente descolado, ainda que um tanto distante e gélido.

Mas isso não está certo, claro. Ainda em abril, no meu aniversário, estávamos bebendo cerveja quando eu disse que adoraria ver uma tatuagem de peixe no braço dela. Algumas semanas depois, no aniversário dela, ela tinha feito uma tatuagem. O gel ainda fresco no seu braço formava uma piscina onde boiava um único peixinho. Nina tinha dois halteres de quatro quilos que ela usava para fortalecer os músculos. Ela observava o peixe, enquanto flexionava o braço com o peso na mão.

— Quer casar comigo?

Perguntei isso impulsivamente, no meio dos exercícios dela. Ri ao perguntar, mas as palavras ainda doíam na minha garganta.

— Você quer casar por causa do visto?

Ela sorria. O peso subia e descia num arco preciso.

— Sim, quando me perguntarem na Imigração: Você se casou com ela por amor? Vou dizer: Sim, eu amo o jeito como ela monta em cima de mim quando fode comigo. Nina, vou dizer, lamba minha boca e mostre como você fica molhada quando me dá um trato.

Tagarelei, provavelmente. Havia sempre uma pitada de seriedade entre nós que me deixava nervoso e falante. Pela primeira vez na minha vida, reconhecia que, pelo menos em relação às mulheres, eu preferia tomar o caminho mais vulgar da franqueza indelicada. *Mas eu também estava, Meritíssimo, explorando a linguagem. Eu era o poeta da minha própria liberação sexual.*

Depois dos halteres e de uma corrida, Nina e eu comemos um jantar simples com arroz e feijão na cozinha dela. A televisão ficava na sala ao lado. Talvez motivada por alguma coisa dita numa reportagem, Nina se virou para mim e me perguntou se o Serviço de Imigração e Naturalização tinha um uniforme.

— Sim — respondi.

— Já imaginou fazer sexo com alguém da polícia da fronteira? Sabe, do mesmo jeito que em Israel os filmes pornôs muitas vezes envolvem nazistas.

Eu sabia que Nina já estivera em relacionamentos longos com outras pessoas antes de mim, um deles com um homem muito mais velho, um projetista de iates. Depois, namorara por dois anos um homem chamado Jonathan, sindicalista. Comparado a ela, eu era inexperiente. Quando Nina me fez essa pergunta perfeitamente inocente sobre a polícia da fronteira, me perguntei preocupadamente se ela gostava de se imaginar fazendo sexo com outras pessoas. A ideia de amar Nina para sempre, e só ela, passou pela minha cabeça, como acontecia muitas vezes, de um modo rápido, triste e enfadonho. E, caracteristicamente, o que emergiu da minha boca foi outra piada insincera decorada de jargão acadêmico.

— Você está me perguntando se eu quero ser fodido pelo Estado?

— Você viu *O porteiro da noite*?

Eu não tinha visto. Nina disse que era uma história sobre uma sobrevivente dos campos de concentração e um ex-oficial da ss, agora porteiro noturno num hotel em Viena. O oficial e a prisioneira tinham sido amantes. Eu interrompi Nina.

— Eu gostaria de comer a Susan Sontag. Ou talvez a Susan Sarandon.

Nina parou e refletiu sobre aquele comentário. Sinto muita necessidade de me apaixonar por mulheres lidas e inteligentes. E Nina era exatamente isso. Eu me apaixonara por ela, mas também por sua prosa. E pelo seu perfume e por sua boca. Não, sua prosa e seu batom. Mesmo palavras simples pareciam cheias de potência. Uma vez eu saí do chuveiro e a encontrei deitada nua na cama, uma criatura adorável estendida no lençol escuro: na parte interna da coxa, com batom vermelho-escuro, ela escrevera *Aqui*.*

═══

Chegando da biblioteca, conferi a pequena caixa de correio antes de entrar no apartamento. Constava um cartão-postal do Maine onde Nina havia colado uma foto de um caubói. A foto provavelmente fora destacada de alguma revista tosca. Do outro lado, Nina escrevera: *Acabei de ver um programa na TV sobre caubóis americanos. Tinha um trechinho interessante. Nos rodeios, os competidores seguram o boi pelos chifres e, para derrubar o animal, mordem seu (sensibilíssimo) lábio inferior.*

Senti uma corrente de sangue, um calor súbito e uma perturbação. Esse é o efeito que muitas das cartas de Nina tinham sobre mim. Outras vezes me provocavam insegurança. Suas palavras me chegavam cercadas de mistério. Um dia ela escreveu que tinha adormecido na cadeira do dentista e que sonhara com a gente. Estávamos sentados de mãos dadas na frente de um hipnotizador que a colocava para dormir. Mesmo enquanto flutuava rumo ao sono, ela seguia telegrafando uma mensagem com os dedos. Na mensagem dizia que me amava e pedia minha ajuda. *Me ajude!* Achei o apelo indecifrável. Em seguida acrescentava: *Não estou na casa dos meus pais agora, mas vou dirigir até lá amanhã. Se você for bonzinho, logo vai me enviar uma carta com gosto de pera, alcaçuz e de vossa doce pessoa.*

Não estava na casa dos pais? Então onde estava? E por que não ligou? Mandei um cartão-postal. Eu me sentia como um homem esperando o ônibus num longo trecho de estrada vazia, sem saber se o ônibus passava ou não naquele ponto. Na

---

* Depois que Katherine Mansfield morreu de tuberculose, Virginia Woolf anotou em seu diário, em 28 de janeiro de 1923: *Havia tanto de escrita na nossa amizade.*

feira cooperativa naquela mesma noite, entre outros mantimentos, comprei também pera e alcaçuz. Mas não recebi nenhum telefonema de Nina. Por fim, quatro dias depois, a seguinte mensagem chegou: *Ouvi no rádio hoje que os homens de Colombo, sem familiaridade com os padrões de migração dos pássaros americanos, equivocavam-se regularmente tomando a presença de companheiros de penas (a caminho da África) como sinal de terra. Continuamente desapontada. Onde está você? Tentei o gabinete e seu apartamento. Bípede branca sem penas (f) procura criatura tropical de sangue quente (m) para aventuras no novo mundo e muito mais.*

A menção ao rádio ajudava; sua história parecia ancorada em algum tipo de realidade. Mas como ela poderia ter sentido minha falta? Se eu não estava no gabinete, estava em casa, lendo os livros que Ehsaan queria que eu lesse. A verdade é que eu passara a desconfiar de Nina e havia muitas ocasiões em que nem sabia dizer se o que ela tinha escrito era verdade. Depois me sentia culpado e me perguntava simplesmente se eu a julgara mal.* Em outros momentos questionava sua capacidade de discernimento. Quando fui recusado num estágio de jornalismo, ela escreveu: *Que pena que você não conseguiu o emprego. Mas me pergunto se não é libertador, pelo menos um pouco. Cheguei a um ponto em que não consigo imaginar ninguém realmente gostando de ir trabalhar. A Grande Depressão foi um período tão fértil, sabe. Entre as coisas que foram inventadas naquela década estão a TV, o helicóptero, as meias de náilon, o avião a jato, e aquilo que*

---

* Contei a Nina que, no Natal passado, eu pensara nela enquanto assistia a *Uma linda mulher*, sentado sozinho no cinema. Eu estava pra baixo, cheio de autopiedade. Mas Nina não se importou muito. Tudo que disse foi: Argh... Você não podia ter encontrado outro filme? Aquele filme representa o sonho dos economistas do Reagan: que a recessão chegasse ao fim a base de boquetes.

Como eu poderia não a amar? Ela me dava um mapa do mundo em que vivíamos!

é basicamente um avião a jato em calças de náilon: o Super-Homem. Pense em quantos clássicos da literatura foram escritos naquela época!

Fazia sentido aquilo? Eu estava tão envolvido com o drama ao redor das mensagens que não acho que tive chance de entender o que ela dizia de fato em nenhuma das cartas. *Tanto drama!* Às vezes, duas ou mesmo três cartas por dia. Ela escrevia: *Estou tão feliz por estar rasgando a carta que eu tinha começado.* Nisso eu passava o dia pensando no que ela tinha ou não escrito. Em seguida chegava outra carta: *O mundo é seu, eu só vivo nele.* (No cabeleireiro, conferi o horóscopo de Nina numa revista. Li e, naturalmente, arranquei a página, levei para casa e colei no meu diário: *Se você acha que já teve sua cota de dramas pessoais e profissionais, esqueça. O espetáculo está só começando. Você e o virginiano sexy Richard Gere gastaram uma quantidade considerável de energia emocional este ano tentando compreender o estado da vida amorosa de vocês. Agora é hora de seguir em frente. O eclipse lunar do dia 8 de junho deixará você ainda mais intensa e sensível aos caprichos dos outros. Eventos surpreendentes por volta do eclipse solar do dia 23 de junho vão arejar as coisas, e você estará pronta, disposta e capaz de lutar pela melhor de todas as razões: a felicidade verdadeira.*) Arejar! Arejar!

Não importa se não consigo lembrar o motivo da briga: era sempre de certa forma a mesma coisa. Geralmente ela estava em outra cidade, dizia que ia ligar, e não ligava; as suas pequenas mentiras, que ela dizia que resultavam do nervosismo por eu testá-la continuamente, me levavam à beira da loucura.* Todas as cartas que ela enviava eram lindamente elaboradas — o

---

* Já procurei em todos os quatro cadernos de anotações que tenho daquele período e não consigo encontrar uma folha que arranquei de uma revista: era um texto anônimo que algum homem deixara num assento de avião, com os nomes de duas mulheres no topo da página e os atributos, tanto positivos quanto negativos, listados debaixo de cada nome. "Grande cozinheira", "honesta", "boa de cama, "mau hálito", "gentil com meus pais", e esse tipo de coisa. Quantas vezes fiz listas sobre Nina! E às vezes a comparava com outro nome. "Graciosa", "sexy", "cheira bem", "pequenas mentiras", "distante", "risada bonita" et cetera. "Amor", nenhuma menção.

que só aumentava minhas suspeitas. A menção a qualquer outro nome roubava todo o prazer de receber uma palavra de afeição da parte dela. Descobri que o ciúme era uma doença cujos primeiros sintomas eram um súbito escurecimento do universo seguido por uma leve irritação na pele, especialmente no rosto, até que começavam as marteladas no coração.

Sempre reclamei que ela não me amava o suficiente; e por muito tempo não compreendi que, ao fazer aquilo, eu declarava minha derrota. Era inútil. Não havia cura. Eu tinha me apegado a uma história que começara certa noite quando acordei no meio da madrugada e subitamente me veio a ideia de que Nina não estava no Maine. Estava em Pittsburgh com o ex, Jonathan. Tão logo me veio aquele pensamento, soube com uma convicção profunda que era verdade. Disse isso a ela assim que nos falamos ao telefone, e ela me surpreendeu aceitando minha acusação, mas acrescentando que, embora os detalhes estivessem corretos, eu chegara à conclusão errada. A mãe de Jonathan estava morrendo, seus rins falharam, e depois os outros órgãos entraram em colapso. Nina falou muito tempo sobre ela.

— É uma mulher que foi muito boa comigo, especialmente durante uma longa doença. Eu queria fazer o que era certo, mas não tinha certeza de que você entenderia. Desculpe. Em retrospecto, eu devia ter sido sincera com você.

Aceitei essa explicação, mas minhas dúvidas ficaram em suspenso apenas por um breve período. Eu fora ingênuo. Ficara completamente cego para o fato de que, quando apareci na história, Nina ainda se achava num relacionamento com Jonathan. Depois, tratei a descoberta desse fato como um acontecimento revolucionário, um evento que determinaria o modo como todas as minhas informações seriam organizadas dali para a frente. Fui chatíssimo, sem dúvida. Mais de uma vez Nina protestou contra minhas reclamações absurdas.

— Estou encurralada num beco sem saída histórico, de onde parece que não posso escapar, mesmo quando já dei tudo que podia dar.

— Eu amo você e nem sempre tenho certeza de que você me ama.

— Às vezes eu acho que se você realmente me amasse, ia me deixar fora dessa confusão.

— Você está dizendo que quer acabar?

— Não, só estou dizendo que se você conseguisse deixar de lado todos esses testes, eu não reprovaria mais.

Sempre que tínhamos uma conversa desse tipo, eu me sentia imediatamente de castigo. E havia outra coisa: eu ficava com ódio, fazia acusações, mas Nina nunca. Nina não levantava a voz. Na verdade, acho que ela nunca tomava declarações grosseiras como verdades. Se você não estava sendo respeitável, estava sendo verdadeiro? Quando ficava amargo, eu pensava que era uma questão de classe, essa obrigação de ser educada. Outras vezes me sentia um babaca.

Acontecia também que, depois de uma briga, eu voltava para casa e ouvia sua voz na secretária eletrônica. Quando isso acontecia, eu cedia imediatamente e telefonava. Mas havia ocasiões em que nada me demovia. A pontada de culpa desaparecia, substituída pela raiva. Eu ficava chateado demais por ela não ter escrito, ou não ter ligado, ou ter ficado na rua até tarde com os amigos.

E não eram só brigas. Em fevereiro, talvez apenas dez dias depois de eu ter colocado o anúncio de Dia dos Namorados na *Voice*, nós rompemos. Não durou muito, mas uma mudança aconteceu: nada mais era garantido. Por que casais brigam, ou qual a origem dessas brigas? Uma irritação menor ou um comentário mal compreendido é associado a uma mágoa ou a um ressentimento antigo, ainda que mal articulado. É como se um armário com um alçapão secreto se abrisse para um túnel escuro que lhe permitia rastejar até um esconderijo distante.

O caso se deu durante o jantar, numa sexta à noite. Maya e Peter eram nossos convidados. Estávamos no apartamento de Nina, mas quem cozinhava era eu. Naquele semestre Nina era a professora assistente numa disciplina de literatura americana do século XIX e, mais cedo, naquela mesma noite, houvera uma grande palestra com um especialista convidado. Ela chegou em casa com a notícia de que, tão logo a palestra começou, um conhecido professor emérito adormecera na cadeira ao lado dela. O visitante precisou ajustar o ritmo da fala para minimizar o som das suaves expirações que emanavam da primeira fila. Nina gostava de dar títulos para eventos, e um deles foi este: "A palestra dos sonhos". Eu tinha trazido minha fita com músicas de Hemant Kumar para Maya. Ela sentou ao lado de Peter e parecia feliz. Bebemos vinho, e logo chegou a hora de comer.

Num esforço a mais, eu preparara *rogan josh*. O cheiro de carneiro cozido em especiarias, contudo, fez Nina escancarar as janelas da cozinha tão logo entrou no apartamento. Também preparei *chana masala*, *raita* e couve-flor grelhada. Como sobremesa, comprei *kulfi* no Maharaja Palace do Frederick Douglass Boulevard. Peter estava silencioso, mas gostou da comida. Enquanto comia seu *kulfi* de pistache e cardamomo, Maya olhou para Peter e começou a contar uma história.

— Ontem eu estava do lado de fora da confeitaria. Uma mulher tinha se ajoelhado na calçada, dando comidinhas pro terrier dela. "Você gosta disso?", ela perguntava, e depois, como se o cachorro tivesse respondido alguma coisa, acariciava seu rosto e dizia: "Eu também amo você!". Isso durou um bom tempo. O terrier nunca se cansava da pergunta, que deve ter sido feita uma dúzia de vezes, ou das declarações de amor.

Em vez de perguntar se ele tinha gostado da comida, Maya fez uma gracinha com o nariz de Peter. Vi que Nina me olhava.

— Obrigada pelo jantar, meu bem.

— Mas você gostou?

Tinha uma ponta de vacilação na minha voz porque achava que Nina não gostava de comida indiana. Ela era sempre graciosa, claro, mas quando me elogiava eu sentia que era mentira. Eu não conseguia espantar um sentimento de humilhação do meu peito. E agora, no jantar, cometi o equívoco de dizer a verdade.

— Você comeu uma colher de arroz e algumas garfadas de couve-flor. Algo mais?

Nina riu. Disse que tinha sentido tanta fome que comeu queijo e bolachas na recepção depois da palestra.

— Por que você está reclamando? — Maya perguntou. — Veja Peter! Ele está comendo o suficiente por todos nós.

Peter fingiu parar de comer, devolvendo o garfo ao prato. A conversa mudou de direção, e quando o vinho acabou, nos despedimos. A princípio, eu passaria a noite no apartamento de Nina, mas quando Maya e Peter foram embora eu disse que ia voltar para casa. Nada era capaz de abalar a serenidade de Nina.

— Tem certeza? Fique, por favor.

— Não, acho que é melhor eu ir. Estou com um livro lá que quero ler.

— Amanhã é sábado. A gente acorda tarde e come o que sobrou da comida.

— Por que você se esforça tanto para fingir? Você não tem que gostar do que não gosta.

Ao fazer aquela pergunta, será que era da minha vergonha que eu procurava me livrar? Mas vergonha do que exatamente? Ou será que só queria encontrar alguma falha no equilíbrio com que Nina se cobria nessas situações? Nina estava parada ao lado da porta, oferecendo seu melhor sorriso. E então o literal traduziu-se no metafórico: na expressão de seus olhos, vi uma porta se fechar. Quando me virei para sair, tive certeza de que ela não ia tolerar nem um minuto a mais dessa aspereza. Ao descer as escadas do prédio de Nina, o sabor da comida na minha boca virou cinza. Eu estava triste, sim, mas também senti uma espécie de alívio. Agora já não haveria nenhuma ocasião em que eu precisasse me perguntar se Nina estava sendo genuína. Se esse relacionamento tinha de acabar, e se era aceitável que essa frívola contenda fosse incorporada como a causa, eu estava agora para sempre livre de toda culpa.

Na cama, deitei com o rosto afundado no travesseiro por um bom tempo. Por fim, adormeci. Quando acordei, fiquei aliviado por não haver nenhuma mensagem de Nina na secretária eletrônica. Ela não telefonara. E à medida que os dias passavam, compreendi que ela não telefonaria. Nenhuma luz piscava na secretária eletrônica quando eu voltava das aulas. Um aceno educado na única disciplina semanal, só isso. No esforço de iniciar uma nova vida, comecei a frequentar a academia. Na piscina da universidade, eu nadava um pouco, mas meus pensamentos se voltavam para Nina. Uma garota numa raia distante com touca e óculos de mergulhar podia ser ela, eu pensava, insanamente. Uma noite, tirei do meu guarda-roupa o vestido preto de seda que Nina tinha deixado lá depois de uma festa. O perfume dela ainda habitava o tecido. Não há amor mais real do que aquele que se experimenta depois de um término. Senti que era importante estender o vestido preto na minha cama e cobri-lo com meu corpo. Dessa vez, quando afundei o rosto no travesseiro, devo ter sussurrado o nome de Nina infinitas vezes.

Nos meses que se seguiram, repeti para Nina em mais de uma ocasião a história da adoração ao vestido. De início ela me ouviu sem zombaria, mas depois também essa história foi incorporada à narrativa geral que ela tinha sobre mim. Eu interpretava continuamente um personagem numa peça que se desenrolava na minha cabeça, e ela, Nina, fora escalada como atriz num papel que ela própria não havia concebido.

Quando voltou da visita à mãe de Jonathan, Nina sugeriu uma viagem. Veio ao meu apartamento, trepamos com um misto de eficiência e impaciência, pedimos comida chinesa, depois trepamos de novo como se estivéssemos nos livrando das lembranças das últimas semanas. Pelo menos foi isso que pensei mais tarde, enquanto observava Nina ensaboando o cabelo com xampu, nós dois juntos debaixo do chuveiro. Com a exceção talvez de dois homens seminus numa estrada rural perto de Hajipur, banhando-se perto da bomba de água depois de um dia de trabalho no campo, ninguém que eu tivesse visto na minha vida se ensaboava mais vigorosamente do que Nina. Ela produzia uma segunda pele e ficava quase irreconhecível, transformando a si mesma numa criatura sobrenatural com bolhas de sabão no cabelo e espuma cobrindo o próprio rosto. Foi essa criatura que me perguntou para onde eu gostaria de ir.

— Grand Canyon.

Pelo silêncio dela, percebi que era a resposta errada.

— Não, mas tem Las Vegas ali perto.

Agora era minha vez de permanecer em silêncio.

Flórida era perto demais. O Havaí, muito longe.

— Dá para pousar em algum ponto no meio do país e depois dirigir pelo Yellowstone?

Se fosse para dirigir, Nina preferia ir para a Califórnia.

— Vamos pela Highway One com o Pacífico bem do lado da janela do carro. Você vai amar.

A água dispersara todas as bolhas de sabão de seu rosto e cabelo: Nina emergiu linda e lustrosa, perfeitamente limpa, com olhos pretos reluzentes e uma boca de pêssego.

Eu gostava da ideia de viajar com o oceano à vista, mas tudo o que tinha visto deste país eram as costas Leste e Oeste. O que eu teria conhecido da Índia se só tivesse visitado Bombaim e Calcutá? Queria atravessar certas partes dos Estados Unidos, seu vasto interior, e depois vagar pela imensidão. Imaginei que o Grand Canyon estava fora de cogitação por conta de alguma associação passada.

— Nós pousamos em algum lugar e depois só atravessamos o Yellowstone de carro — eu disse.

As passagens que compramos eram para meados de julho. Quando a data se aproximou, fomos até a Countee Cullen Library na rua 136 e conferimos uma leva de livros em fita cassete: *A canção do executor*, do Norman Mailer (porque era o mais grosso e tinha o maior número de fitas); *O grande Gatsby*; um conjunto três em um com obras de Toni Morrison — *Sula, A canção de Salomão* e *Amada*; também Alice Munro (*Contos selecionados*, lidos por, sim, Susan Sarandon); um livro de Elmore Leonard; e *Lolita*, do Nabokov. Nina achava que não teríamos tanto tempo assim, mas não protestou. Escolheu um livro chamado *Middle Passage*, e tenho quase certeza de que nunca o ouvimos.

Próximo passo: uma visita à associação automobilística atrás de um mapa feito especificamente para nossa viagem de carro. De Cheyenne, Wyoming, a Missoula, Montana.

— Sim, senhora, obrigado, a rota tem que passar pelo Yellowstone, sim.

Uma mulher por volta dos sessenta anos, pesadamente perfumada, segurava marcadores de três cores diferentes entre os dedos da mão esquerda. Ela escolheu um deles e sublinhou uma estrada, o amarelo iluminando-se como um fugitivo no plano esverdeado do papel. O trajeto duraria três ou quatro dias. Nina achava que tínhamos que nos conceder uma semana inteira; pousaríamos em Cheyenne e depois decolaríamos de Missoula. Esses nomes, que até aquele momento não me eram nada familiares, possuíam agora certa magia.

Como estudantes de pós-graduação, usávamos palavras como *pesquisa*. No segundo dia em Yellowstone, já repetíamos essa palavra. Ao descobrir que, embora ainda fosse verão, havia neve em certas áreas do parque, e que a gente devia ter trazido casacos e suéteres, começamos a dizer um ao outro que não tínhamos feito nossa pesquisa direito. Cá estávamos numa floresta de abetos, o sol se pondo por trás de um horizonte de rochedos, e o frio rondando entre os pinheiros-negros descascados pelos incêndios de verão. Era quase noite, escurecia, mas nada nos preocupava. Pelo contrário, toda a incerteza e o frio do lado de fora acrescentavam um toque de excitação ao percurso. Procuraríamos um hotel entre os três lugares marcados com X no mapa. Parecia faltar ainda alguma coisa entre quarenta e oito e cento e doze ou cento e vinte e oito quilômetros a percorrer. Era preciso ter trazido um guia de viagem. Em vez disso, tínhamos nos concentrado em selecionar os livros certos. Elmore Leonard rodava no toca-fitas enquanto dirigíamos com as luzes do painel do carro acesas — verde, vermelho e branco, como se fosse Natal. Na escuridão, uma voz dizia: *Viram Jackie Burke descendo do ônibus de Bahamas vestida no uniforme escuro da Islands Air, seguindo pela Alfândega sem abrir a mala, uma pasta marrom de náilon com rodinhas que ela puxava atrás de si, do tipo que comissárias de bordo usavam.*

Eu me inclinei no banco do passageiro e desliguei o toca-fitas. A tensão da história me inquietava. Afetava meus nervos, então busquei um alívio.

— Uma vez li um conto do Milan Kundera em que a personagem finge pedir carona ao próprio namorado, como se fosse uma desconhecida. É um conto erótico, mas bem maluco...

— Você por acaso me disse seu nome, senhor?

Nina sorria um pouquinho.

Não estava muito escuro, mas não havia ninguém por perto. Nina parou o carro no acostamento. Eu saí para esticar as pernas. Quando voltei Nina deslizou para o banco do passageiro, voltando-se para a estrada que tínhamos percorrido. Disse que não queria ficar de saia. Com a mão direita, excitado, conferi como ela estava molhada — ao me lembrar disso, ou pensar que lembro, me pergunto se Nina, seja lá onde ela estiver agora, também lembra das mesmas coisas do nosso relacionamento. (Eu bati uma foto dela em Nova York debaixo da placa de um bar chamado Camaleão. Isso é você, eu disse. Tão cruel. Ela deve lembrar daquilo.) Quero acreditar que Nina também lembra como o som das nossas respirações enchia o carro. Na distância, pelo retrovisor, eu podia ver um ponto de luz viajando lá no alto da montanha: era a luz de um carro que aparecia e desaparecia como se eu acompanhasse o voo de um vaga-lume. Quando a penetrei por trás, mesmo naquele espaço exíguo, será que ela lembra das estocadas que ela dava contra mim com a bunda, em solavancos pequenos e extasiantes? Na história que construí na cabeça, embora isso possa ter acontecido em outra época, lembro que quando fiz um gesto de carinho, acariciando suavemente o seio de Nina, ela afastou minha mão e disse: *Me fode.*

=====

Uma viagem anterior, antes de eu deixar a Índia. Era verão e eu seguia de trem, de Delhi para Patna. No meu compartimento os demais passageiros dormiam; eu lia um romance de Lawrence Durrell, escritor que nascera em Jamshedpur, a apenas algumas horas de Patna.* O livro me fora recomendado por uma garota que conheci na faculdade em Delhi. Era graduanda como eu, estudava literatura, os pais eram professores numa faculdade não muito longe. Eu a via como uma pessoa moderna — coisa que eu não era — porque ela participara de montagens teatrais e viajara ao exterior. Tinha uma testa alta e olhos levemente claros. Tínhamos bebido chá e fumado cigarros juntos, do lado de fora da cantina da faculdade, mas não

---

* O romance de Durrell tem uma epígrafe enigmática, retirada de uma das cartas de Sigmund Freud: *Estou me acostumando com a ideia de considerar qualquer ato sexual como um processo no qual quatro pessoas estão envolvidas. Teremos muito o que discutir sobre isso.*

éramos namorados. Éramos tímidos demais ou jovens demais até para apertar a mão um do outro. Na minha bolsa, eu tinha o endereço da casa de uma tia dela, em Baroda, que ela visitaria naquele verão; ela pediu que eu escrevesse cartas, e enquanto olhava a lua pela janela do trem, na minha cabeça, eu já estava escrevendo a primeira. Não havia, e nem haveria no futuro, nenhuma intimidade real entre nós. O que a gente sabia do amor? Ninguém na minha família jamais se casara fora da nossa casta. O amor era uma província governada por garotos com carros, sócios nos clubes da cidade, jovens que eu via ao meu redor, banhados em perfumes, desembrulhando palitos de chiclete Wrigley antes de irem cumprimentar alguma mulher. Levei as notas que a garota em questão fizera numa palestra ao dormitório de um estudante que se dizia especialista em analisar caligrafia. Era um pouco como ir ao astrólogo. Ele avaliou as letrinhas fechadas dela e a descreveu como uma pessoa "emocionalmente reservada e desconfiada". Depois, analisando meu caderno, traçou no ar os rabichos debaixo das minhas letras e disse, com uma ponta de hesitação, que aquelas voltas "representam uma imaginação vívida, mas também podem significar que você anda afundado em volúpias". Só na minha imaginação vívida tinha havido ocasião para volúpias. Mas num ponto eu agira, sim, com uma paixão exorbitante. Na noite anterior a um exame, um colega me trouxe envelopes que só seriam abertos no dia seguinte, contendo as questões da prova. Não perguntei como ele tinha conseguido os envelopes; sem pensar duas vezes, entrei num autorriquixá e fui até a casa da garota. Ela ficou surpresa ao me ver e ao descobrir que eu sabia onde ela morava, e ainda mais surpresa ao descobrir a razão pela qual eu estava parado na porta dela. Naquela noite não consegui estudar. Estava nervoso, querendo saber se tinha dado a informação correta à garota de quem eu gostava. No fim os envelopes eram de fato autênticos, e ela riu quando confessei que, ainda assim, fui mal na prova. Não tinha me esforçado. Nossa amizade nunca foi adiante, mas trocamos algumas cartas nas quais incluímos algumas pálidas tentativas de poesia. Um ano antes de deixar a Índia, li no jornal que ela ganhara uma prestigiosa bolsa de estudos que lhe permitiria escrever sobre Tagore na University College, em Londres. Depois ouvi de alguém que ela se declarara lésbica, e essa notícia, que recebi em Nova York, me agradou. Nós dois abandonáramos a armadura protetora das nossas tímidas transgressões anteriores. Tínhamos nos tornado nós mesmos.

———

Gallatin National Forest. Nossa cabana tinha aquecedor, mas o frio como que se infiltrava nas brechas invisíveis, formando uma poça bem debaixo dos nossos pés. Pouco antes do amanhecer, senti Nina se espreguiçar e vi que abrira os olhos. Reclamou do frio e disse que queria panquecas. Panquecas e café preparado perto de uma lareira. Eu me aconcheguei mais perto dela.

O gujaráti na recepção disse que teríamos de esperar uma hora pelo café da manhã, mas que, nesse horário, se dirigíssemos ao norte, veríamos lobos. Mas onde os encontraríamos? Só com muita dificuldade conseguimos achar a pousada. O homem foi incisivo:

— Virem à esquerda quando passarem pelo portão. Depois dirijam para o norte por meia hora, e vão vê-los cruzando a estrada ou no mato que dá no rio.

— O.k., então os lobos estão zanzando por aí nesse horário. E quanto às panquecas? Não tem nenhuma Casa das Panquecas aqui por perto?

— Para isso vocês têm de dirigir até Bozeman. Quando chegarem já vai estar aberto, porque são duas horas até lá.

Obviamente, não fomos. Trocamos chocolates e bebemos café ruim, deitados na cama, escutando a voz seca e distante de Jeremy Irons lendo *Lolita* num pequeno toca-fitas que Nina usava para gravar entrevistas. *A qualquer outro tipo de acomodação turística eu logo comecei a preferir o Hotel Funcional — recantos limpos, arrumados e seguros, ideais para o sono, as discussões, as reconciliações, o amor insaciável e ilícito.* Olhamos ao redor do quarto frio, as paredes rosadas, a foto emoldurada de um ursinho pisando a água do riacho espumoso, e rimos. Como se num acordo tácito, Nina se meteu debaixo do cobertor e engatinhou até ficar em cima de mim. Sentou-se e, com muita destreza, fez pequenos ajustes, de modo que tudo se encaixasse muito bem. Jeremy Irons dizia: *Eu jamais vira estradas tão adoráveis e macias como as que brilhavam agora à nossa frente, cruzando a louca colcha de retalhos de quarenta e oito estados. Vorazmente consumimos aquelas longas rodovias e, em silêncio extasiado, deslizamos por sobre suas escuras e lustrosas pistas de dança.*

Seis meses depois, pensei no rosto de Nina naquela manhã no hotel quando ouvi no rádio uma menção a lobos. Era aniversário do meu pai e eu telefonaria para ele na Índia. Primeiro precisava esperar que Nina me ligasse do congresso em Boston. Não queria que desse ocupado caso ela telefonasse. Nas datas importantes, eu ligava para os meus pais. A meio mundo de distância, o telefone tocou em Patna. Naquela época, meus pais ainda não tinham telefone. Hoje qualquer leiteiro conduzindo suas vacas pela estrada tem um celular no bolso da frente da camisa. *Meritíssimo, estou descrevendo outro tempo. As chamadas eram caras, e às vezes era preciso esperar uma hora até conseguir conexão. Quando eu ligava para o telefone do vizinho, alguém ia correndo chamar meu pai. Geralmente eu desligava e depois reclamava com a telefônica dizendo que a ligação tinha caído. A operadora pedia desculpas e me reconectava sem cobrar nada. Do meu ponto de vista, a imigração era o pecado original. Alguém me devia* *alguma coisa. Esse pensamento mal formulado encontrara um lar no meu coração e me concedia um senso exagerado de identidade, dando-me permissão para fazer o que eu bem quisesse. Não estou tentando justificar nada; quero apenas explicar.**

Eu nunca conversara com minha família sobre Nina. As perguntas do meu pai quando visitei a Índia eram todas nesta linha: Pode me dizer por que os americanos são mais pontuais como povo? Ou: Há algum modo de explicar por que os indianos cospem tanto? Nina, por sua vez, nunca me perguntava muita coisa sobre meus pais, o que me surpreendia um pouco. Não apenas sobre meus pais: acho que nem sequer a Índia a interessava. Lembro de Nina dizer que se algum dia visitasse a Índia com certeza dispensaria o Taj Mahal. Na Grand Central, tínhamos visto um anúncio de viagem: no céu por cima do domo de mármore do Taj, monumento do amor de Shah Jahan por Mumtaz Mahal, as palavras *E pensar que hoje em dia os homens só precisam comprar flores e chocolates*. Nina não ficou muito impressionada.

— Não acha que é uma coisa meio doentia, lindos monumentos construídos para mulheres definitivamente mortas?

Sorriu quando disse aquilo e, para que eu não a levasse a mal, me deu um beijo no ouvido.

Poucos meses depois de começarmos a sair, decidi apresentar Nina à Índia mostrando um ou dois filmes de Satyajit Ray, começando por *Pather Panchali*, mas fiquei nervoso, com medo de que ela se entediasse. Fomos à Blockbuster procurar uma fita. Na loja, Nina ficava atrás de mim, os peitos apertados contra as minhas costas. Eu disse que queria ver um filme que nenhum de nós tivesse visto antes. Escolhi *O silêncio dos inocentes*. Ela disse que sempre quis ver aquele filme. Gostei desde a primeira cena. Depois de um tempo, dei pausa e me

---

* Tenho a seguinte citação no meu caderno: *Carrego um tijolo no ombro, para que o mundo saiba como era minha casa.* — Bertolt Brecht.

aproximei para dar um beijo em Nina, porque, ao contrário de Jodie Foster, ela tinha uma boca malcriada e insolente. Mais tarde, quando ainda assistíamos ao filme, ela fez um comentário que tornou claro na mesma hora que já o tinha visto. Não perguntei nada. Agora tinha parado de fazer isso, mas intimamente tomava nota sempre que ela mentia para mim. *Intenção insidiosa da minha parte, Meritíssimo. Era uma pequena obsessão. Tal como um país carimba seu passaporte toda vez que você entra e sai. Um exercício de arquivamento.* Eu estava apaixonado por Nina e depois, quando o filme terminou, disse a ela, com a minha imitação de Anthony Hopkins mais caprichada: Vou servi-la com um pouco de chianti e feijão-fava. Os olhos negros dela brilharam, e com a língua ela fez um barulho de quem engole esfomeadamente.

Uma semana depois, acordei no meio da noite e tomei consciência de uma lembrança que eu havia esquecido. Lembrei de Nina me dizendo num passeio que, durante a graduação, tivera um professor de história que ela chamava de Hannibal Lecter. Depois de se graduar, foi ao gabinete do sujeito agradecê-lo. E o professor, reservado e vinte anos mais velho, levantou da cadeira, foi até Nina, enfiou a língua dentro da boca dela e chupou com força, retirando-se abruptamente logo em seguida e se afundando ordeiramente na cadeira.

Eu estava agora sentado esperando Nina me ligar de Boston e essa história passou pela minha cabeça — uma tênue nuvem movendo-se na frente do sol — sobre aquela noite em que vimos juntos *O silêncio dos inocentes.* Cheio de autocomiseração disse a mim mesmo que eu me afastara muito das minhas raízes: não havia nada nos meus assuntos cotidianos que eu pudesse compartilhar com meus pais. Não sabia o que dizer ao meu pai, no dia do seu aniversário, quando ele atendesse ao telefone. Eu estava sentado ao lado do aparelho. Nina não tinha ligado, ainda que tivesse dito que ligaria. A conferência em Boston intitulava-se Imagem em Movimento. O café que eu bebia era uma variedade de sumatra chamada Mandheling, de que ela gostava. Compramos juntos — não que isso importasse. Eu não gostava de beber café, mas lá estava eu, com uma xícara na minha frente, esperando, fingindo ouvir o rádio. Aquilo é que importava — que eu bebesse o café agora. Outra coisa: eu deixava as pessoas fumarem no meu carro; dessa forma, quando Nina também fumasse, ela não me incomodaria tanto. Sintonizava a National Public Radio quase todas as manhãs porque era a estação que ela gostava de ouvir ao acordar, e desse jeito nós teríamos mais coisas a dizer um ao outro.

Immigrant, Montana. Foram as palavras que ouvi subitamente no rádio. O nome de um lugar. Liane Hansen, da NPR, disse que policiais federais tinham matado um lobo num rancho, perto de Immigrant, Montana, e me vi instantaneamente de volta ao Yellowstone com Nina, ouvindo fitas cassete e dirigindo pela floresta. Seu medo fingido de ursos quando tirou a roupa. E os lobos. Naquela manhã no hotel, eles se encontravam a apenas uma hora e meia de nós, sentido norte.

— Lobo Número Três — Hansen disse, com um leve estalar dos lábios — desenvolvera um gosto por ovelhas.

Um funcionário do National Park Service disse que o Número Três tinha matado pelo menos uma ovelha, talvez três, tendo sido em seguida transferido para um local a sessenta milhas aéreas de distância. Depois voltou e outra ovelha foi atacada.

— O Três cometeu um erro, nós lhe demos uma segunda chance, e ele cometeu um segundo erro. Agora o retiramos da população.

Tive vontade de rir. Na quietude do meu apartamento, eu ouvia esse homem falando como se fosse Harvey Keitel. Percebi que estava fazendo o que Nina sempre fazia — responder às pessoas no rádio.

— É a NPR! Quando vocês contrataram o Quentin Tarantino?

Eu ansiava por Nina. Agora sentia que entendia por que ela ouvia rádio: era como se estivesse andando sozinha por uma rua entulhada de gente e o mundo a alcançasse na forma de pedaços de conversas entreouvidas e gritos. Eu queria minha voz no ouvido dela. Era aniversário do meu pai, ele tinha agora sessenta e cinco anos, e seu coração fraco ia matá-lo. Não viveria muito tempo. Então disse a mim mesmo que, neste dia especial, o mínimo que eu podia fazer era amar minha namorada. Se Nina estivesse por perto — ou se simplesmente me ligasse naquele dia — eu diria: Eu te amo. Queria vê-la sorrir quando me ouvisse dizer que gostava do Lobo Número Três e da preferência dele por ovelhas desmioladas em vez de raposas. Eu tinha na cabeça essa imagem do lobo correndo ao longo de noventa e seis quilômetros de mato, cruzando lagos congelados que ele nunca tinha visto antes, jamais parando, pois seus olhos tinham fome, e a fome era de sua casa, da visão da cerca que ele já conhecia e das ovelhas alinhadas lá dentro.

— Querida, espero que ele tenha conseguido agarrar uma delas pela garganta, a cabeça da ovelha se dobrando para trás, e o sangue quente bem perto da sua boca, antes que um babaca solene e estúpido cheio de tesão o baleasse com um rifle de três mil dólares.

Parte 5

Agnes Smedley

Numa revista, uma lista com duzentas e trinta e sete razões pelas quais as pessoas fazem sexo, a partir de pesquisa conduzida pelos psicólogos Cindy Meston e David Buss, da Universidade do Texas. A lista começava com "Eu estava entediado" e terminava com "Precisava mudar o tema da conversa". No meio, havia outras razões, como "Estava me sentindo sozinho" e "Queria que a pessoa me amasse". E esta: "Precisava queimar calorias".

Nina não se esqueceu dos lobos.

Meses depois que terminamos chequei minha caixa de correio e encontrei um cartão-postal do Old Faithful com um pequeno recorte de jornal. A caligrafia de Nina era reconhecível no endereço (a única coisa que ela escrevera).

A reintrodução de lobos no Yellowstone National Park não conseguiu impedir os alces de comerem os álamos trêmulos, desapontando os cientistas, que nutriam a esperança de que os lobos conseguissem o feito criando uma "paisagem de medo".

Essa foi a última mensagem que recebi de Nina depois que ela anunciou que não tinha mais estômago para tanta briga. Quando disse que ia embora, desatei a pedir desculpas. Estávamos do lado de fora do meu apartamento, na Morningside Drive, parados no calçadão. Era um dia frio, a acácia-bastarda brotara flores brancas, e folhas novas cobriam seus galhos. Parado ociosamente na esquina, um caminhão de lixo. A brisa soprava um fedor discreto, disso eu me lembro claramente. Um estudante de história da arte, com quem eu já bebera cervejas, viu as nossas caras sérias e passou direto. Nina parecia triste, mas estava determinada. Me deixou admirando a força de sua decisão. Eu nada tinha em que apoiar meu desespero. Reclamei tantas vezes do nosso relacionamento, e nem uma vez sequer havia sido Nina quem disse que estava tudo acabado; agora era ela quem partia, e era óbvio que nada do que eu dissesse faria diferença.

— Eu amo você. Você sabe que eu amo você.

— Tente encontrar alguém que ame você, e a ame também.

Nesse ponto ela estava certa, mas errou em relação aos lobos. Há pouco tempo assisti a um vídeo chamado *Como os lobos transformam os rios*. A introdução de lobos no Yellowstone mudou a ecologia de maneiras imprevisíveis. Eles não apenas matavam os cervos. A presença deles implicava que os cervos e os alces evitavam certas áreas, como vales e desfiladeiros. A vegetação renasceu nessas partes e também outras formas de vida, como pássaros e castores. O mato novo mantinha o solo firme, reduzindo a erosão, e os rios pararam de mudar de curso. No pequeno vídeo, o apresentador, George Monbiot, falou sobre isso como quem fala de um milagre, num tom de voz efusivo, muitas vezes sem fôlego, genuinamente entusiástico, até otimista.

Não sei se Nina viu esse vídeo. Por causa das mentiras. Não me refiro a Monbiot e sua fala apressada. Estou falando das minhas mentiras. Uma vez, depois de brigar por uma hora, Nina disse que lera meu diário. Minha raiva evaporou, substituída rapidamente pelo pânico.

— Kailash, só ler aquelas páginas já foi deprimente. Como você aguenta viver a vida que descreve ali?

Ela geralmente me chamava de AK, mas usava meu nome de verdade quando estava com raiva. Que páginas ela tinha lido? Fiquei calado.

— Da menina da cafeteria eu sempre soube.

Quando a gente brigava — brigava e depois reatava no mesmo dia, ou três dias depois, enfim, entre aqueles dias, ou talvez depois do jantar, ou na manhã seguinte, eu tentava conseguir um pouco de intimidade com outra pessoa. Havia essa Amy, da cafeteria orgânica a um quarteirão da universidade; depois de uma discussão com Nina, vi *Cabo do medo* com Amy. Pela maior parte do filme mantive minha mão entre as coxas dela. Tenho certeza que anotei esse detalhe no diário. (Provavelmente devo ter anotado também o que Amy me disse depois que transamos pela primeira vez: que uma amiga tinha atuado num filme pornô no qual fizera um boquete num cachorro. Um pastor-alemão. Incorporei isso a um poema. Peter costumava ir ao café onde Amy trabalhava. Ao ouvir minha leitura do poema seu único comentário foi que Amy não estava descrevendo a experiência de uma amiga, mas dela mesma.) Havia também uma segunda Amy, uma fotógrafa do jornal estudantil, que tinha acabado de romper com o namorado. Eu a beijara na câmara escura enquanto revelava meus negativos. Quem você fodia no escuro não tinha importância. Um rosto era transposto para outro; qualquer corpo podia ser o corpo de Nina. Será que ela lera sobre isso também? Ou sobre a noite que passei com Trish da Literatura Comparada. Trish andava de motocicleta e era a única pós-graduanda da nossa turma que dormira com um professor, um homem que ensinava Lacan. Numa conferência, Trish apresentara um artigo sobre sexo por telefone. Usava saias pretas curtas, e eu a admirara nas disciplinas que cursamos juntos porque ela parecia não ter medo de nada. Contudo, houve pouquíssima emoção no meu breve encontro com Trish, e ela mal conseguiu esconder o tédio, mesmo o desprezo, quando, na cama, comecei a falar sobre Nina. Se lera minha descrição sucinta, mas precisa, Nina nunca disse nada. Claramente, a mera menção daquilo já era deprimente demais.

Quando terminamos, escrevi uma entrada no diário sobre uma jovem professora assistente que fora contratada naquele semestre para ensinar redação de roteiro. Era franco-argelina e tinha um namorado em Lyon que estava lecionando em Dubai por um ano. Meu diário registra que contei a Fadela sobre Nina; ela, por sua vez, foi franca quanto ao namorado. Quando fomos ao Kinko's fazer uma fotocópia de um dos seus manuscritos, trocamos beijos na loja por vinte minutos.

=

Mais de duas décadas se passaram desde aquela última manhã na Morningside Drive. Nem questões de trabalho nos reuniram de novo, embora, em aeroportos, por alguma razão, eu sempre olhasse ao redor para ver se Nina estava por lá. *Aeroportos, Meritíssimo, os lugares onde os imigrantes mais se sentem em casa. E onde se sentem mais inquietos também.* O mais próximo que cheguei de uma impressão dela, excetuando-se os súbitos sonhos que me chegam no sono e me pegam de surpresa (seus lábios nos meus, suas lágrimas quentes no meu ombro), foi quando aluguei um carro em Denver e dirigi um dia inteiro pelo Yellowstone Park. Fui a Denver contratado por um jornal indiano para escrever sobre a convenção do Partido Democrata, quando Barack Obama foi nomeado. Havia muita esperança no ar. Mas mesmo manifestações de esperança podem rapidamente virar rotina, como no ritual da lista de chamada, quando os diferentes estados declaram seus votos eleitorais para cada candidato. "Sra. Secretária, Maine, o sol aparece primeiro no Maine em todo o país…" "Illinois, terra de Abraham Lincoln." "Mississippi, lar do blues." "Senhoras e senhores, camaradas democratas e amigos, trazemos saudações do grande estado da Geórgia, o décimo terceiro estado da nossa união, terra natal do dr. Martin Luther King Jr.… onde encaramos o futuro com um olhar otimista… nós, o estado imperial do Sul, a joia do Sul, o grande estado da Geórgia…" *Não, Meritíssimo, não pretendo ofender ninguém. Só menciono isso para expressar meu interesse no processo democrático e na música doce, algo típica, da fala americana. Ainda que, para ser honesto, mesmo naquele momento, quando os votos foram anunciados, o tributo alegre e discreto às coisas da terra mal escondia as batalhas prévias pelo capital político.* Mas isso foi em Denver. Depois de um dia e meio na estrada, no pequeno Mazda verde-claro, lá estava eu à boca do Yellowstone National Park.

Eram três da manhã quando passei de carro pela bilheteria desocupada. Os faróis iluminaram arbustos de junça e rochedos ao lado dos quais cresciam pequenas flores amarelas.

Perto de uma curva, três alces emergiram bem na minha frente, como se tivessem se autoconjurado de dentro da noite escura. Como damas da noite, de salto alto, cruzaram o asfalto cautelosamente e desapareceram entre os pinheiros do outro lado. Baixei os vidros. O ar era frio; sobre o contorno escuro da montanha avistei à direita uma pequena lua. Por cima do ronco do carro, ouvi os lobos uivando nas redondezas. Meia hora depois, quando os primeiros sinais tateantes do dia apareceram a leste, pude constatar que as formas escuras que pareciam rochedos no meio do campo eram, na verdade, bisões. E quando clareou mais, perto do rio, tornaram-se visíveis os lobos de pelo cinza troteando entre o pinheiro solitário e as fileiras de cactos. Número Três, para onde você foi!

Immigrant, Montana, era uma pequena cidade com uma antiga taberna e duas lojas que alugavam canoas e equipamentos de pesca com mosca. Como lembrança, comprei uma mosca, uma forma iridescente salpicada de azul e cinza, em cuja barriga havia um gancho brilhante. Montanhas de granito negro elevavam-se do outro lado do rio Yellowstone. O rio fluía a curta distância da Highway 89, que cortava a cidade. Quando desci até a água, pequenos gafanhotos saltitavam pelo caminho. O rio cintilava à luz do sol, e era difícil enxergar as trutas. O sol e o céu azul infinito, tudo era belo e, no entanto, esse lugar bem podia ser uma cidade fantasma. Era um nome que por muito tempo eu levara na minha imaginação; agora pertencia ao passado. Por todos esses anos era um nome que reunia, como os dois ponteiros de um relógio encontrando-se na hora certa, minhas duas necessidades mais profundas — o desejo por amor e a ânsia pelo lar. Mas não havia nada para mim aqui.

No verão passado, eu estava numa colônia de escritores em Portland, Maine. A cidade onde os pais de Nina tinham a cabana ficava a apenas quinze minutos de distância. Procurei pelo nome deles na lista telefônica e me surpreendi quando não encontrei nada. Contudo, uma pesquisa on-line rapidamente deu resultado. Havia um obituário no *The Cape Courier*, o jornal local. A mãe de Nina falecera devido à insuficiência cardíaca. O primeiro parágrafo informava data e causa da morte. O breve parágrafo que se seguia me fez ter certeza de que Nina o escrevera. *Para a sra. Robin, o dia impunha um rigor simples que precisava ser enfrentado com dedicação estética; seus instintos eram democráticos, e ela visava elegância e economia. Lançava um olhar equânime, mas crítico, tanto sobre a diagramação do jornal da manhã quanto sobre as alocações de recursos municipais às escolas da área ou o arranjo de flores na mesa em seu estúdio. Era uma artista e uma ativista. Nos últimos anos, durante a convalescência, escreveu muitas cartas a editores de jornais sobre questões preocupantes, como o controle dos preços dos aluguéis e a taxação progressiva; quando lhe sobrava energia de tais esforços, pintava adoráveis aquarelas representando os peneireiros de dorso malhado e os picoteiros que pousavam nos galhos do pinheiro e do zimbro nos fundos da casa. Falava amavelmente às tarambolas-douradas e aos pilritos-de-pescoço-ruivo que encontrava nas caminhadas pela praia; quando voltava para casa, jogava uma boa partida de mexe-mexe. Sra. Robin deixa seu marido, Joseph; sua filha, Nina; e seu casal de netos, Rebecca e Adam, gêmeos.* Subitamente, naquela terra familiar que chamamos de língua, o passado doloroso fazia-se vivo de novo.

Enquanto trabalhava neste livro, procurei um cartão-postal em particular que Nina me enviara. Não encontrei, mas vejam — eis aqui um detalhe daquela reprodução que arranquei de uma revista durante meus primeiros dias neste país. *Os amantes*, de

Picasso, 1904. *O desenho foi feito depois de Picasso fazer amor pela primeira vez com Fernande.* (Tinha vinte e dois anos naquele momento. Será que de fato nunca teria feito amor antes? Acho que inconscientemente decidi que essa foi sua primeira vez porque eu era mais velho do que ele.) *

Alguns dias ou talvez uma semana depois do nosso rompimento final, vi Nina na Igreja de Riverside, onde acontecia uma reunião para discutir a absolvição dos policiais que espancaram Rodney King. Eu estava sentado na última fileira, mas via Nina num ângulo claro, recostada na parede. Ela juntara a palma das mãos como se rezasse. Quantas vezes segurei aquelas mãos! Eu caminharia até ela e beijaria todos os seus dedos, se ela deixasse. Dez minutos depois, levantei do banco e fui embora. Era triste demais olhar para Nina.

---

* A folha arrancada com o desenho de Picasso. Evidência contra meu argumento de que meu relato sobre desejo é uma preocupação recente. É verdade que não publiquei nada nos últimos dez anos, mas tenho minhas notas. Por exemplo, um clipping no meu caderno tem o seguinte par de informações: *1. Cientistas não conseguem explicar por que algumas mulheres australianas se sentem tristes depois de relações sexuais, em geral, satisfatórias. 2. Éguas têm mais probabilidade de aborto espontâneo quando acasalam com cavalos estrangeiros* ("Findings", *Harper's Magazine*, junho de 2011, p. 88).

Além disso, anotada numa página anterior, a seguinte observação: Cães-da--pradaria beijam-se com mais frequência se humanos estão olhando ("Findings", *Harper's Magazine*, abril de 2011).

Meritíssimo, é justo da minha parte me perguntar quem era o pesquisador da Harper's Magazine *durante aqueles meses de 2011, quando eu estava prestando atenção naquela seção? Um interesse tão ávido pelas sutilezas do sexo! Jovem jornalista, onde está você agora? Encontrou no amor a satisfação que queria? Em março de 2011, por exemplo, a seção "Findings" reportou o seguinte: "A excitação sexual dos homens atenua-se ao farejar as lágrimas de uma mulher". "Jovens casais heterossexuais americanos que concordam em ser monogâmicos frequentemente não são." "Desculpas são desapontadoras." Tais são as maravilhas da internet, Meritíssimo, uma pesquisa básica no Google revelou que o jornalista em questão, agora editor da* Harper's, *nascera em Delhi! Avante!*

Querido editor, que sua curiosidade e seu interesse pelo mundo sejam mil vezes recompensados!

Nos dias seguintes, eu me sentia como se tivesse fracassado não apenas no amor, mas na vida. Eu me inquietava e me lamentava porque os outros ao meu redor faziam coisas muito mais interessantes. Meu amigo Peter fora a Hamburgo com Maya; da Alemanha, viajariam até a França. Os pais de Maya voariam de Delhi a Paris, e desceriam até o sul da França, para uma vila perto de Avignon, onde o tio de Peter, um pintor gay de sucesso, tinha uma fazenda e vários acres de terra. Peter e Maya se casariam por lá. Maya tinha esperanças de que casar deixaria Peter feliz. Estava tremendamente animada com a perspectiva de fazer uma cerimônia hindu no interior da França. Todos fomos convidados, mas ninguém podia arcar com as despesas. (Exceto Pushkin, mas ele indicara que havia um conflito de interesses naquela situação.) Larry estava trabalhando como professor num acampamento de verão para adolescentes próximo ao Parque Nacional de Redwood. Em um ano publicaria seu romance. Kurt Vonnegut brindara-lhe com um pequeno comentário. Ricardo, nosso colega de gabinete, preparava artigo sobre cidades e favelas. Cai Yan vinha entrevistando um sociólogo indiano em Londres que fora membro dos naxalitas em Bihar.* Até Nina, apesar das distrações do nosso relacionamento tumultuoso, avançava no projeto sobre aquelas que ela chamava de "as filhas de Mother Jones" — Grace Lee Boggs, Audre Lorde e Angela Davis.

Pushkin recebera uma bolsa para um projeto de tradução que estava quase finalizado. Estava traduzindo do híndi para o inglês a história de um homem de casta inferior de cinquenta e oito anos que passara a vida como um catador na periferia de Delhi, levando merda na cabeça ou num carrinho, merda coletada das fileiras e fileiras de casas velhas. Quando li a seção que Pushkin me mostrou, senti inveja. Pushkin já era o escritor que eu desejava ser. E ao traduzir o testemunho de um intocável, fizera um ótimo serviço, não só porque era um tempo bem gasto, mas porque a história, mesmo em tradução, carregava a dor do real. Como jovem resenhista em Delhi, Pushkin protestara contra acadêmicos e ativistas de esquerda; depois de mudar para Nova York, numa virada surpresa, que, claro, fazia sentido, tornou-se a voz dos oprimidos.

Tempos atrás, eu conhecera um homem chamado Prabhunath cujo pai fora ministro no gabinete de Charan Singh. Esse camarada Prabhunath era proprietário de terras em Palau e me dissera que as pessoas de casta inferior permaneceriam para sempre abaixo das castas elevadas.

---

* Naxalitas é o nome genérico para os diversos grupos comunistas que operam na Índia. (N. E.)

— Veja aqui. — Ele apontava para a virilha. — As bolas vão sempre pender debaixo do pau.

Pessoas como Prabhunath pertenciam a uma Índia mais antiga. Aquela Índia em particular estava viva no noticiário que nos chegava sobre jovens casais linchados por pertencerem a castas diferentes ou sobre um *dalit* espancado até a morte por beber água num poço brâmane. Ao contrário de Prabhunath, Pushkin era membro da nova Índia. Era um brâmane, e seu lugar no mundo devia bastante ao seu passado, mas ele repudiara suas origens e agora estava em casa em qualquer parte do mundo. Nunca falava de um escritor híndi de Jaipur sem mencionar Jorge Luis Borges e Buenos Aires ou Nâzim Hikmet e o mar de Marmara.* Quanto a relacionamentos, ele provavelmente consideraria provinciano dormir com alguém que assistia aula com você. Era mais aventureiro. Ouvi que andava namorando uma cantora de ópera em Londres, famosa por suas opiniões radicais. No inverno anterior, ela fora à América do Sul cantar em nome de Nelson Mandela. Se você se deparasse com Pushkin andando pelo campus numa quinta à noite, ele, sempre muito modesto, recusaria seu convite para um drinque, pois, talvez acrescentasse, "preferia beber no voo". Estava a caminho do La Guardia, onde pegaria o último voo da Virgin Atlantic para Londres.

---

* Eu gostava de Pushkin porque ele dizia coisas como Sabe, eu entendo por que Pico Iyer diz coisas como "Uma razão pela qual Melbourne parece cada vez mais com Houston é porque as duas cidades estão ficando cheias de cafés vietnamitas". Aquilo me dava uma ideia do que significava ter uma identidade global. Era algo que eu também queria para mim. Mas certo dia quando me embebedava em Delhi com meu amigo Shankar, jornalista do *The Telegraph*, ele me disse palavras bem duras sobre Pushkin. Shankar disse que Pushkin era apenas um grã-fino, e citou um trecho de um artigo que ele acabara de ler, para corroborar seu ponto: "Ele não é global coisa nenhuma. É apenas de outro planeta, chamado Primeiro Mundo".

Devo parecer amargo. Tenho minhas razões. Uma noite, durante uma conversa que se deu exatamente naquelas linhas, perguntei a Pushkin por que não iria à França para o casamento de Peter e Maya. Pushkin respondeu que já confirmara presença aos organizadores de um festival literário em Londres. Em geral, era parcimonioso nas informações, mas aqui e ali me jogava uma migalha. Moderaria um debate sobre a representação da violência. Quem participaria? Oh, o escritor J. M. Coetzee e a filósofa Judith Butler. Pushkin então me perguntou educadamente o que eu planejava fazer naquela noite. Os taxistas *desi* entrariam em greve no dia seguinte em Nova York, e eu pretendia encontrá-los para talvez enviar um pequeno relato para um jornal de Delhi. Pushkin concordou, e logo seguimos nossos caminhos.

Naquela noite, depois de me fazer esperar por uma hora, Imran estacionou seu táxi na esquina da Amsterdam com a rua 121. Conversamos sentados no carro por um tempo, depois ele começou a dirigir. Fez uma corrida até Wall Street. De lá fomos ao East Village deixar outro cliente. Logo seria meia-noite. Imran me perguntou se eu gostaria de ver umas dançarinas e respondi que sim. Dirigimos na direção do centro por mais quinze minutos. Cortinas pesadas na porta da frente e então, no escuro, os corpos cintilantes: jovens mulheres, completamente nuas, posavam como manequins numa fileira de paredes de vidro. Imran era meu anfitrião escolado, conduzindo-me na direção da música que fluía na semiescuridão num fluxo intenso e agradável. Aqui os clientes, na maior parte homens, mas também mulheres, sentavam-se ao redor das mesas. Em ambos os lados havia bancos de madeira onde as mulheres se ofereciam para dançar no seu colo. Garçonetes passavam levando bandejas com drinques. Numa mesa, dois homens indianos, jovens e estilosos, fumavam charutos. Uma negra linda, vestindo uma tanga dourada, de peitos desnudos, aproximou-se de mim e de Imran. Trocamos olás. Imran ofereceu-lhe uma bebida. Ela queria um cosmo; eu pedi gim e tônica. Um segundo depois pensei em Pushkin. Era seu drinque favorito. A essa altura ele já fora servido no avião. Logo em seguida, Imran pagaria vinte e cinco dólares para a garota negra dançar no meu colo. Ela apoiava suavemente a mão no encosto da minha cadeira e dançava, a boca bem perto da minha, o hálito suave de chiclete de hortelã, depois se erguia e se inclinava, de modo a roçar os mamilos nas minhas bochechas. Em nenhum momento parou de conversar, perguntou sobre meus restaurantes favoritos, enquanto me oferecia ora um seio, ora outro. Eu disse que agora não era capaz de lembrar os nomes dos restaurantes. Ela riu, tomou minha mão e a levou para debaixo da tanga, estalando a tira nos meus dedos. Virei o rosto e a um metro e meio de mim vi um senhor de idade, pelos seus setenta anos, olhando fixamente para a garota que sentara em seu colo. Naquela noite, quando Imran me deixou em casa, me dei conta de que eu nem sequer lhe fizera perguntas suficientes para escrever uma reportagem de jornal sobre a greve. Em vez disso, visitei uma boate. Ninguém que deseja ser escritor pode dizer não à experiência. Enquanto caía no sono, me ocorreu que, ao contrário de Pushkin, eu não estava escrevendo nada. Mas não me demorei naquele pensamento. Pensava sobretudo na negra esbelta da boate, de peitos perfumados, que disse que seu nome era Zaire. Eu nunca mais a veria, mas o perfume de seu corpo ficou grudado em mim. No quarto escuro fechei os olhos e vi o brilho de sua pele. Minha vontade era fazer amor com ela. Ela disse: Lembre-se, meu nome é Zaire, como o país, venha logo me ver de novo.

Eu precisava escrever outro artigo para Ehsaan. No meu histórico ainda constava um "Incompleto" referente ao semestre passado. Tínhamos lido Fanon na disciplina dele. Num dos capítulos, Fanon escrevia sobre o amor entre um homem negro e uma mulher branca. Perguntei a Ehsaan se eu poderia escrever algo sobre desejo. Andava pensando no que Nina me perguntara certa vez a respeito do filme *O porteiro da noite*. A confusão do amor. As complicações do desejo, especialmente do desejo proibido. O amor *à revelia*, ou *a despeito de*; o amor além e através das linhas divisórias. Eu devia ter isso em mente quando pensei na representação do amor entre o oficial nazista e a mulher no campo de concentração.* Haveria algum filme no contexto pós-colonial que eu pudesse analisar? Ehsaan disse que sim e mencionou alguns filmes de amor produzidos durante a Partição. Depois parou um segundo.

— Já ouviu falar de Agnes Smedley?

Nunca tinha ouvido falar de Agnes Smedley. Ela morrera em 1950. Embora naquele momento eu ainda não soubesse disso, ela mudaria o curso da minha vida.

No começo do século, em março de 1918, deu-se um julgamento na cidade de Nova York — *Estados Unidos da América vs. Virendranath Chattopadhyaya e Agnes Smedley*. Chattopadhyaya, ou Chatto, como era chamado, era um nacionalista que chegara de Calcutá sob o pretexto de cursar pós-graduação em física. Pertencia a uma família brâmane famosa e bem-educada; a poeta Sarojini Naidu era sua irmã. Smedley nascera numa família pobre do Missouri e tornara-se professora. Depois de ouvir uma palestra na Universidade Columbia do grande líder indiano Lajpat Rai, ela ofereceu-lhe auxílio. Ele pediu-lhe que datilografasse um manuscrito sobre as experiências dele nos Estados Unidos em troca de aulas particulares sobre a história indiana. Smedley admirava Rai imensamente, mas não aprovava

---

* Só anos depois eu encontraria as palavras que apareciam no parágrafo de abertura da resenha depreciativa que Roger Ebert escreveu sobre *O porteiro da noite*, entre as quais incluídas as seguintes: *sórdido, lúbrico, desprezível, obsceno* e *lixo*.

sua política moderada; depois de sua partida, juntou-se a revolucionários bengaleses que buscavam aliados na batalha contra os britânicos. Virendranath Chattopadhyaya era um deles. O julgamento no qual Chatto e Smedley eram acusados de traição baseou-se na descoberta, no março anterior, de milhares de dólares em dinheiro, bem como armas e munições, num depósito na Houston Street, em Manhattan. O dinheiro e as armas tinham sido fornecidos pelo adido militar alemão. Os réus foram acusados de contrabandear as armas fornecidas pelos alemães para auxiliar radicais que lutavam pela independência da Índia inglesa.

Na prisão, Smedley escreveu histórias sobre as prostitutas, alcoólatras, lunáticos e ladrões que a cercavam. Conhecera bem a pobreza na infância e na juventude. Talvez por causa de seu passado, e também por sua postura política, os retratos daqueles que conheceu na prisão eram denúncias pouco sutis da imensa divisão de classes na sociedade americana. Mais tarde, já em liberdade, tendo testemunhado outra década de esforços dos revolucionários indianos no exílio, escreveu também um romance autobiográfico. Ehsaan queria que eu estudasse as efusões literárias de Agnes Smedley e conduzisse uma pesquisa sobre o julgamento dos radicais indianos nas duas costas. Talvez minha tese, sugeriu, pudesse nascer desse projeto.

As vidas sobre as quais eu estava lendo capturaram meu interesse. Os relatos dos primeiros revolucionários indianos em Nova York e na Califórnia me encheram de energia. E inveja. Eu queria habitar cada vez mais profundamente as histórias de suas vidas precárias, mas excitantes, e de seus amores. Lentamente a princípio, e, depois, num acesso súbito, vi na estranha relação entre Chatto e Smedley um presságio.

Chatto ficou preso por oito meses; Smedley, de sete a oito semanas. Quando foi solto, Chatto era uma ruína física, incapaz de dar dois passos sem a ajuda de Smedley. Em janeiro de 1919, viajaram

180

juntos à França para participar da Conferência da Paz em Paris e, mais tarde, em 1921, foram à Rússia para o encontro da Internacional Comunista. Não conseguiram se reunir com Lênin e foram embora desapontados. Assegurados de que teriam auxílio alemão, viajaram para a Berlim de Weimar fugindo de espiões ingleses. Berlim encontrava-se à beira do colapso inflacionário. Para sua consternação, Smedley descobriu que os recebimentos de seis semanas de um trabalhador só eram suficientes para comprar um par de botas. A crise econômica também forçou Chatto a desistir dos planos de fundar uma organização na Alemanha que angariasse apoio à causa indiana. No outono de 1923, a inflação em Berlim atingiu seu pico. Numa carta, Smedley escreveu que vinha observando pessoas morrendo uma morte lenta. Havia uma pequena igreja em sua rua, e lá ela via as procissões funerárias chegando e partindo. Os trabalhadores gastavam todo o salário comprando apenas alguns pães, uns poucos tomates e margarina. Carne e frutas estavam fora do alcance. Smedley não conseguiu encontrar açúcar em loja nenhuma.

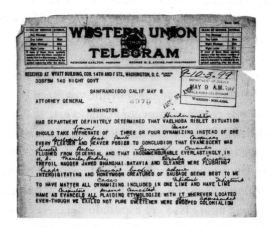

Telegrama criptografado de um procurador
americano a propósito de atividades nacionalistas
indianas na Califórnia. Datado de 8 de maio de 1917.

Quando Smedley encontrou Chatto pela primeira vez, achou que ele parecia um homem corajoso, mas também feio, de olhos negros que brilhavam num rosto marcado. Era baixo e magro, tinha quarenta e poucos anos, já com cabelos brancos. Nas lembranças de um conhecido romancista dinamarquês, Agnes Smedley era descrita como vivaz e inteligente, cheia de vigor; gostava de dançar e de usar fantasias. Mas apesar de suas diferenças físicas, Smedley e Chatto sentiram-se atraídos um pelo outro e se tornaram amantes. Discutiam política com muita empolgação. Mais tarde ela contou que ele foi o primeiro homem a quem não mentiu, dizendo que seu pai era médico.

Logo fiquei imerso no relato do relacionamento dos dois. A educação de Smedley havia sido irregular, sua infância fora dura. Chatto, por outro lado, era um poliglota educado em Oxford que vivera uma vida luxuriosa. Entretanto, nem sua educação nem a fortuna da família o salvaram da pequenez. Em mais de uma carta, Smedley discutiu seus problemas. Em uma delas escreveu que Chatto era *desconfiado feito o diabo de qualquer homem que se aproxima de mim*. Havia também um pouco de inveja profissional. Smedley publicara um artigo sobre imigrantes indianos no *The Nation*, e Chatto a repreendeu, comentando que ela estava se exibindo. Smedley tinha outras reclamações. Por todo o tempo em que viveu em Berlim, a pequena casa que compartilhou com Chatto esteve inundada de convidados. Smedley escreveu: *Muçulmanos e hindus de todas as castas passeiam por aqui como por uma estação de trem ou um hotel. Estudantes vêm direto dos barcos, transportando toda a sua roupa de cama e utensílios de cozinha.* Smedley não sabia cozinhar direito, e agora isso era esperado dela. Nas margens da mesma carta, ela escreveu: *Cozinho até que as próprias paredes da casa pareçam impregnadas do cheiro de curry.*

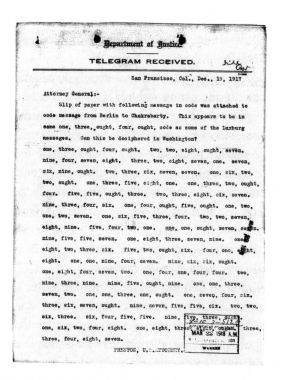

Consulta do advogado americano sobre a quebra do código em uma nota interceptada enviada da Alemanha para nacionalistas indianos nos Estados Unidos. Datada de 19 de dezembro de 1917.

Quando tinha apenas vinte e dois anos e trabalhava como professora em Missouri, Smedley casara-se com um socialista irlandês (isso alguns anos antes de conhecer Chatto). O marido era sindicalista e jornalista. Vivia em St. Louis e viajava um bocado, o que convinha a Smedley, que não queria se ver amarrada à vida doméstica. Em relação ao sexo era escrupulosa. Opunha-se à ideia de que o mero gesto do casamento implicasse que a mulher devesse aceitar subitamente e de bom grado uma relação física com um homem; também detestava a perspectiva de se tornar um recipiente para geração regular de crianças, destino de sua mãe, que sucumbiu à loucura após dar à luz o sétimo filho.

Para piorar, apenas quatro meses depois do casamento, Smedley descobriu que estava grávida. O aborto era ilegal, e ela precisou operar em Kansas City. Na volta de trem, Smedley sentia dores, suava e gemia de aflição, e de acordo com seu biógrafo, o marido pediu que ela ficasse quieta e sentasse corretamente no assento, pois estava chamando a atenção. Por várias semanas Smedley recusou-se a falar com ele. Seis meses depois, escreveu ao marido: *Assumo a culpa. Eu não quero estar casada; o casamento é terrível demais e eu nunca devia ter embarcado nele. Foi errado — pois você me amava, e eu não sei o que é o amor. Quero meu nome de volta também.*

Uma virada se deu em 1917, quando Smedley conheceu a lendária pioneira dos métodos contraceptivos Margaret Sanger. Sanger lançara uma campanha de esclarecimento. Sua tentativa de popularizar a contracepção visava à liberação das mulheres, encorajando-as a enxergar o comportamento sexual como algo não apenas apropriado, mas prazeroso. Agora Smedley tinha vinte e cinco anos. Pouco depois do divórcio mergulhou num caso com um jornalista chamado David Lee Willoughby. O romance a deixou insatisfeita e solitária, sentimentos que procurou mitigar metendo-se em breves relações com outros homens. Uma das biografias que li dizia isto: *Um pessário podia permitir a Smedley se comportar de forma tão predatória quanto qualquer homem. Contudo, sua incapacidade de conflar suficientemente em qualquer pessoa a ponto de estabelecer uma intimidade real lhe negava a felicidade que ela buscava. Para sentir, como desejava, que sua vida tinha significado, precisava arranjar um trabalho mais significativo.* Essa busca por atividades significativas levou Smedley a engajar-se ativamente na luta pela independência da Índia e a conhecer o homem que por muitos anos viria a ser o centro da sua vida.

Houve, contudo, um desvio inquietante. Smedley teve um encontro com M. N. Roy, conhecido líder comunista, encontro que a feriu e lançou uma sombra sobre sua relação com Chatto. Em fins de março de 1917, depois de uma reunião com um grupo de revolucionários indianos e irlandeses no Mayflower Hotel em Nova York, Roy pediu a Smedley para acompanhá-lo até o Grand Central Terminal, onde encontraria dois homens que lhe trariam cartas de Moscou. Fazia frio do lado de fora do terminal e Roy precisou buscar um casaco. Smedley o acompanhou até seu quarto no quinto andar. Ao sair do banheiro, onde lavara o rosto, Roy se deparou com Smedley próxima ao radiador, aquecendo as mãos. Ele a virou e lhe deu um beijo. Por um momento ou um pouco mais, contou Smedley a uma amiga, mais adiante, ela gostou da pressão dos lábios de Roy contra os dela. Mas então um desconforto mais antigo floresceu subitamente e ela tentou se desvencilhar daquele abraço. Roy foi inflexível e a imobilizou na cama. Muitos anos depois, quando Smedley sentiu que sua relação com Chatto a levara ao abismo do desprezo por si mesma, e que cada dia trazia consigo a ameaça de um colapso nervoso, um psiquiatra lhe sugeriu escrever um livro de memórias. Ela sentou, então, para trabalhar num mal disfarçado romance autobiográfico, *Gente da terra.** Pela primeira vez, o episódio com Roy encontrou sua descrição completa. Smedley revelou também de que forma o que acontecera naquele quarto de hotel imiscuiu-se na sua vida com Chatto. No espaço de três páginas, em *Gente*

---

* Em *Gente da terra*, Smedley escreveu a partir de sua vida. Até mesmo o nome fictício que ela deu à protagonista, Marie Rogers, teve sua base na realidade. Marie Rogers era um nome que Smedley inventara anos antes: ela o usara para assinar todas as suas cartas durante seu envolvimento com os rebeldes nacionalistas indianos na América. Seu livro não é um livro de memórias nem simplesmente um romance. E quando eu o li, pensei que Smedley nos ofereceu um modelo para escrever.

da terra, Smedley vai do amor que um revolucionário indiano sentiu pela narradora para o rápido casamento uma semana depois de se conhecerem, até os questionamentos do marido sobre se Roy fora ou não um dos homens com quem Smedley havia tido relações íntimas. Na noite de seu apressado casamento, a protagonista de Smedley acorda e descobre seu marido indiano olhando fixamente para ela, com uma expressão cansada e estranha. Por fim, ele lhe pede — *Diga-me o que eles disseram para você... Os homens com quem você viveu.*

Comecei a trabalhar com Ehsaan na minha dissertação de mestrado. Por algumas páginas, eu via o mundo pelos olhos de Smedley; depois, com um estranho sentimento de identificação, pelos de Chatto. Aquela tensão sexual, nascida do ciúme, era tão vívida. *Meritíssimo, eu me vi como num espelho, minha face iluminada pela raiva ciumenta, parado ao pé da cama de Nina. Perguntava-lhe sobre Jonathan. Contemplara seu passado tantas vezes! Eu a imaginava sentada no deque de um iate, na costa do Maine. O iate pertencia a um antigo namorado. Os dois bebericavam vinho branco e comiam lagosta grelhada. Na minha mente eu voltava a tais cenas à medida que lia mais. Este é Jawaharlal Nehru, em* Uma autobiografia *(1936), relembrando Virendranath Chattopadhyaya: "Popularmente conhecido como Chatto, era uma pessoa muito capaz e muito agradável. Vivia sempre na penúria, as roupas eram as piores de se usar e frequentemente não conseguia dinheiro para as refeições. Mas seu humor e leveza nunca o abandonavam. Era um pouco mais velho, meu veterano durante meus anos de formação na Inglaterra. Estava em Oxford quando eu estava em Harrow. Desde aqueles dias ele nunca retornara à Índia, e às vezes um acesso de nostalgia o alcançava, e ele desejava voltar. Todos os seus laços familiares tinham sido cortados havia muito tempo, e é certo que, caso tivesse retornado, se sentiria triste e fora de lugar. Contudo, a despeito da passagem do tempo, a fascinação do lar permanece. Nenhum exilado pode escapar à enfermidade de sua tribo, o abatimento da alma, como Mazzini chamava". Meritíssimo, eu conhecia aquela dor e sofria daquele abatimento da alma.*

Havia outros aspectos da história de Smedley que também me afetavam profundamente. Um pouco antes no livro, a heroína conta que recebeu uma carta da prisão: *Li e reli a carta na minha frente. Era do meu irmão George. Eu não podia falar a ninguém sobre seu conteúdo, pois temia que aqueles que viviam comigo não entendessem. Eles idealizavam a classe trabalhadora, e tive receio de que não pudessem entender as coisas que nascem da pobreza e da ignorância. Diriam que, tivesse roubado pão, na fome, seria justificável, mas que não devia ter roubado um cavalo. Mesmo eu, que o amava tanto, sentia isso.* Essas palavras vieram de muito longe e encontraram lugar no meu coração. O que Smedley escrevera sobre a hipocrisia insensível daqueles que idealizavam a classe trabalhadora também se aplicava às pessoas sentadas ao meu redor durante as discussões nas aulas de Ehsaan. Mas, mais do que isso, suas palavras me recordaram meus próprios parentes em Bihar. Seus pequenos mundos, sua pobreza simples e as complicações ordinárias de suas vidas difíceis. Ehsaan havia dito certa vez que não viu uma lâmpada elétrica, nem ouviu o rádio ou andou de carro até os oito anos de idade, e que não voou de avião até os vinte e um. Eu compartilhava um pouco daquele passado e queria escrever sobre essa experiência. Seria apenas nostalgia da minha parte? Eu deixara minha casa, e a magnitude daquela partida procurava reconhecimento na minha nova vida. Acho que isso era o principal. O que eu vinha aprendendo na América era novo e iluminador, mas só se tornava valioso quando se ligava ao meu passado.

———

Ehsaan me disse para ler um conto de Somerset Maugham chamado "Giulia Lazzari". Tinha algo a ver com Agnes Smedley. A história é narrada por um janota chamado Ashenden, romancista britânico atuando como espião na Europa. Está numa missão para prender Chandra Lal, revolucionário indiano radicado em Berlim. Chandra é advogado de formação e amargamente contrário ao governo britânico na Índia. Embora receba fundos de agentes alemães, não usa o dinheiro para si mesmo. É trabalhador, ético e abstêmio, e mantém sua palavra. Em todos esses aspectos, Chandra se assemelhava ao homem que lhe servia de modelo, o amante de Smedley, Virendranath Chattopadhyaya. A personagem do título era uma prostituta italiana, dançarina de flamenco.

Mais do que a discussão política presente na história, foram os pequenos detalhes pessoais que prenderam a minha atenção. A certa altura, os dois ingleses no conto de Maugham discutiam a aparência de Chandra. Olhando para a fotografia do indiano, o narrador comentava: *Era um moreno gorducho, com lábios carnudos e nariz avantajado; o cabelo era preto, denso e liso, e, mesmo na fotografia, seus grandes olhos eram aquosos e bovinos. Parecia pouco à vontade em roupas europeias.* O superior de Ashenden expressara surpresa com o fato de que Lazzari tivesse se apaixonado por Chandra.* Disse: *Era de imaginar que não houvesse nada de atraente naquele negrinho de cara oleosa. Deus meu, como engordam!* Fui à descrição que Smedley ofereceu do personagem de Chatto no romance *Gente da terra*: *Ele era magro, tinha a pele morena clara, e o cabelo preto*

---

* *Meritíssimo, um julgamento assim é uma ferroada, mas também um consolo! O consolo de saber que, se eu também era julgado desse jeito, não estava sozinho. Que fique registrado que numa tarde Nina e eu fizemos amor num pequeno pedaço de grama perto do prédio da administração da universidade. Era 4 de julho. A bandeira americana balançava acima de nós. Eu estava ciente de todo tipo de julgamento negativo, Meritíssimo. Como ela podia ter se apaixonado por mim? Eu sofria sob a força de uma acusação invisível. E, em resposta, era como se eu dissesse para Nina: Beijo você com minha língua estrangeira, e seu corpo me aceita contra o artigo 274 das Leis de Imigração e Nacionalidade, que insiste em penalidades corporais para os que encorajam ou induzem um estrangeiro a vir, entrar ou residir nos Estados Unidos.*

e bem brilhante. Seus olhos, escurecidos por pesadas sobrancelhas, me faziam pensar numa noite escura indiana quando as estrelas pendem de um céu intensamente violeta. Havia um véu intangível de tristeza naqueles olhos — como era possível que um homem de rosto tão intenso tivesse olhos tão tristes! Estava talvez pelos trinta anos. Querido leitor, eu não pensava apenas em mim mesmo e em como posso ser visto por uma mulher branca. Pensava em Ehsaan e no seu charme. Ele era meu ídolo. Nunca esqueci uma reportagem da época do julgamento de Kissinger. Uma repórter escrevera: *Ehsaan é polido e requintado, tem impressionantes dentes brancos e grandes olhos contestadores que lhe dão um ar distante.*

No artigo que submeti a Ehsaan, adotei um tom mais acadêmico. Apontei que o conto escrito por Maugham investia os britânicos de controle e astúcia. As qualidades daqueles que povoavam as margens dessa narrativa colonial, os habitantes de pele morena de um mundo instável e cheio de necessidades, eram questionáveis. Chandra e os de sua laia eram suspeitos, e sua capacidade de julgamento, se não sua natureza moral, era deficiente. Esses personagens podem apresentar alguma nobreza temporária, ou paixão, e mesmo páthos, mas não tinham o dom da narrativa. Suas palavras não tinham coerência, e suas vidas não apresentavam a unidade que vem do poder de contar histórias. Havia também a questão crucial do amor. Ashenden perguntara a Lazzari se ela realmente amava Chandra, o homem que ele queria capturar. Lazzari respondeu: *Ele é o único homem que foi bom comigo na vida.* No romance de Smedley, a protagonista dizia de seu amante indiano: *Eu não amei mais ninguém além de você.* (Terei pensado nas mulheres que amei ao ler essas palavras? Sim, pensei. E me senti julgado? Com certeza.)

No que escrevi para Ehsaan não lembro se examinei as congruências ou as diferenças entre o Chandra de Maugham e o

Chatto de Smedley. No conto de Maugham, Ashenden usa Lazzari para atrair Chandra a uma cidade portuária. Ao descobrir que foi encurralado, Chandra toma veneno e morre. É mais provável que eu tenha apontado que o Chandra da vida real soube escapar dos governantes britânicos de modo diferente daquele imaginado por Maugham. Mas seu fim foi igualmente trágico. Chatto atuara durante os últimos anos de vida na Rússia comunista. Os britânicos ainda governavam a Índia e não permitiam seu retorno. Foi preso em 15 de julho de 1937, durante as perseguições decretadas por Stálin. Seu nome aparece numa lista de morte assinada por Stálin em 31 de agosto daquele ano. Foi executado provavelmente em 2 de setembro de 1937.

=====

Uma festa aconteceria na casa de Ehsaan. Como combinado, fui buscar Peter, mas, quando toquei a campainha, foi Maya quem abriu a porta. Seu rosto estava inchado. Disse que Peter não estava bem. *Era sério dessa vez? Não? Mas nesse caso ele teria ligado!* Nos meses subsequentes, essa conversa se tornou rotina, seguindo o mesmo padrão. Por muito tempo, até que fosse tarde demais, pensei que Peter estava se retirando do nosso meio por estar se apaixonando cada vez mais por Maya. Tal fora a esperança de Maya quando eles se casaram, e todos nós éramos suscetíveis a essa esperança.

O convite para a festa viera de Prakash Mathan, um estudante mais velho. Estava completando seu doutorado em Relações Internacionais, algo sobre os setores informais de crédito nas economias russa e brasileira. Prakash usava lindas camisas de seda. Isso foi algo que eu tinha notado sobre ele. Viera ainda garoto de Kerala com a mãe, quando ela arranjou um emprego de enfermeira em Houston. Seu pai trabalhava como mecânico na Índia, e seguiu a esposa até a América. Na festa, enquanto Ehsaan cozinhava, Prakash servia drinques. Enquanto

Prakash preparava manhattans, Cai Yan pediu que contasse uma história sobre Ehsaan que ele mencionara mais cedo. Prakash ergueu os olhos e perguntou: Qual delas?

Isso era outra característica de Ehsaan. Sempre havia alguma história. Na semana anterior ele me recebera para almoçar na sua casa. O almoço era para uma amiga paquistanesa, médica na Columbia, que ele conhecia fazia muitos anos. Cozinhara *keema*, *baingan bharta* e seu famoso *dal*, com *tadka* de cebola e alho fritos no óleo flutuando na superfície. A médica tinha seus trinta e tantos anos, era bonita e se vestia com estilo. O marido era americano, um cientista bem-visto.

— Harvey te contou sobre o primeiro experimento científico dele? — Ehsaan perguntou, mencionando o marido da médica.

A médica provavelmente já ouvira falar do experimento, provavelmente da boca do próprio Ehsaan, mas ela sorriu e balançou a cabeça.

— Isso foi quando Harvey tinha quatro anos de idade e morava no Brooklin. Estava no quintal e decidiu que mijaria ali mesmo. Para sua surpresa, um verme emergiu da poçazinha de mijo. Ele prontamente concluiu que vermes saíam da urina. Era um cientista. Para provar sua hipótese, voltou no dia seguinte e repetiu o experimento. Para sua satisfação, outro verme apareceu na poça de urina, como no dia anterior. Aquilo era uma prova replicável! Ele me disse que acreditou naquela conclusão científica até os nove anos de idade.

Agora, na festa de Ehsaan, Prakash embarcara na história que Cai Yan queria que ele me contasse. Estávamos com nossos drinques na varanda de Ehsaan. Prakash equilibrava o drinque e um cigarro na mesma mão.

Quando Ehsaan tinha vinte anos e vivia no Paquistão, alguns anos antes de imigrar para Bihar, recebeu uma bolsa da Rotary Fellowship para estudar fora. Ele sabia que queria visitar quatro lugares quando partiu do subcontinente. Três desses lugares ele visitou a caminho dos Estados Unidos. Prakash pôs sua mão livre para trabalhar, enumerando as visitas de Ehsaan:

1. Ele foi para o Cemitério de Highgate em Londres homenagear Karl Marx.
2. Visitou o número 221B, na Baker Street, famoso marco literário.
3. Não perdeu a oportunidade de vagar pelo Museu Britânico, onde sua reação foi: Devolvam o que vocês pilharam!

O quarto lugar que ele queria visitar era o local da rebelião de Haymarket, em Chicago, que aconteceu em 1886. Ehsaan queria ir lá porque, quando menino, fora assistir às celebrações do May Day na Índia. Queria depositar flores no monumento do Haymarket em homenagem aos trabalhadores grevistas que marcharam no primeiro desfile do May Day. Mas muitos anos se passariam até que pudesse visitar Chicago. Até lá, entrara e saíra do país muitas vezes, fazendo pesquisa e atuando politicamente por muitos anos na Tunísia. Em 1967, dez anos depois de chegar aos Estados Unidos, Ehsaan viu-se afinal em Chicago. Saiu do hotel e comprou um buquê de flores; contudo, quando chegou ao Haymarket, não conseguia encontrar o monumento. Perguntou a várias pessoas, mas nenhuma parecia ter conhecimento da célebre luta pela jornada de trabalho de oito horas. Finalmente, alguém lhe apontou o monumento. Era a estátua de um policial que, naquele dia, muito tempo atrás, preservara a lei e a ordem. Ehsaan guardou as flores e, na conferência para a qual tinha viajado, as ofereceu a uma jovem por quem andava interessado. Mais tarde ela viria a ser sua esposa.

Bati palmas.

— Espera, espera, tem mais — Cai Yan disse.

— Bem, o lance é o seguinte. Tudo isso acontece e apenas um ano mais tarde Ehsaan ganha uma bolsa para trabalhar em

Chicago. No Adlai Stevenson Institute. E ele está discursando numa assembleia contrária à guerra, onde reconta a história de sua busca pelo monumento do Haymarket. E diz ao público o quão chocado ficou com o fato de que a memória histórica da resistência dos trabalhadores, reconhecida e celebrada no mundo todo, não tinha sido honrada no seu lugar de origem. Não muito depois, dois agentes do FBI apareceram na porta da casa dele. Queriam saber o que ele dissera sobre o Haymarket na aula aberta e quem estava presente no público. É que os Weathermen tinham acabado de explodir a criminosa estátua do policial de Chicago.

— Vamos chamá-lo aqui — falou Cai Yan.

Todos nos viramos para olhar para Ehsaan, que papeava com um velho de barba estilo Moisés.

— Você quer um drinque de verdade? — Prakash gritou.

Ehsaan se virou, pediu licença e caminhou até onde estávamos.

— Prakash contou pra gente a história de como você visitou seus quatro lugares especiais. Incluindo Haymarket — Cai disse.

— E contou que recebi uma visita do FBI depois que falei sobre Haymarket?

— O que você disse para eles?

Ehsaan fez uma pausa. Era mestre nisso.

— Primeiro me perguntaram se eu era cidadão americano. Eu disse: Não. Eles perguntaram: Não acha que, como convidado neste país, você devia evitar sair por aí criticando o governo dos seus anfitriões? Eu disse: Sim, entendo seu ponto, mas quero que vocês saibam que, embora não seja cidadão, sou contribuinte. E pensei que o princípio fundamental da democracia americana era que não há taxação sem representação. Eu não fui representado nessa guerra no Vietnã. E meu povo, o povo da Ásia, está sendo bombardeado agora mesmo. Surpreendentemente, os agentes do FBI pareceram comovidos. Enrubesceram quando joguei esse argumento neles. Ficaram sem palavras.

Ehsaan sorria. Alguns outros estudantes tinham se juntado a nós para ouvir o fim da história. Um deles perguntou a Ehsaan como ele entendia o que tinha acontecido com os agentes do FBI naquele dia.

— Bem, naquele momento, entendi algo sobre a importância de manter certa correspondência entre as tradições liberais americanas e nossas táticas e retórica.

É um princípio fundamental da vida na pós-graduação debater tais colocações. Os mais compenetrados entre nós, Pushkin, por exemplo, talvez tenham aprendido alguma coisa com esse princípio, algum tipo de lição sobre como alinhar afirmações e prática. Mas o que me ficou depois de todos esses anos foi o exemplo de Ehsaan procurando tanto Marx quanto Sherlock Holmes em Londres. Era como se alguém da minha cidade expressasse o desejo de ler tudo do Mahatma Gandhi e de assistir a todos os filmes de Dilip Kumar! Ou melhor ainda, como um amigo que demonstrasse devoção à vida revolucionária de Bhagat Singh e ao mesmo tempo se divertisse ao recitar os recordes de Ranjitsinhji.

De Ehsaan queríamos narrativas. Nem sempre importava o quanto daquilo era ficção ou não ficção. Ehsaan vivia — e narrava — sua vida seguindo uma incerta Linha de Controle entre dois gêneros. E os outros respondiam na mesma moeda.

Por exemplo.

De pé na cozinha em Amsterdam, onde encabeçara o Transnational Institute, Ehsaan narrara a história de sua infância para o grande escritor John Berger. Mais tarde, Berger deu um nome fictício ao personagem de Ehsaan em *Fotocópias*. Os detalhes pertenciam à vida de Ehsaan, mas a narrativa maior tratava da Partição. Ehsaan tinha apenas treze anos de idade e vivia perto de Gaya, em Bihar, quando ficou claro que a Índia seria dividida e que haveria um novo país para os muçulmanos. Tumultos varreram várias cidades. Um homem na vila de

Ehsaan que trabalhava numa gráfica em Calcutá voltou com a notícia de que hindus e muçulmanos que até ontem tinham sido vizinhos agora estavam se engalfinhando. Mas Ehsaan vira seus próprios parentes matarem seus pais, por isso não acreditava que era a religião que ensinava as pessoas a matar.

O irmão mais velho de Ehsaan era alto funcionário no Ministério das Finanças e queria garantir um lugar no Paquistão. Ehsaan foi com a família do irmão num trem para Delhi, onde foram acolhidos num acampamento num antigo forte chamado Purana Qila. Embora houvesse uma seção separada para oficiais e suas respectivas famílias, um surto de cólera já se espalhava entre os milhares de refugiados que esperavam ali. Enquanto isso, o novo governo em Karachi vinha disponibilizando aviões para funcionários do alto escalão e suas famílias. A família de Ehsaan embarcaria num breve voo até Lahore, mas aconteceu algum problema. Não havia assentos suficientes. Pediram a Ehsaan para ficar e aguardar o próximo voo disponível. Seu irmão lhe deu um rifle e um pouco de dinheiro. Contudo, nenhum avião veio, e Ehsaan foi obrigado a se juntar a uma coluna de refugiados que se dirigiam à fronteira. As filas de pessoas fugindo em ambas as direções se estendiam por muitos quilômetros, soerguendo a poeira que escondia o horizonte distante. Quando menino, Ehsaan vira o rio Ganges transbordar, carregando barracos, gado e galhos arrancados das árvores. Agora, estupefato, sentia-se empurrado por uma corrente de estranhos.

No grupo deles, havia um comedor de ópio. Fora mendigo no campo de refugiados, mas, na coluna, impossibilitado de alimentar seu vício, começou a se recuperar. Até sua forma de marchar mudou. O comedor de ópio, cujo nome era Abdul Ghafoor, assumiu a liderança do grupo e escalou Ehsaan como sentinela. Ehsaan andava sempre com seu rifle e sentia-se incumbido de proteger as mulheres jovens entre os refugiados.

Olhava-as furtivamente, admirando o contorno de seus lábios. De noite nos campos, deitado sob as estrelas, imaginava os seios delas roçando-lhe as bochechas.

Ocasionalmente, quando o anoitecer se aproximava, Abdul Ghafoor pedia ao grupo para se abrigar numa mesquita abandonada ou no pátio de uma escola. Era melhor do que passar a noite no campo, onde incêndios brilhavam por toda parte e gritos humanos se misturavam ao som dos animais. Uma noite, ainda cedo, a coluna acampou perto de uma estação de trem rural, atraída pela presença de uma tenda policial armada no outro lado da plataforma solitária.

Durante o jantar, quatro jovens muçulmanos foram até o acampamento, de espada na mão, seguidos por uma mulher. Deram-lhes comida, *rotis* cozinhados num pequeno fogo e comidos com cebolas recolhidas de uma plantação das redondezas. Abdul Ghafoor instruiu Ehsaan para ficar alerta. Os quatro jovens tinham degolado os dois policiais hindus na tenda do outro lado da plataforma. A mulher com eles era esposa de um carpinteiro muçulmano de uma vila próxima. Ehsaan olhou para ela. Sentava sozinha, sem falar com ninguém. Chamava-se Jamila. Devia ter vinte e poucos anos; uma *dupata* verde escondia a maior parte de seu rosto, mas um nariz prateado cintilava à luz da fogueira fraca. Depois que seu marido foi encontrado esfaqueado no estábulo, os habitantes do vilarejo levaram a mulher para a tenda da polícia. Os dois guardas acampados lá prometeram transferir Jamila para um campo de refugiados se não conseguissem colocá-la imediatamente num dos trens que seguiam para a fronteira de Wagah. Depois de uma semana, se espalhou a notícia de que os guardas nunca deixaram a mulher ir embora. Obrigaram-na a cozinhar para eles e a lhes fazer companhia durante a noite.

A chegada dos rapazes e da mulher introduzira uma perturbação. Ehsaan percebeu que as pessoas cochichavam em pequenos grupos, em tom de preocupação. Mas depois de terem comido, os quatro rapazes tinham muito a dizer, especialmente um deles, de rosto pequeno e lenço azul enrolado na cabeça. Ehsaan estava de vigia e não ouviu ele mesmo as histórias. Na manhã seguinte, um velho *hakim* de Agra que acompanhava a coluna, um homem da medicina que tinha sempre um raminho de hortelã ou erva-doce, ou uma folha de manjericão na boca, contou a ele, não sem consternação, que os jovens tinham atacado a casa de um comerciante sikh, algumas noites atrás. Um deles tinha sido próximo da família. O sikh tinha uma filha adulta, ainda solteira, e sua esposa era uma mulher alta e bonita. Era conhecida na comunidade por causa de seus bordados.

Quando os jovens estavam prestes a arrombar sua porta, o sikh saiu de súbito, disposto a lutar. Numa mão, levava uma tocha acesa, trapos amarrados num pedaço de madeira, provavelmente molhados em querosene. Na outra, uma grande espada. Mas os quatro rapazes eram demais para o comerciante; escaparam com cortes nos braços e uma coxa ferida. Lá dentro encontraram o resto da família. Depois de lhes dar ópio misturado com água para beber, o sikh usara um pequeno *kirpan* para matar mulher e filha. O jovem de lenço azul na cabeça disse que tudo que pegou foram os brincos de ouro usados pela garota morta.

Por volta do meio-dia, os quatro, acompanhados da viúva, desapareceram por uma estrada paralela. Ehsaan e seu grupo cruzaram com outra coluna que caminhava na direção oposta. As pessoas na outra cáfila exibiam o mesmo aspecto: rostos cansados e fechados, carregavam parcos pertences e comida em sacos ou em cestas sobre a cabeça. A maior parte ia a pé. Uma mulher puxava duas cabras numa corda. Um homem magro e alto, vestindo apenas uma tira de algodão na cintura, levava nas costas uma velha atrofiada que parecia pequena como uma criança. Naquela noite, Abdul Ghafoor sentou-se com Ehsaan ao lado do círculo de corpos adormecidos. Ehsaan perguntou a Ghafoor aonde tinham ido os jovens e a viúva.

— Eles disseram que iam para um acampamento. Eu não quis brigar com eles. É possível que a essa altura eles já a tenham vendido para alguém.

Ehsaan sentou-se em silêncio. Talvez ele pudesse ter apontado o rifle para o rapaz de lenço azul e ordenado a ele e aos companheiros que deixassem a mulher com eles. Ponderava isso quando Abdul Ghafoor apontou para a lua iluminada.

— Veja aquilo. Parece um *roti* saindo do forno. Você pega e descobre que está preto do outro lado. Queimou. Essa é a liberdade que nos deram.

Nos arquivos de Ehsaan Ali no Hampshire College, Massachusetts, consta uma carta de John Berger perguntando se Ehsaan aprovava a breve narrativa que ele, Berger, escrevera sobre seu passado. Suponho que Ehsaan gostara da forma que

> Tell me with true frankness
> — should these few pages be published?
> The question concerns not only their
> quality but, much more important, the
> circumstances and convenience and integrity
> of your life? You can just as well
> say No as yes. Or; I'm not sure;
> let's forget it, please. Out of friendship,
> be true to me.
> ... any chance you want to say yes —

Berger dera à sua história. Só posso especular que a escolha por um nome ficcional para o personagem de Ehsaan era necessária, pois um deles ou talvez os dois — Berger e Ehsaan — compreendiam que a memória não é confiável.

De Patna, é possível chegar por terra a Irki, a vila onde Ehsaan nasceu. Fui lá no verão passado. Levei quase quatro horas. Era um dia quente de julho, no fim do período das monções. A estrada passava por arrozais cheios de água. Pequenas cidades apareciam a intervalos regulares, e então o carro em que eu viajava precisava reduzir a velocidade. A certa altura, paramos para olhar um mausoléu arruinado, construído ao lado de um lago de águas verde-escuras, os arcos do mausoléu emoldurando as sombras dos amantes. Seguimos caminho, passando por pequenos ajuntamentos na estrada estreita, farmácias, celeiros onde moer trigo, lojas de alfaiates abarrotadas de gente e barracas vendendo galinhas em gaiolas onde as aves tinham se depenado a bicadas. Uma estradinha se bifurcava da National Highway 83, seguindo por cabanas e casas coladas umas nas outras; depois, uma curva fechada à esquerda perto de uma

mesquita, sinal de que estávamos numa parte muçulmana da vila. Se tivéssemos continuado na estrada principal, em uma hora teríamos alcançado Bodh Gaya, onde Sidarta Gautama encontrara a iluminação.

A casa onde Ehsaan nasceu era agora dividida com paredes de tijolos entre parentes. Um pequeno portão de ferro permanecia fechado perto da parede onde o pai de Ehsaan dormia na noite em que fora assassinado. Convidaram-me a entrar por uma porta lateral. A mulher de meia-idade que atendeu à porta me apresentou a sua mãe, Sadrunissa, que tinha oitenta e dois anos de idade e era quase completamente surda. Sadrunissa era prima de Ehsaan. O genro gritou o nome de Ehsaan em seu ouvido e, em seguida, para deixar claro de quem ele falava, deu tapinhas no ar como quem toca a cabeça de uma criança, depois, com os dedos, fez o gesto de uma garganta sendo retalhada.

Sadrunissa começou a falar numa voz aguda. Sobravam-lhe poucos dentes. Falou do pai, que amava Ehsaan, e depois do tio, o pai de Ehsaan, que acreditava em justiça e igualdade para todos. Costumava dizer: Não oprima ninguém. Mataram-no por isso. Ela falava de Ehsaan como se ele ainda estivesse vivo, vivendo na América. Não a corrigi. O genro disse que eu era jornalista. Sadrunissa concordou com a cabeça e perguntou se eu era do *The Searchlight* ou *The Indian Nation*. Eram os dois jornais da minha juventude em Patna; já não circulavam havia décadas.

Na mesquita, o *azan* ressoou. Eu atrasara os procedimentos; era hora dos meus anfitriões encerrarem o jejum do Ramadã. Fiquei sozinho, enquanto Sadrunissa e a família se retiraram para rezar. Enquanto esperava na varanda, pequenos sapos saltitavam no chão e um gato magrelo engatinhava sobre as telhas de argila do telhado. Depois de dez minutos, Sadrunissa voltou e sentou comigo. Pegou uma bolacha da bandeja na mesa e bebeu água. A filha trouxe fatias de manga e algumas taças de Rooh Afza. O genro era jornalista de um pequeno jornal híndi localizado em Punjab. Desistiu de repetir a Sadrunissa as perguntas que eu queria fazer e tentava agora respondê-las ele próprio. Disse que a família que matara o pai de Ehsaan tinha se arruinado. Os dois filhos enlouqueceram. A família foi amaldiçoada. O genro de Sadrunissa estava curioso. Pediu que eu escrevesse sobre Ehsaan, pois ninguém sabia

nada sobre ele em seu próprio local de nascimento. Enquanto falava, lagartixas corriam pelas paredes verdes, levando nas mandíbulas insetos atraídos pelas luzes. Escurecia, e eu queria chegar a Bodh Gaya para encontrar um hotel onde passar a noite. Sadrunissa às vezes interrompia nossa conversa para repetir, muito alto, o que já me dissera antes. Quando me levantei para sair, ela segurou a manga da minha camisa e disse que a família prosperara. Quando se aposentou do serviço, seu pai era superintendente da polícia, e o filho se tornara médico.

Parte 6
Cai Yan

Quero compartilhar estas linhas de uma página fotocopiada, posta muitos anos atrás na minha caixa de correio, com anotações de Ehsaan nas margens, depois que discutimos o tema possível de minha tese. É uma citação de "Discursos sobre religião para as pessoas cultas que a desprezam" (1799), de Friedrich Schleiermacher: "O que te sequestra quando encontras o sagrado mesclado intimamente ao profano, o sublime ao baixo e transitório? E como chamas o humor que te força a imaginar a universalidade dessa mistura e a procurá-la por toda parte?".

E esta nota com uma citação retirada da autobiografia de Gandhi, *A história dos meus experimentos com a verdade: Eu tinha devoção aos meus pais. Mas não era menos devotado às paixões de que a carne é herdeira.**

---

* A moral lhe interessa, mas a moral em conflito consigo mesma. É isso que torna o Mahatma mais interessante do que uma caixa de lenços de papel ou do que uma fonte de comentários inspiradores editados sob o sorriso sem dentes de Gandhi na capa de livros infantis por toda a Índia.

Lembro de ser acordado pouco antes do amanhecer por um som que a princípio não reconheci. Um estudante indonésio vivia na unidade ao lado da minha no edifício da Morningside Drive; a namorada viera visitá-lo de Cleveland, ou Cincinnati, algum lugar do tipo, onde também era estudante de pós-graduação. Alguém teria gritado? Ou ela ria? O som, um gemido pontuado por silêncios rítmicos de um jeito que nenhum grito comum ou mesmo uma gargalhada poderia acomodar, persistiu por certo tempo. Uma alegria despudorada. Sozinho na cama, já completamente desperto, me impressionava o atletismo sexual matutino do meu camarada indonésio, Katon. Era magro, sério, de óculos. Acho que estudava silvicultura. Que teria feito com a moça branca de Ohio, que espírito da floresta ele vinha mantendo preso secretamente numa garrafa, que instinto animal para o prazer ele libertara nela agora? Ela gritava de felicidade e todos os pássaros da floresta com certeza iriam acordar a qualquer momento e libertar seus cantos.

Esperei até as nove para ligar para Cai Yan. Nina já era passado há vários meses. Eu ainda não dormira com Cai Yan, embora tivéssemos passado bastante tempo juntos nas aulas e mesmo na casa de Ehsaan. Ultimamente, eu começara a cantarolar um trecho de "Dong Fang Hong" (O Oriente é vermelho! O sol se levanta! China produz Mao Tse-tung!) sempre que passávamos um pelo outro na Butler Library ou nos corredores do Schapiro Hall. Ela balançava a cabeça, achando graça. Um mês antes, Maya formara um grupo de estudo; Cai Yan e eu fazíamos parte; sentávamos perto um do outro muitas vezes no sofá de Maya, e reparei que sempre concordávamos com o que o outro dizia. (*Meritíssimo, como é feroz o romance cujas labaredas são alimentadas por páginas arrancadas de livros de Bakhtin e outros estudos subalternos!*) Senti que estávamos prontos para passar horas juntos. E achei que esse podia ser o dia. Katon me presenteara com um bom presságio. Cai Yan estava corrigindo artigos da disciplina de relações internacionais da qual ela era professora assistente. Convidei-a para vir ao meu apartamento; ela poderia corrigir as provas aqui, enquanto eu preparava seu almoço. Disse que manteria à sua disposição meu estoque infinito de chás perfumados.

Em meia hora a campainha tocou.

Eu tinha uma chaleira velha, uma peça de antiguidade, presente de Nina, que pus na mesa pequena. Enquanto Cai Yan trabalhava, preparei o almoço. Frango *kadhai*, *gobhi mattar* frito, e salada de pepino e tomate como acompanhamento. Para uma menina magra, ela tinha um apetite enorme. O arroz ficou pronto primeiro, e Cai Yan não quis esperar: serviu algumas colheradas de arroz numa tigela e comeu usando um par de pauzinhos que tinha vindo com um pedido do Chinee Takee Outee.* Mais tarde, servi-lhe o arroz com a couve-flor e o frango. Devorou tudo. Parecia um animalzinho. Vê-la comer com tanta avidez me excitava.

---

* *Meritíssimo, esse nome! Você decide. Concessão franca e literal ao estereótipo do oriental ou zombaria linguística pensada por uma consciência crítica, atenta às representações dos sino-americanos?*

Cai Yan ria com facilidade, mas não quando eu flertava com ela. Aquele tipo de jogo não lhe agradava. Ela recebia cada comentário com sinceridade e depois o avaliava seriamente.

— É verdade que na China a palavra *hello* traduz-se por "você comeu arroz"?

Ela riu e disse que sim. Depois disse que, na verdade, era comum que o *hello* fosse acompanhado pela pergunta seguinte sobre ter ou não comido arroz.

— Ehsaan é chinês nesse sentido — Cai Yan disse. — Ele sempre pergunta primeiro: Está com fome? Gosto tanto dele.

Tendo almoçado, bebíamos chá.

— Eu me pergunto se há outras expressões que também são muito diferentes em chinês. Como se faz para perguntar a alguém: Então, isto é um encontro romântico?

Meritíssimo, acreditando que o flerte era algo exótico aos olhos de Cai Yan, falei de modo franco. Os portões não se abriram. Ninguém é capaz de manter o estrangeiro afastado, não por muito tempo, mas Cai Yan era intocável. Embora sorrisse, parecia não admitir a ideia de que eu tentava seduzi-la. Eu restava, então, um estranho, um suplicante, um estrangeiro sem lar, às portas de um continente implacável. Eu a via como se a uma grande distância, parada sozinha no fim de uma longa estrada.

— Não acho que ninguém diga esse tipo de coisa. As pessoas simplesmente sabem.

O que, claro, me deixou sem saber muita coisa. Nada perturbava a serenidade de Cai Yan, que seguia falando com um meio sorriso. Enquanto eu esperava, comentou que estava progredindo muito e que precisava continuar corrigindo os artigos. Deixei-a na minha mesa e fui ler na cama.

Cai Yan terminou de corrigir todos os artigos ao anoitecer e anunciou que precisaria sair por uma hora. Não explicou por que voltaria. Quando voltou, trazia dois sacos cheios de compras de supermercado. Trouxera cerveja, porco e camarão para bolinhos caseiros.* Bebemos cerveja e, depois que cortei repolho, cebolinha e gengibre, Cai Yan misturou tudo com o porco e o camarão e recheou os enroladinhos enfileirados. O cheiro de óleo de gergelim tomou conta do apartamento. Logo era hora de comer. Os bolinhos ficaram deliciosos. Primeiro eram mergulhados em molho *ponzu*, depois os salpicávamos de cebolinha antes de colocá-los na boca.

Ninguém no edifício inteiro poderia estar comendo coisa melhor naquela noite. Senti que era, sim, um encontro romântico. Para jogar conversa fora, comentei que estava com vergonha por ter trabalhado tão pouco a semana inteira. Era o tipo de coisa que todo pós-graduando dizia. Mas Cai Yan fez uma pausa. Queria saber se eu já sentira vergonha.

Vergonha *de verdade*?

Pensei na época em que fui flagrado roubando dois livros na feira de livros de Delhi. Pensei no incidente, mas não aludi a ele. Cai Yan olhava para mim sem impaciência alguma, e sem grande expectativa também.

Depois lembrei de mentir aos meus pais sobre minhas provas no ensino médio. Não senti vergonha até minha mãe

---

* O relato de Cai Yan sobre a expedição ao supermercado focava neste ponto: a caixa era uma garota branca vestida toda de preto com batom preto e na camiseta dela lia-se: JESUS É O CAMINHO, EU SOU O DESVIO. Quando era mais nova, Cai Yan disse, as pessoas na China usavam roupas não descritivas e sem qualquer declaração. Era uma coisa que a surpreendia, mas que também a interessava, o fato de que na América as pessoas usavam camisetas com todos os tipos de afirmações ousadas sobre quem as vestia. Ela percebeu isso porque era chinesa? Acho que não. Acho que é um traço compartilhado por imigrantes. Você chega à América, e tal como tenta compreender as placas de rua, você repara também nas camisetas. O homem branco em Coney Island, de meia-idade e aspecto abastado, com a camiseta que anunciava sem vergonha alguma: MEU NOME DE ÍNDIO É AQUELE QUE SE MOVE À CERVEJA. Ou, mais recentemente, a mulher obesa algo contente, possivelmente latina, que passou por mim na rua vestindo uma camiseta que dizia: FCK, e debaixo disso: TUDO QUE ESTÁ FALTANDO É "U" [trocadilho com *you*, você (N. T.)].

208

descobrir. Havia também a vergonha de não ter visitado meu amigo quando o pai dele morreu. Eu estava no meu primeiro ano de faculdade. Meu amigo era alguém com quem eu convivia bastante, mas nunca tinha ido à casa dele, e usei isso como desculpa para me manter afastado. Mas doeu quando o vi na banca de chá em Patna. Estava lá parado, de cabeça raspada, e eu não disse nada. Sim, a questão não era não ter ido à casa dele. Era o fato de que não tive coragem ou candura para oferecer minhas condolências a um amigo que perdera o pai. Também senti vergonha quando um professor que eu admirava na escola me viu colando e virou o rosto para me dar a chance de esconder minhas anotações. Todos esses incidentes me ocorreram, mas, de novo, não mencionei nenhum deles a Cai Yan.

Meu silêncio não pareceu perturbá-la.

— Senti vergonha quando o marido da minha prima me telefonou e me pediu para encontrá-lo — Cai Yan disse. — Era médico em Shanghai. Eu tinha acabado de concluir o ensino médio. Ele disse que já não amava minha prima. Como não respondi nada, ele insistiu: Estou falando sério, já não aguento nem o cheiro dela. Eu gostaria de levar você para dar uma volta. Comprei um carro novo e quando comprei disse a mim mesmo que queria levar a priminha Cai Yan para dar uma volta. Conheço um lugar a uma hora daqui onde a gente pode comer alguma coisa especial e depois dar uma volta pelo jardim. Tem esses chalés de luxo perto de um lago se a gente quiser descansar. Enquanto ele dizia essas coisas, não falei nada. Numa festa de aniversário, algumas semanas antes, ele apertara meu peito e quase vomitei na mão dele. Contei a minha prima o que tinha acontecido. Ela me deu um tapa na bochecha esquerda, mas depois daquilo o marido nunca mais chegou perto de mim.

Eu bebia minha cerveja enquanto Cai Yan falava. Expressava-se de modo direto, com seu meio sorriso misterioso, como se achasse graça do que dizia. Quando parou, desatei a falar, talvez porque não sabia bem como responder a ela.

Lembrei um incidente meio esquecido de quando eu era adolescente e minha família fez uma viagem a Gujarat. Recalquei o nome da cidade que visitamos. Chegamos a um antigo monumento de pedra e procuramos um banheiro. Não havia nenhum. Subimos, então, o monumento medieval, vários andares de escada estreita, e alcançamos o topo. Lá em cima, minha mãe disse que não aguentava mais. Pediu desculpas várias vezes, até que entendi que ela precisava urinar. Eu disse que ela usasse um dos cantos da sala enquanto eu bloqueava o acesso da escada. Onde estava meu pai? Acho que já tinha descido. Minhas irmãs estavam comigo. Mamãe escolheu se aliviar perto de um pequeno ralo a um canto da sala. Má decisão. Quando descemos, ficou claro que os homens lá embaixo, que vendiam os ingressos para o monumento e trabalhavam na casa de chá, sabiam muito bem o que tinha acontecido. Será que me virei e olhei para a grande mancha úmida na parte de cima da parede? Talvez tenha sido o primeiro sinal. Lembro claramente do que os homens diziam; sem olhar na direção dela, tentei imaginar a confusão e a vergonha no rosto da minha mãe.

Conversamos assim naquela noite e em muitas outras noites. Eu dormia no sofá no apartamento de Cai Yan; uma vez disse a ela que não precisávamos dormir separados, podíamos compartilhar a cama, mas foi como se eu não tivesse falado nada. A expressão dela não mudou. Manteve o meio sorriso sereno e trouxe um travesseiro e um cobertor para o ponto do sofá onde eu estava sentado. Eu tinha começado a apreciar essas noites, encontrando consolo na aceitação de uma quase intimidade. Uma noite, havia uma gata no apartamento. Chamava-se Frida Kahlo e pertencia a Maya, que ficaria fora da cidade por uma semana. Naquela noite, mais tarde, deitei no sofá de Cai Yan, assistindo TV. Passava um documentário sobre Christa McAuliffe na PBS, a astronauta-professora que morrera no desastre da espaçonave *Challenger*. Cai Yan já tinha ido dormir. A gata estava no quarto com ela. Quando a nave explodiu, eu estava no ensino médio em Patna, mas assistira pela televisão quando os alunos de Christa contaram cinco-quatro-três-dois-um. A professora deles viveu mais setenta e três segundos.

Quando o documentário terminou, me dei conta de que provavelmente nunca tinha assistido às imagens das crianças: não tínhamos televisão em Patna. É possível que eu tenha lido sobre aquilo no jornal. McAuliffe levara consigo para o voo uma maçã que os estudantes lhe deram. Foi assim que aprendi sobre esse costume americano. Aquela cena ficou comigo. Assim como o que Ronald Reagan disse às crianças, usando palavras que mais tarde descobri que eram emprestadas de um poeta da Segunda Guerra Mundial: *Nunca os esqueceremos, nem da última vez que os vimos, esta manhã, enquanto se preparavam para a viagem, quando acenaram em despedida, soltando-se dos rudes laços terrestres para tocar a face de Deus.* Fui dormir pensando que quando li sobre o desastre eu não previa minha viagem para a América e minha vida como estudante em Nova York. Não havia como imaginar e prever as experiências que eu teria. Esse momento no apartamento de Cai Yan, e todos os momentos que o precederam nos últimos três anos, me eram estranhos. Não havia nada que os conectasse ao que eu conhecera em Patna ou aos meus anos de faculdade em Delhi. Naqueles dias em que sentava na biblioteca da universidade, lendo *The Times of India* ou *The Statesman*, que chegavam da Índia uma ou duas semanas depois, eu permitia que a autopiedade se enraizasse em mim como uma aflição. Sachin Tendulkar marcara muitos pontos contra a Inglaterra em Chennai, mas quando li sobre isso a partida seguinte em Mumbai já tinha acabado e a Índia vencera o campeonato por

3 a 0. Mortes e casamentos aconteciam à distância, e a distância estava sempre inscrita em mim. Que é o mesmo que dizer, se você me conceder um minuto de torpor, que eu frequentemente me sentia como se tivesse sido enviado para o espaço.

Em algum momento durante aquela noite, Cai Yan tocou meu ombro e me acordou.

— Frida está impossível — ela disse. — Não me deixa dormir. Vou deixá-la aqui e fechar a porta. Você pode vir dormir no quarto.

Quem era Frida? Cambaleando para a cama, lembrei da gata e adormeci prontamente. Quando acordei de novo, ainda era noite e me dei conta de que estava com o braço por cima de Cai, o que me excitou. Aproximei o rosto do cabelo dela. O cheiro familiar de gengibre misturava-se a alguma outra coisa. Achegando-me ainda mais, senti Cai Yan empurrando a bunda contra mim, ainda adormecida. Meu coração batia furiosamente, e tive certeza de que essas batidas aceleradas a despertariam. Em seguida, pus a mão no peito dela. Estaria acordada? Estava. No escuro, Cai Yan se virou e deixou que eu pressionasse meus lábios nos dela. Na manhã seguinte, agiu como se nada tivesse acontecido. Não comentou nada e eu também não, mas era impossível voltar atrás. Em setembro, voltei de uma visita de três dias aos arquivos nacionais em Washington. Cai estava muito interessada nas cartas de radicais indianos que fotocopiei e também nas reportagens de jornal sobre o interrogatório de Chatto em Berlim. Inclinado no sofá no apartamento dela, li em voz alta um memorando enviado pelo secretário de Estado americano em 27 de maio de 1916 ao promotor-geral (*com referência ao chamado Movimento Revolucionário Indiano nos Estados Unidos*). Senti seu dedão tocar meu pé, e como ela não o afastou, deslizei meu pé pela canela dela. Depois pus a mão lá e disse:

— *Shin* [canela]. Será a única parte do corpo em inglês que parece chinês?

— Tem também *chin*, queixo — ela disse.

Dei um beijo no queixo dela.

— Tung, *tongue*, língua — eu disse.

E chupei a boca dela.

Foi a primeira vez que trepamos.

Oito de outubro. Maya fez *pakoras* com pimenta malagueta verde e convidou Cai ao apartamento. Disse que eu também era bem-vindo. O apartamento ficava na rua seguinte. Levamos uma garrafa de vinho. Peter não estava. Maya contou que ele comprara uma nova tradução de *Os irmãos Karamázov* e que ao sair para um café ainda pela manhã disse que não voltaria até ter terminado de ler as quatrocentas e cinquenta páginas restantes. Cai me contou mais tarde que Maya lhe confidenciara que Peter andava deprimido e que fora aconselhado a tomar "uma tonelada de remédios". Maya conversara com a mãe de Peter na Alemanha. A mãe respondeu simplesmente que estava passando pelo mesmo problema. O pai de Peter, segundo ela, "só gostava do cachorro preto". Quando voltei para o meu apartamento naquela noite, vi que havia uma carta para mim de Patna. A caligrafia no aerograma azul parecia vagamente familiar. Era a de um primo do lado materno chamado Pappu. Escrevia para informar da morte de Lotan Mamaji. Escrita em híndi, a carta começava assim: *É com grande tristeza que lhe escrevo para informar...* A terceira linha dizia *foi uma questão muito dolorosa na família que Lotan Mamaji tenha morrido sob as circunstâncias mais lamentáveis.* O que diabos Pappu queria dizer? Quando cheguei ao final da carta conclui que Mamaji não morrera sozinho. Junto com ele, em sei lá que circunstâncias sugeridas por Pappu, o filho adotivo de Mamaji, Mahesh, também falecera. Vários meses se passaram até que descobri a verdade: Lotan Mamaji fora morto por Mahesh.

Mahesh era adolescente quando Mamaji o adotou. Era filho da amante de Mamaji em Dhanbad. Foi isso que Pappu quis dizer quando descreveu na carta a "perda dupla": Mamaji estava morto, e Mahesh, preso. Minha irmã me contou quando visitei Patna que Mahesh amarrara Mamaji numa cadeira e o torturara, exigindo-lhe que transferisse a ele os direitos de uma propriedade. Mamaji assinou os documentos na mesma hora, mas Mahesh não se satisfez. Queria vingar as humilhações do passado. As certezas transparecem mais na ponta de uma faca do que em rumores sobre nossa origem!

Contudo, quando recebi a notícia da morte de Lotan Mamaji, a carta, que traduzi para Cai Yan, me pareceu incompreensível. Não havia como desvendar o mistério da morte naquela noite. No que agora me parecia muito tempo atrás, eu contara a Jennifer sobre os macacos na varanda de Lotan Mamaji. A história do suicídio do macaco. Era uma história da minha infância em Ara. Em anos posteriores, claro, eu entrelaçaria aquela história pessoal a uma narrativa maior. Macacos como metáforas da imigração. Os pobres macacos eletrocutados perto de Hanuman Mandir em Connaught Place haviam perdido seu habitat natural. A recente ameaça de macacos saqueadores, relatada pelos jornais indianos, fãs de imagens espetaculares, dizia respeito à expansão urbana e à destruição das florestas. Foi o que pensei a princípio. Então veio a descoberta que outra razão importante era a exportação anual maciça de jovens macacos machos até os anos 1980. Os macacos das florestas indianas estavam vivendo e morrendo em laboratórios americanos. Essa história resgatou os macacos da minha infância de onde se encontravam, encalhados em nostalgia; agora eles pulavam de galho em galho na árvore da história.

Um jornal mencionava o pedido feito em março de 1955 pelo ministro de Finanças da Índia para que oficiais do governo americano explicassem por que precisavam de macacos indianos. Antes o governo da Índia fora informado de que os macacos eram necessários para pesquisas científicas sobre

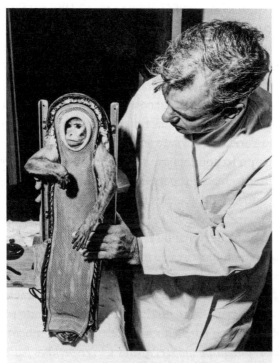

Figure 22.- The Rhesus monkey, Sam, after his ride in the LJ-2 spacecraft.

paralisia infantil e para a produção de vacinas para poliomielite. Havia razão para duvidar disso? A reportagem não dizia. Outra reportagem menciona que o primeiro-ministro indiano Morarji Desai banira a exportação de macacos em 1978, pois os americanos haviam violado a promessa de que os macacos seriam usados apenas em pesquisas médicas. Desai tinha motivos para suspeitar de que eles estavam sendo usados para fins militares, em testes de sistemas de defesa e novos equipamentos bélicos. Os registros públicos da Nasa indicavam que, no dia 11 de junho de 1948, um V-2 Blossom lançado ao espaço em White Sands, Novo México, levava consigo Albert I, um macaco rhesus. Em 14 de junho de 1949, Albert II foi enviado ao espaço, alcançando uma altitude de cento e trinta e três quilômetros. Ao retornar, morreu sob impacto. Em 8 de dezembro de 1949, o último voo V-2 com macacos partiu de White Sands. Nessa ocasião o passageiro era Albert III. "Foi um voo bem-sucedido, sem qualquer efeito colateral no animal, até o impacto, quando o espécime morreu." Em setembro de 1951, um macaco chamado Yorick foi enviado ao espaço e sobreviveu.

Enquanto lia aquilo disse a mim mesmo que, se pretendia de fato usar os macacos para fins autobiográficos, precisava tomar nota do fato de que eles haviam ido muito mais longe do que eu. Um macaco adulto tem a inteligência de um humano de dois anos de idade. Quando fecharam o zíper do seu uniforme e o trancaram numa caixa de metal, sua confusão e, se a palavra cabe, sua coragem devem ter sido extraordinárias. A página da Nasa afirma que sem o uso desses animais nos primeiros anos de testes espaciais, tanto nos Estados Unidos quanto na Rússia, uma grande perda para a humanidade poderia ter ocorrido. *Esses animais prestaram um serviço aos seus respectivos países que nenhum humano poderia ou se disporia a prestar.*

Havia um link entre indianos e macacos? Os republicanos achavam que sim. Em 2006, um senador da Virgínia chamado George Allen chamou um jovem indo-americano de macaquinho. Allen estava em campanha; o adolescente que ele chamou de macaquinho trabalhava para o oponente democrata. No comício, Allen chamou a atenção de seus apoiadores para o rapaz: "Vamos dar boas-vindas ao macaquinho. Bem-vindo à América e ao mundo real...".

E começou a falar sobre a guerra ao terror.

Na época do suicídio do macaco, eu tinha apenas nove meses de vida, e quando voltei à casa de Lotan Mamaji, alguns anos atrás, os macacos ainda estavam lá, catando piolhos, segundo meu primo, dos pelos uns dos outros e comendo.

Debaixo dos galhos do tamarindeiro os porcos de Mohalla descansavam como sacos de trigo podre. Eram pretos, mas muitas vezes ficavam cobertos pela lama marrom seca da minha terra natal. Naquele verão fiquei muito impressionado com os porcos, pois apareciam em bandos soltos, grunhindo incessantemente, debaixo do buraco no banheiro, uma placa de madeira posta meio metro debaixo do chão, enfiando os focinhos dentro dos baldes abaixo de nós.

Eu já tinha quinze anos quando, largado bêbado no colchão onde na manhã seguinte eu o encontraria dormindo em meio à própria merda, Mamaji riu lembrando minha surpresa diante da súbita aparição dos porcos. As lágrimas dos seus pequenos olhos misturavam-se ao suco vermelho do *paan* que sangrava em sua boca. Tínhamos vindo como parte do *baraat* da noiva para um casamento numa vila chamada Garhi. Ficava a quatro horas de carro, saindo de Ara. Nossos anfitriões disponibilizaram o grande salão que funcionava como parte da escola local; sessenta homens teriam de comer e beber e passar o tempo pelos próximos dois dias naquele salão, cercados em três lados pelas chuvas de monção que haviam enchido a vila de água e do incessante coaxar dos sapos.

Mais cedo, naquela manhã, eu presenciara Lotan Mamaji sacar do interior da *kurta* encharcada de suor um maço úmido de notas de cem rupias. Ofereceu-as, uma de cada vez, à dançarina que fora trazida de Calcutá por vinte mil rupias. Os anciões das famílias proprietárias de terras do distrito puderam finalmente assistir ao vivo pela primeira vez às danças que Meena Kumari apresentara em *Pakeezah*, poucos meses antes de morrer de overdose alcoólica. A vila não tinha eletricidade, mas um gerador barulhento movido a combustível fora alugado e trazido de Ara. Acendia três grandes bulbos de luz, que atraíram milhões de mariposas e mais de duzentos habitantes do vilarejo. A dançarina não parecia se importar com os rios de suor fluindo do seu peito e de suas costas. Mamaji deitara-se num colchonete, reclinando-se sobre o cotovelo esquerdo, as costas sustentadas por um travesseiro. Na mão direita um copo de uísque Ambassador, que ele voltava a encher repetidamente. Sempre que a dançarina se aproximava, ele pousava o copo e tentava agarrar seu braço cheio de pulseiras. Se ela se demorasse ao seu alcance ou sentasse à sua frente, Mamaji colocava a mão na sua cintura ou lhe enfiava dinheiro na blusa. Quando ela se curvava, cumprimentando-o, ele sorria de volta e acariciava o bigode como um vilão num filme híndi.

A certa altura, Mamaji deixou a dançarina colocar em sua boca um *paan* que ela própria enrolara na frente dele, pondo um cravo e um cardamomo na folha de betel numa demonstração de grande delicadeza. Ao sentar tão perto, parecia diferente. Vi como pintara o rosto e como o suor borrava a maquiagem nas bochechas. Tinha uma pinta peluda por cima do lábio superior.

Quando a dança acabou, um jovem atarracado que se sentara perto de nós a noite toda ajudou a carregar Lotan Mamaji para o salão da escola, ainda vazio a uma da manhã, exceto por um velho que tossia num canto, dormindo. Mamaji abriu os olhos quando recostei sua cabeça num travesseiro. Olhou para o jovem ainda parado ao meu lado e perguntou se estava tudo bem. E então sacou seu 38, empurrando o cano do revólver na palma da minha mão.

— Ser ou não ser — ele disse, sem qualquer propósito. Disse as palavras em inglês, língua que não lhe era muito familiar. Sua voz era natural e estranhamente suave. Uma memória o animou momentaneamente e ele sorriu, o suco do *paan* borbulhando da boca. Tinha lembrado algo da minha infância. Disse que quando eu tinha quatro ou cinco anos, eu dissera a ele que beberia mais leite. Por quê? Meu jovem ser lhe explicara que meu xixi estava amarelo e eu queria que voltasse à cor normal.

O desprezo do meu pai por Lotan Mamaji, seu cunhado, se descrito por meio de um gráfico de pizza, mostraria primeiro uma fatia de trinta por cento para a falta de educação — não fora além do ensino fundamental. Outra fatia de trinta por cento seria sombreada de modo diferente, marcando o vício em álcool, enquanto os últimos trinta por cento indicariam adultério e devassidão. Os dez por cento do círculo que restavam seriam destinados a outros pecados mais indizíveis. Em casa, a conversa entre meus pais deixava claro que havia muitas falhas no caráter de Lotan Mamaji, mas eu não estava muito ciente delas. Quando era menino, eu o vira ao pôr do sol alimentando os peixes no lago. Parado na beira da água, o pulso direito movendo-se no ar como se soltasse uma pipa, a última pipa voando gloriosamente no céu. Depois jogou o arroz na água, cuja superfície foi atravessada pelas bocas negras de muitos peixes. Quando Lotan Mamaji lançou sua linha e pescou um rohu cujas escamas brilhavam, prateadas e escuras, me comovi com o amor que ele sentia por mim.

Eu estava contando todas essas coisas a Cai Yan, tudo que eu conseguia lembrar, toda minha devoção e minha tristeza. Se quisesse, poderia ter usado talvez os termos que propagávamos nos nossos seminários, falando sobre as vidas frustradas ou as mortes desnecessárias de pessoas — por conta de sua classe social ou formação —, presas entre uma ordem feudal antiga e uma sociedade capitalista emergente. Havia algum páthos nisso, mas era melhor ter clareza quanto ao julgamento severo da história. Como estudantes de pós-graduação, mostrávamos uma grande avidez para entender a vida contemporânea, mas, na realidade, estávamos proclamando nosso lugar no futuro. Sentia isso de modo muito forte quando nosso amigo Pushkin falava de como as vidas de muitos anônimos haviam sido sobrepujadas pelas demandas de uma modernidade frenética. Eram eles as vítimas da história, os pobres coitados, não nós. Eu odiava aquele tipo de discurso acadêmico sabichão. É possível, então, que eu tenha lamentado a morte de Mamaji, e da minha própria infância, na minha conversa com Cai Yan naquela noite, como a cena de um filme sobre um pequeno vilarejo. Há uma mansão em ruínas às margens de um campo. Um homem grandalhão de bigode está sentado debaixo de um tamarindeiro, fumando um *hookah*. Naquela manhã o homem vendera para um comerciante de antiguidades um retrato de moldura elaborada que ficava na parede da casa; era o retrato de seu pai, que fora um pequeno funcionário, proprietário de terras, sob o domínio britânico. O homem conseguiu um preço que ele sabia que era baixo, mas não estava em condições de barganhar. O dinheiro era escasso e necessário para comprar comida ou quem sabe mesmo remédios, embora também para outros usos. Quando tiver bebido um drinque, ou talvez vários, o homem erguerá seu corpo, que ultimamente lhe parece mais e mais exausto, e tomará um riquixá até o bar perto do cinema.

———

No semestre seguinte, nosso curso entrou na reta final; cada um de nós teria agora de escrever uma tese. Assim como deu vários livros sobre episódios de insurgência na Índia a Cai Yan, Ehsaan tinha um presente para mim também. Pela metade do semestre me chamou ao escritório dele e disse que iria me recomendar para uma bolsa de estudos da Ford Foundation. A bolsa me dava direito a uma passagem para Delhi. Ehsaan queria que eu avançasse na leitura sobre Agnes Smedley e os radicais indianos na América. Numa noite no começo de junho, em 1993, pousei em Delhi e tomei um trem para Patna no dia seguinte. Fiquei com meus pais por três dias antes de retornar a Delhi para a pesquisa. Um táxi da estação Paharganj me levou ao Sutlej Hostel na Universidade Jawarhalal Nehru, onde eu já providenciara o devido pagamento com um estudante de sociologia de Bihar. Uma manhã, no Arquivo Nacional, encontrei um ponto de partida: as cartas do líder nacionalista indiano Har Dayal — que Smedley conhecera em Berkeley. Har Dayal era o fundador do partido Hindustan Ghadar. O jornal oficial da organização era publicado em San Francisco, mas as cartas que encontrei nos arquivos foram escritas em Argel, em 1910. Eram endereçadas na maior parte a um velho mentor, sr. Rana, e à esposa dele, que Har Dayal chamava de madame Rana. Numa das cartas, escrevera à madame Rana: *Escreverei mais sem demora. Tem chovido o dia todo. Em dois ou três meses devo começar a estudar alemão. Ano que vem, escrever-lhe-ei em alemão. Assim talvez você responda mais depressa!* Quem era essa mulher, talvez mais velha, mas também estrangeira, a quem esse jovem revolucionário abria o coração?

Naquela manhã, ouvi vozes gritando em híndi, do lado de fora da sala de leitura. Talvez estivessem pintando uma parede. A bibliotecária, uma mulher baixinha, de lábios carnudos e surpreendentemente rosados, passara a manhã ao telefone. Ela ouvia a pessoa do outro lado da linha, falava aleatoriamente sobre o trabalho, e de tempos em tempos dava uma risadinha, espanava o sári e dizia em tom jocoso: *Nahin, nahin*. Eu lia as cartas na biblioteca e depois copiava tudo no meu caderno. A bibliotecária saía para almoçar na cantina, eu ficava sozinho na sala de leitura, sentado no meu lugar habitual. Um cartaz à minha direita dizia SILÊNCIO, POR FAVOR; à esquerda, do lado de fora, numa moldura de metal, pendiam dois baldes vermelhos com a palavra FOGO escrita em branco. Passei por aqueles baldes todos os dias durante a quinzena que fiquei em Delhi. Havia areia dentro deles, presumivelmente para ser usada para apagar incêndios, mas havia também bitucas de cigarro, papéis amassados, bilhetes de ônibus rasgados e tufos de *paan* ressecado.

Segui na leitura das cartas de Har Dayal. Ele tinha apenas vinte e seis anos e já era um líder proeminente. Mas por trás da discussão política estendia-se uma vasta solidão. (*Estou indo bem, embora me sinta terrivelmente só. Vários dias se passam sem que eu fale com ninguém.*) Havia também uma boa dose de autocomiseração. E sentimento moral, incluindo conselhos sobre o celibato. Parecia que madame Rana tinha um filho chamado Ranji. Har Dayal escreveu-lhe numa carta: *Nunca deixe que ele perca o tempo arrumando o cabelo cuidadosamente. Uma simplicidade espartana deve ser instilada na juventude, de modo que o caráter seja másculo e* [a última palavra é ilegível]. *Além disso, quando ele envelhecer um pouco mais, não o leve para eventos sociais onde ele possa conhecer moças — festas etc. Pois entre os dezessete e os vinte e dois anos de idade, demasiadas relações com garotas devem ser evitadas. Tornam o homem frívolo e produzem precocemente o sentimento amoroso, distraindo sua atenção dos estudos e das ideias morais.*

Har Dayal envolvera-se no que ele chamava em uma das cartas de "o caso da bomba". Seus estudos em Oxford tinham sido interrompidos. Mas a ruptura na sua vida era maior: *A supressão dos naturais sentimentos filiais, fraternais, conjugais e paternais, o afastamento total de todos os antigos amigos, a quem eu amava como a própria luz da minha vida...* E a luta não era apenas política. Sua perturbação era claramente mais profunda. Considere-se, por exemplo, o documento número 2388 (II), número serial II. Do Hotel de la Californie, Argel, em 13 de junho de 1910. Uma segunda-feira. Har Dayal escrevera uma carta de catorze páginas para o sr. Rana. Ia do aparentemente pessoal — *Muitas vezes encontro alívio no choro* — ao claramente político — *Leio nos jornais que trinta e três confissões foram arrancadas no julgamento de Nasik! Isso é terrível.* Uma hora depois, sentou para escrever outra carta para o mesmo endereço. Nessa carta prometia nunca mais fazer duas coisas: *1. Buscar o enriquecimento financeiro. 2. Manter relações sexuais, nem mesmo com minha esposa.* E então essa confissão desesperadora: *Parei de comer carne, de beber vinho, abandonei as frivolidades, os passeios, a leitura de contos e romances, e toda indolência, de modo a acalmar a dor no meu coração, aliviar meus nervos, dormir bem e melhorar o apetite.*

Minha vontade era interromper a leitura quando, seguidas vezes, me deparava com frases desse tipo. O tom de autopiedade era cansativo, sim, mas o que também me deprimia era que aquela litania de remorsos me lembrava os meus próprios diários.

Que liberdade era essa pela qual eles lutavam?

===

Quando voltei à Nova York no final do verão, Cai preparava-se para partir para a Índia. Sua estadia seria mais longa, talvez um ano. Sentiria sua falta; já tinha sentido quando estava na Índia. Lembrei aquilo que Nina dissera sobre encontrar uma pessoa e amá-la. Acho que eu estava apaixonado por ela. Contudo, o amor não era algo que eu equiparasse aos objetivos de vida de uma pessoa. Naquela época, parte de mim considerava tal preocupação egoísta, ou imatura, ou simplesmente reacionária.

Num dia de chuva Cai Yan e eu andávamos pelo parque até o apartamento de Ehsaan na Riverside Drive quando ela parou para colher um grande botão de magnólia que caíra no chão. As pétalas brancas estavam pesadas da água da chuva, ainda assim, Cai simplesmente pegou a flor e a apertou contra a bochecha. Em seu rosto a expressão era de tristeza suprema. Tinha chorado? Ou era apenas a chuva? Não perguntei. Cai era muito franca e amorosa, mas sempre senti que havia um nó interior de tristeza que nunca se afrouxava no seu coração, e era essa melancolia que a tornava real aos meus olhos. Tudo o que eu queria era entregar toda minha simpatia a alguém. A ela. Abraço de tristeza estava o.k., eu disse para mim mesmo. Não era reacionário.

Ehsaan nos deu boas-vindas, dando dois beijinhos em Cai Yan. Ela o idolatrava, e eu também, mas eu podia ver o quanto ela aprendia com ele, ao passo que eu vinha fracassando como pesquisador. Minha pesquisa era desconexa demais. Talvez porque desejava ser escritor, minhas questões acadêmicas sempre se entrelaçavam com alguma investigação pessoal sobre as complexidades da alma humana. Cai tinha um objetivo mais claro e um foco muito maior. Quando Mahasweta Devi veio da Índia, em visita de uma semana, participar de uma disciplina em que seus escritos eram trabalhados em tradução, Cai reuniu-se com ela para discutir sua tese. Com a ajuda de Ehsaan, Cai lia grossos tomos sobre revoltas camponesas na Índia; leu livros de história, literatura, e mesmo sociologia e religião. Também memórias e jornalismo, livros que ela arrumava em pilhas bem organizadas na mesa de jantar. De todos os livros que vi nas mãos dela, eu lera apenas um — as memórias de uma jovem britânica que fora presa em Hazaribagh depois de capturada na companhia de maoistas. Naquela noite na casa de Ehsaan, Cai sentou-se ao lado dele no sofá e lhe fez perguntas sobre a questão da militância na Índia Oriental nos escritos de um cientista político de Oxford. Sem disposição para me juntar à conversa, me distraía com as garrafas de vinho e os amendoins. Mas Ehsaan não me deixaria fazer aquilo por muito tempo; pediu que eu sentasse e escutasse uma história que ele contaria a Cai.

— Quando era rapaz em Lahore, devia ter dezoito ou dezenove anos, eu me considerava um comunista.

"Uma noite, meus amigos comunistas e eu estávamos sentados num quarto no nosso hostel bebendo chá. Vivíamos em quartos diferentes, mas compartilhávamos o que se chamava de servo — um homem de qualquer idade, entre dezessete e setenta anos, que ficava responsável por tudo, desde cozinhar até lavar roupas e comprar jornais. Sim, embora fôssemos comunistas, tínhamos um servo. Era um homem por volta dos quarenta anos de idade, de nome Qamroo.

"Muito bem. Nessa noite em particular, Qamroo tinha feito chá e omeletes com feijão-verde dentro. Estávamos todos nos sentindo muito agradecidos e cheios de afeto por Qamroo. Então eu disse aos meus amigos: Isso tudo é muito bom. Mas nós somos comunistas. Precisamos mostrar mais respeito por Qamroo.

"Um dos meus camaradas disse que devíamos chamar nosso servo de tio. Devemos chamá-lo de Qamroo Chacha. Mas isso não parecia radical de modo algum. Sugeri, então, que a gente ajudasse Qamroo com as tarefas. Sempre que possível, entraríamos na pequena cozinha de paredes pretas e perguntaríamos se podíamos ajudá-lo de alguma forma.

"Vi imediatamente que a resposta a essa proposta era menos do que entusiástica. Meus amigos responderam que precisavam assistir às aulas, participar de reuniões políticas, organizar manifestações. Um deles, filho de um proprietário de terras feudal em Punjab que jurara lutar por uma sociedade igualitária, disse que às vezes nem sequer tinha tempo de colocar uma carta no correio e precisava pedir a Qamroo para fazê-lo. Outro comentou que o trabalho não era degradante; tudo o que era preciso fazer era garantir que Qamroo recebesse um salário justo.

"Mas como descobrir isso? Essa era a questão. Bem, podemos perguntar diretamente a Qamroo. Chamamos Qamroo. O mais barulhento de nós gritou por Qamroo Chacha, e o homem apareceu com um sorriso no rosto. Nunca ouvira esse nome antes. Mas havia um ar de solenidade na sala. Dissemos que ele não era mais nosso servo. Era nosso camarada. Todos nos trataríamos da mesma maneira.

"Qamroo parou de sorrir. Na verdade, parecia confuso. Não dizia nada. Então os rapazes explicaram que iriam ajudá-lo com o serviço dele sempre que pudessem. Depois perguntei se ele achava que o salário que recebia era justo. Qamroo fez uma expressão de receio, talvez porque achasse que, com essa oferta de ajuda, diminuiríamos seu salário.

"Percebendo isso, disse a ele que a razão pela qual perguntávamos tudo aquilo era porque queríamos demonstrar nosso respeito por ele. Na verdade, eu disse, nem sei por que você está de pé. Por favor, sente-se na cadeira.

"Mais de uma cadeira foi subitamente oferecida a Qamroo, que nunca se sentava na nossa companhia. Todos éramos pessoas de boa condição. E ele era nosso servo. Durante a Festa do Sacrifício, nós o abraçávamos e dizíamos *Eid Mubarak* e lhe dávamos dinheiro, mas quantas vezes ao ano acontecia aquela festa?

"Todo dia ele cozinhava para a gente; lavava nossas camisas, nossas calças e nossas cuecas sujas. Varria os três quartos onde a gente dormia, e nem sabíamos o nome dos dois filhos dele, que viviam com a mãe num vilarejo. Mas agora estávamos chamando-o de Chacha e lhe perguntando sobre suas necessidades. Ele sofria de enfermidades gástricas e à noite seus dentes rangiam.

"Éramos mais fortes do que ele. Seguramos seus braços e pedimos que sentasse na cadeira de madeira no centro da sala. Por favor, sente, dissemos, sente conosco. Apesar de sua resistência, o puxamos e só soltamos seus braços quando ele se sentou. Mas tão logo o liberamos, ele pulou da cadeira. Ele simplesmente não conseguia ficar sentado ali e, como a gente não ia deixar que ficasse de pé na sala, ele saiu, a despeito dos nossos chamados."

Ehsaan ficou quieto. Manteve seu olhar dirigido a Cai.

— Entende o que quero fazer aqui? Quero que você lembre dessa história, e quando for conversar com os líderes maoistas que passaram a vida toda nos vilarejos conte a eles minha história e pergunte: *Por que Qamroo não quis sentar na cadeira?* Deixe-os ouvir minha história e responder. Daí você terá seu livro pronto.

Lembro dessa noite muito claramente. Lembro da história de Ehsaan, e outra coisa que lembro, como se fosse uma cena num filme, era o modo como Cai e Ehsaan sentavam juntos discutindo as mudanças da história. Muitos anos se passariam até que eu fosse capaz de dar um significado àquela cena. Ehsaan e Cai eram capazes de ver o futuro, enquanto eu era cego ou simplesmente perverso demais para riscar uma linha reta entre meu amor por Cai Yan e a sociedade que eles estavam descrevendo. Cai Yan aceitou o conselho de Ehsaan e escreveu o livro que ele queria que ela escrevesse. Uns dez anos atrás encontrei um vídeo dela no YouTube discutindo seu novo lançamento. Estava sentada num palco debaixo de uma tenda vermelha e branca num festival literário em Delhi. O homem que a entrevistava era um jornalista da BBC. Cai contava a ele sobre ter vivido numa vila em Chhattisgarh e depois mencionou um professor que teria ficado feliz com aquele livro.

Naquele mesmo vídeo você pode ver Cai Yan lendo, interrompida apenas pelas risadas do homem da BBC, uma carta a Edward Said que Ehsaan escreveu pouco antes de morrer. Cai queria que o público apreciasse o estilo mordaz e exagerado de Ehsaan, o prazer e a lisonja com que oferecia sua crítica a uma coluna de seu camarada Said:

> Filho da Palestina, Amigo e Aliado dos Desgraçados da Terra, Protetor da Chama no Mundo, o Texto, e o Crítico,
> Empreendi um corajoso esforço para assistir à palestra ontem, mas a pressão dos corpos na porta de entrada era mais profunda e mais densa do que a experimentada nos ônibus de metal nas ruas sujas e abarrotadas de Lahore ou Accra. Vi o breve deslumbre das suas feições e admirei, à distância, o brilho elegante em seu terno Savile Row. E então você começou a falar. Uma oratória tão fluente! Terá alguém sido mais eloquente ao falar sobre o campo semântico estreito e constrito pelo qual o Islã é interpretado no Ocidente? Mas eu queria ver você e discutir essas coisas pessoalmente, e não por trás de um muro de corpos suados! Quando você oferecerá a esta alma tímida e imerecedora o benefício da sua atenção? Publiquei o que vai aí anexo na *Dawn* semana passada — já estava em progresso à altura em que suas palavras na palestra da tarde de ontem caíram feito chuva na minha alma encharcada — e espero que você leia. Tentei debilmente ao meu próprio modo dizer algo significativo sobre o Islã, não apenas afirmando que a construção ocidental do Islã é uma ficção, um construto puramente ideológico, mas insistindo em apresentar os esforços concretos, e divididos, que estão em andamento em políticas que acontecem de ser islâmicas.
> Como sempre com o senso de devoção que lhe é devido, e as mais gentis lembranças, permaneço
> Ehsaan sem consequência nenhuma.

Parte 7
Peter & Maya

*Tenho interesse pela sabedoria e tenho interesse
pelos muros. A China é famosa por ambos.*

Susan Sontag, "Projeto de uma viagem à China"

*Eu costumava achar que o casamento era uma janela
de vidro laminado implorando por um tijolo.*

Jeanette Winterson, *Escrito no corpo*

Cai Yan e eu passamos no apartamento de Maya, que iria conosco ao Museu Guggenheim. Visitaríamos uma exposição com trabalhos do artista chinês Liu Huong. Lemos no *Times* que as instalações de Huong eram "silenciosamente devastadoras".

Maya tinha muita afeição por Cai Yan, e as duas se encontravam frequentemente, mas eu sentia que Maya não gostava muito de mim. Embora fosse sempre educada, tinha receio de que ela me visse como uma pessoa pouco sofisticada e um tanto grosseira. Como ela tinha formado esse julgamento? Uma vez, havia cinco ou seis de nós no apartamento dela se perguntando se haveria aula no dia seguinte — a professora tinha viajado para Paris no começo da semana. Eu me voluntariei para descer até o orelhão da esquina e telefonar para a casa da professora — se ela atendesse, eu desligaria. Quando sugeri isso, Maya olhou para mim e disse: Kailash, você é muito estranho. Isso foi dito com certa convicção e afetou meu comportamento em relação a Maya. A próxima vez que nos encontramos foi no apartamento dela de novo. Ela abraçou e beijou Cai Yan. Depois eu parei na entrada da porta, sem saber se devia ou não beijá-la. A gente se abraçou, e tive a impressão de que ela estava prestes a me dar um beijo na bochecha direita. Ou era na esquerda? Confuso, acabei roçando os lábios dela com os meus. Eu não sabia o que seria pior — pedir desculpas ou ignorar tudo silenciosamente.

Pegamos o trem para a rua 86 e depois o ônibus até o outro lado do parque. No ônibus, Cai e Maya sentaram-se juntas. Eu sentei do lado de um homem grande e suado vestido num terno, que levava um buquê de flores enorme enrolado num plástico; água escorria do buquê até o motorista. Depois de uma breve espera na fila do Guggenheim, mostramos nossas carteiras de estudantes e entramos.

Liu Huong nascera em Beijing em 1950, e, diferentemente de Cai, viveu a Revolução Cultural. Seus pais eram médicos que foram enviados para trabalhar no campo. Os retratos que Huong fizera dos pais vestidos nos uniformes de Mao eram austeros e completamente desprovidos de emoção. Não havia um julgamento claro, mas a abstração de suas expressões era assombrosa. O artista pintara também enormes retratos de oficiais do partido, e aqui a intenção estava menos disfarçada: você via os homens, e uma mulher (provavelmente a esposa de Mao), como pessoas calculistas e complacentes. Eram pintados, talvez um tanto ostensivamente, com compleições que os tornavam parecidos com porcos.

Depois dos retratos, entramos na próxima sala, dominada por dois quadros gigantescos que pareciam pôsteres. A legenda do primeiro pôster dizia: TENHAM MENOS CRIANÇAS, CRIEM MAIS PORCOS, e mostrava um homem e uma mulher com uma criança pequena. Na parede oposta, o outro pôster com a legenda: VIDA LONGA AO NOSSO REI DA BRIGADA. Esta última imagem, tão gigante quanto a anterior, mostrava um grupo num vilarejo assistindo a uma mulher na TV que se dirigia a eles. Mais uma vez, as figuras eram tão vazias de sentimento genuíno que pareciam autômatos, criaturas guiadas por uma ideologia controladora.

Tudo aquilo era envolvente, mas não afetava profundamente. Eu tinha acabado de formar esse pensamento quando entrei na terceira sala, e o que vi mudou minha opinião. Era uma instalação chamada *Escola Hunan*. Todo o ambiente parecia uma sala de aula decrépita e abandonada. Bancos quebrados e revirados, imagens deslocadas das molduras, mapas rasurados, pôsteres de Mao manchados pela água da chuva. Poeira e um aspecto visível de decadência tocavam todos os objetos à vista. Nos armários de vidro sujo havia velhos troféus expostos, mas também eles pareciam perdidos no tempo: os triunfos que celebravam haviam desvanecido para sempre. Huong pintara as paredes de vermelho até a altura da cintura, mas a tinta vermelha, como a tinta branca na parte de cima, descascava. Em algumas caixas descartadas se viam tubos de ensaio, funis e alguns livros em desintegração. Cada objeto era evocativo e, ao mesmo tempo, representava decadência e morte. No ponto mais distante havia três vitrines: estruturas semelhantes a mesas com faces de vidro sob as quais ficavam expostos objetos e breves relatos em mandarim. Eram histórias das crianças sobre itens comuns que elas haviam recolhido ou com os quais se depararam no cotidiano. Havia uma história sobre o dia em que pintaram os bancos. Outra sobre uma mosca que um dos meninos capturou. Cai traduziu um terceiro relato, escrito à mão por uma das crianças: *Com a corda Li Chen amarrou o cachorro Hei Bao na cerca perto da escola e não o desamarrou até a manhã seguinte. Hei Bao tinha morrido e Li Chen foi expulsa da escola por uma semana.*

Deixamos o museu meia hora depois e nos dirigimos a Chinatown, onde almoçaríamos. Eu não parava de elogiar a *Escola Hunan*. A instalação mostrava como os estudantes estavam condenados. Mas Cai não estava muito contente.

— Quantos visitantes hoje foram levados a pensar nos estudantes mortos em Tiananmen?

Maya e Cai conversavam acaloradamente, uma apoiando a outra, como faziam nas aulas de Ehsaan. Eu sabia que era melhor não desafiar as duas, mas não via nada que Huong tivesse feito de errado. Na verdade, ele evocara um mundo inteiro para mim. Mas fiquei em silêncio. Chegamos à Mott Street, e enquanto esperávamos a comida, ouvi Cai e Maya falando sobre Peter. O tom discreto sugeriu que eu não devia tentar entreouvir o que diziam. Não via Peter fazia muito tempo. Tentei imaginar como ele reagiria à arte de Huong. Levaria muito tempo, pelo menos alguns meses, até que eu alcançasse um entendimento básico do que Cai Yan e eu havíamos experimentado diferentemente diante da *Escola Hunan*. Para mim, a riqueza da experiência dizia respeito à evocação dos detalhes mundanos de um momento particular no tempo. Arte como uma tentativa de capturar um certo clima, um sentimento, que refletia o que significava estar vivo naquele lugar, naquele momento. Não era assim que Cai Yan via. A política de igualdade e mudança radical que ela apreciava tinha sido maculada na China. Aquele era o significado do massacre da praça Tiananmen. Ela estava na escola naquela época, e não houve nenhuma menção ao ocorrido nos jornais, mas seu tio, o irmão mais novo do seu pai, tinha voltado da faculdade em Beijing com um tiro de revólver no braço. Não entendi isso logo de cara, mas o que compreendi mais tarde foi que Cai Yan fora à Índia para encontrar entre os camponeses e as tribos em lugares como Chhattisgarh uma ideia mais pura de política. Era sua busca — diferente e, no entanto, semelhante à dos hippies que visitavam a Índia nos anos 1960. Era um quadro cheio de inocência, e por isso o desapontamento que mais tarde lhe causei foi ainda mais devastador.

=

Certa noite, na Lehman Library, assisti a um velho filme híndi sobre a China, *Dr. Kotnis Ki Amar Kahani*. O filme provavelmente fora feito ainda antes da Independência. Um jovem doutor indiano nascido em Kolhapur decide que, por conta dos ataques do Exército japonês, os pobres da China precisam de assistência médica. O filme se passava no fim dos anos 1930. Cinco médicos da Índia partiam nessa missão humanitária, e o filme era a história de um deles, que não voltava. O jovem dr. Kotnis apaixona-se por uma moça do campo chinesa, interpretada por uma mulher indiana que falava num falsete agudo cantarolado. O casamento dos dois é visto como um laço entre as duas nações; no dia seguinte começam os bombardeios japoneses. Em meio à morte e à destruição generalizadas, o doutor cura doenças e em seguida sucumbe a elas. O drama do retorno et cetera.

O pensamento me veio: talvez eu pudesse ir à China, se encontrasse uma conexão com o trabalho que eu já vinha fazendo. Fui conversar com Ehsaan sobre isso. Caracteristicamente, ele perguntou se eu tinha comido. Olhava-me com seus grandes olhos.

— Tudo bem? Tenho a sensação de que você anda meio perdido.

Senti um calafrio.

Ehsaan disse que era inútil me perguntar sobre o futuro; primeiro eu precisava resolver as questões do presente.

— Tem um gazal famoso de Javed Qureshi que começa *Dil jalaane ki baat karte ho...* Os versos relevantes no seu caso são *Hum ko apni khabar nahin yaaron/ Tum zamaane ki baat karte ho.*

Ele recitou o dístico em urdu e sorriu.

Eu conhecia aquela canção. A voz rica de Farida Khanum me veio à lembrança, uma extensão dourada de seda rústica: "Não tenho notícia alguma sobre mim, meus amigos,/ vocês me pedem um relato sobre o mundo".

Ehsaan vestia um *kurta* azul-claro por cima de uma camisa preta de gola rulê. Enquanto cozinhava, conversávamos. Sem falar muito, mexia o conteúdo da panela à sua frente. Tinha um resto de abobrinha na geladeira, e agora preparava frango ao curry para que comêssemos com arroz.

Comentei algo sobre os homens cujas cartas eu havia lido, sobre a estranha relação que tinham com o sexo e a solidão.

Depois de uma pausa ele mencionou ao frango na panela.

— E Agnes Smedley?

Senti uma oportunidade.

— O que ela buscava quando se juntou aos indianos? Foi o mesmo impulso que a levou para a China?

Mais silêncio de Ehsaan. Ainda não olhava para mim quando voltou a falar.

— Por falar no mesmo impulso... Cai Yan vai para a Índia em um mês. E você vai para a China. Que devo fazer disso?

— Nos últimos anos, Índia e China são mencionadas na mesma frase o tempo todo. Com a Índia eu tenho familiaridade. Quero ir para a China para enxergar a Índia de um jeito novo, para encontrar...

Parei de falar, subitamente incerto. Mas Ehsaan balançava a cabeça, concordando.

— Não foi só o ópio que foi da Índia para a China — ele disse. — Houve um fluxo de ideias nacionalistas. Esse fluxo, em momentos diferentes, ia nas duas direções. Como você sabe, Cai está pesquisando o maoismo na Índia...

Voltei para casa bem alimentado e levemente bêbado. Deixei que o telefone chamasse várias vezes no apartamento de Cai, debatendo comigo mesmo se era ou não o caso de deixar uma mensagem. Tão logo comecei a falar, ela atendeu.

— Oi.

— Como foi seu jantar?

— Queria tomar um drinque com você. Quer vir pra cá?

— Não posso. Estou fazendo luzes no cabelo. Você não pode vir pra cá?

Agradava-me a ideia de caminhar até lá. Encontrei Cai com papel-alumínio enrolado no cabelo curto. Havia uma garrafa de Chardonnay quase no fim, na geladeira, que ela pegou, servindo o vinho em duas taças. Não tocou na dela. Em vez disso, tirou os chinelos e entrou na banheira. Baixei a tampa da privada e sentei. Cores escuras escorreram do cabelo de Cai quando ela se curvou e derramou água sobre a própria cabeça.

Peguei a caneca da mão dela. A água era quente. Meus dedos tocaram a nuca de Cai. Eu me inclinei e beijei seu pescoço molhado.

— Mais água, mais água, por favor, Kailash!

Quando terminou, Cai sentou no sofá, uma toalha enrolada na cabeça. Sentei na espreguiçadeira e contei que Ehsaan tinha me encorajado a investigar a amizade de Agnes Smedley com o escritor Lu Xun e que eu podia ir à China por um semestre. Cai estava de partida para a Índia, mas a ideia de que eu fosse para o país dela a animou.

— Você vai para Shanghai? Pode visitar o Lu Xun Park.

— Ainda não sei.

— E você pode pegar um ônibus e visitar meus pais. Leva só a metade de um dia até lá, saindo de Shanghai.

Os pais dela!

Nunca conheci os pais de Nina. Ela não me pedira para visitá-los no Maine naquele verão. Mas cá estava Cai Yan propondo que eu visitasse seus pais. O que ela contaria sobre mim? Dei um beijo nela e logo em seguida voltei ao meu apartamento, pois nós dois tínhamos trabalhos a entregar na manhã seguinte. Eu sentia uma grande ternura por Cai Yan. Um círculo estava se fechando. Eu estava feliz por ir à China e me sentia muito confiante de que faria um bom trabalho por lá.*

No caminho de volta, pensei sobre um dia no outono do ano passado. Era o mais próximo que tínhamos estado, nós dois já estabelecidos numa rotina voltada para estudar e, sim, amar um ao outro. Aquele dia fora gloriosamente ensolarado, mais quente do que o resto da semana havia sido. Alguns estudantes vestiam short e camiseta, pelo menos enquanto o sol estava alto. Cai sugeriu que comprássemos sorvete. Passamos por uma livraria que se aproveitara do clima para expor algumas prateleiras com livros usados do lado de fora. Um livro de capa rosa me chamou a atenção, por causa do nome. Ismat Chughtai. *A manta e outros contos*. O livro fora publicado por uma editora feminista na Inglaterra. Dois dólares por

---

* Se você estivesse resolvido no amor, poderia fazer o seu trabalho. Este conselho escrito veio como se fosse de Ernest Hemingway.

ENTREVISTADOR: A estabilidade emocional é necessária para escrever direito? Você me disse uma vez que só poderia escrever bem quando estivesse apaixonado. Você poderia desenvolver isso um pouco mais?

HEMINGWAY: Que pergunta. Mas nota dez só por tentar. Você pode escrever sempre que as pessoas o deixarem em paz e não o interromperem. Ou melhor, você pode se for implacável o suficiente sobre isso. Mas a melhor escrita é certamente quando você está apaixonado. Se é tudo o mesmo para você, eu prefiro não expor a respeito.

uma cópia usada. Durante a tarde eu planejava corrigir artigos, mas deixei a ideia de lado e me voltei primeiro para o conto que inspirara o filme *Garam Hawa*. Um depois do outro, fui lendo mais contos do livro. Dez anos antes, eu lera algumas daquelas histórias em Patna, e agora, pela primeira vez, eu as lia em inglês. Tentei puxar pela memória, mas o original não me vinha à cabeça. Comprei o livro porque ele parecia estar esperando por mim, ali entre outros livros que falavam outra língua. Nós compartilhávamos algo, esse livro e eu, pertencíamos um ao outro. Mas de onde vinha esse obstáculo? Corri minha mão pelas páginas. *Como o nascer do sol, o reflexo da sarja vermelha iluminava seu rosto amarelo-azulado.* Como seriam aquelas palavras no urdu original? O que Chughtai tinha em mente ao descrever um rosto como "amarelo-azulado"? Era mesmo aquilo que ela escrevera? Pelo menos do título original eu lembrava. Também lembrava da tarde de verão em Delhi quando fui assistir ao filme pela primeira vez, e como a tristeza me acertou em cheio. Mas aqui eu me sentia encalhado na língua. Eu me tornara um homem traduzido, incapaz de me conectar com meu próprio passado. O que mais eu esquecera? A tristeza do mundo, mas também uma tristeza por mim mesmo, entalou na minha garganta. Sem sobreaviso, comecei a chorar.

Até então Cai Yan e eu estávamos lendo na cama. Deitados, formávamos um ângulo, nossas cabeças juntas, mas nossas pernas apontando em direções diferentes, de modo que nossos corpos formavam um V. O primeiro soluço arrancado de mim me deu tamanho alívio que, com um pequeno ganido, me virei e abracei Cai Yan. Ela se virou para mim, alarmada.

— Que aconteceu?

Mas eu estava como uma criança, afundando meu rosto na sua camisa de algodão e escondendo as lágrimas. Era uma camisa cara: ela a vestira porque na cabeça dela aquele era um dia de verão. Depois de um instante percebeu que eu estava realmente chorando.

— Oh, Kailash — ela disse, aninhando minha cabeça em seu braço.

Deixei que as lágrimas fluíssem; a tristeza que senti estava se dissipando, e em seu lugar um sentimento de euforia tomava lugar. Depois de alguns minutos, senti-me vazio, e livre.

Cai me olhava, com uma expressão levemente preocupada. Expliquei que tinha me emocionado com o que estava lendo, pois me lembrava o que um poema chamara de *a pobreza gentil da minha terra*.

Assoei o nariz.

Sem olhar para ela, desabotoei sua camisa, já molhada das minhas lágrimas. Ela começou a rir, uma risada curta e divertida. Sem dizer palavra nenhuma, pus seu peito na boca e comecei a chupá-lo como eu chupava as mangas da minha infância. Estava lendo sobre uma moça solteira num conto de Chughtai; a juventude estava lhe deixando, e ela nunca conheceria o toque de um homem. Mas aqui estava Cai, já ofegante do esforço de me ajudar a tirar suas roupas. Senti que minha alma fora purgada pela tristeza: agora eu era capaz de saborear o que eu possuía. Ela deslizou o corpo para debaixo do meu e delicadamente levou meu pau para dentro dela. Éramos bons juntos. Tudo se encaixava ao redor de uma lembrança do que sempre havíamos feito. Ela não tinha a passividade da moça triste e desamparada do conto que eu estava lendo. Quando a penetrei, ela desentrelaçou as pernas, suspendendo-as no ar. Cai era uma das pessoas mais silenciosas que eu conhecia, em público e em privado, mas sempre gemia quando fodíamos. Seus gemidos vinham de súbito e lembravam o grasnado ritmado dos gansos, quando voavam no céu enquanto você deitava na relva perto de um rio.

Cai partiu para Bombaim. Publicou um pequeno artigo no *Village Voice*, que Ehsaan colou na porta dele. A história era sobre o sofrimento de uma criança numa cidade chamada Akola, na Índia central. Um cachorro atacara um menino de dois anos e lhe arrancara os olhos. Os pais da criança eram trabalhadores diaristas. Estavam trabalhando nas redondezas, misturando argila num forno de tijolos, trapos enrolados nas cabeças. Cai relacionara de forma magistral a selvageria do ataque, que se lia como uma parábola, com as depredações incessantes de um sistema que arruinava fazendeiros. Os pais da criança tinham perdido sua humilde fazenda, tornando-se trabalhadores migrantes. A muito celebrada liberalização do mercado indiano não trouxera riqueza aos pobres; pelo contrário, tornara-os mais vulneráveis, deixando-os desamparados e sozinhos.

Sua próxima reportagem foi uma longa entrevista com uma jovem viúva cujo marido, um fazendeiro do algodão, matara-se bebendo o pesticida que costumava usar nas suas terras.

O fazendeiro devia a um agiota do vilarejo que cobrava cinco por cento de juros mensais. O morto também devia dinheiro ao banco. As sementes caras que ele comprara tinham todas se estragado, porque as chuvas não vieram. A viúva contou a Cai que o litro do pesticida que o marido ingeriu também foi comprado através de um empréstimo de trezentas rupias contraído com um vizinho. Os enormes subsídios oferecidos pelos Estados Unidos aos seus fazendeiros derrubaram os preços do algodão ao redor do mundo, enquanto as novas leis na Índia implicavam que os pequenos fazendeiros tinham de se virar com rendimentos reduzidos e taxas mais altas de juros. Vi o artigo de Cai Yan e a fotografia da viúva, que fora acolhida por alguém chamado Sebastian D'Souza. A fotografia mostrava a viúva segurando um retrato do marido, que aparecia sentado numa cadeira no estúdio, vestido formalmente, com calça e camisa. Nos pés usava um par de chinelos grandes demais. A imagem, com seu páthos silencioso, prendeu minha atenção. Olhei para as flores de plástico postas pelo fotógrafo à direita do fazendeiro, depois meus olhos foram atraídos para o rosto bonito e entristecido da viúva.

Cai Yan me enviou um cartão-postal e depois mais nada por algum tempo. O cartão mostrava Salman Khan flexionando os bíceps. Cai escreveu que tinha estado ocupada e que procurava uma mudança; ia morar em Bhopal e trabalhar com uma ONG. Mas aquilo provavelmente não aconteceu, pois três meses depois, quando ainda estávamos lidando com a neve nas ruas, Cai Yan publicou um longo relato, agora sobre uma expedição pelas florestas nas redondezas de Chhattisgarh, com os naxalitas que lutaram pelo direito à terra. Essa reportagem, de quase cinco mil palavras, foi publicada na *Mother Jones*. Era menos uma análise de um sistema econômico falido — embora também fosse isso — do que um registro da violência terrível contra as tribos que protestavam. Execuções policiais nas margens das florestas ou às vezes mesmo dentro das casas; tortura e assassinatos em delegacias; operações do exército que envolviam estupro e moradias incendiadas. A reportagem descrevia atos chocantes, mas a emoção que mais senti foi talvez inveja. Cai estava vivendo na Índia e relatando as mudanças que ocorreram desde que saí de lá. Fiquei acordado na cama pensando na tese que eu precisava escrever. Teria de fazer isso em breve. Uma noite acordei de um sonho onde eu entrava no mar com um livro que vinha lendo. Cai Yan ficava na praia. Dizia que tínhamos de partir. Mas antes que eu pudesse sair, uma onda quebrava em cima de mim e levava o livro para as águas profundas.

=====

Eu enviara uma breve missiva a uma jornalista que eu conhecia, uma das mulheres mais bonitas que já tinha visto na vida. Vivia em Park Slope. *Você disse semana passada que escreveria algo maior "em um minuto". Não escreveu. Desde então não saí do lugar, não comi, nem dormi, nem fiz amor.* Tanto desejo.* Até que aquela nota chegasse a Cai Yan por acidente, enviada pelo correio junto com uma carta em que eu lhe detalhava meu trabalho, um equívoco que resultou no fim abrupto do nosso relacionamento, recebi seus relatos vindos de Delhi ou cidades em Bihar e Madhya Pradesh, onde ela andava fazendo pesquisas.** Estava estudando híndi enquanto vivia por seis meses

---

* Se você me perguntar o que eu quero, vou te dizer. Eu quero tudo. — Kathy Acker, *Pussy, rei dos piratas.* ** Depois que nos tornamos amantes, uma das coisas que fizemos foi compartilhar um caderno onde escrevíamos as novas palavras que encontrávamos. Nós dois éramos imigrantes e queríamos saber os nomes de todos os tipos de objetos e emoções. A primeira entrada de Cai foi lucarna: *uma janela que se projeta verticalmente a partir de um telhado inclinado.* Sua segunda entrada foi joanete: *um inchaço doloroso na primeira articulação do dedão do pé.* Eu me lembro da minha primeira entrada naquele caderno. *Peito piriforme: mama em forma de pera.* Anos depois de ter cometido o erro estúpido de enviar a carta errada a Cai, encontrei uma palavra do Congo em um artigo da *Time* que me ajudaria com meu apelo: ilunga: *uma pessoa que perdoará qualquer coisa da primeira vez, o tolerará pela segunda vez, mas nunca pela terceira vez.*

numa cidade chamada Amarkantak. Estava muito satisfeita por ter aprendido os nomes de todas as árvores locais. Os habitantes da cidade gostavam muito dela — uma garota chinesa em roupas indianas. Numa vila a uma hora dali, uma freira fora estuprada, mas a pessoa que lhe deu essa notícia disse que Cai estava segura, já que não era católica. Na carta que me escreveu, Cai contou que entrevistaria a freira. Cheguei ao fim da carta, e quando virei a página encontrei minha própria caligrafia. Por um momento fiquei confuso. Sem nenhum comentário ou pergunta, Cai me devolvia a carta que eu estupidamente lhe enviara. *Você disse semana passada que escreveria algo maior "em um minuto". Não escreveu...* Não mandei nenhuma carta pedindo desculpas. Não tinha sentido. Fiquei arrependido, claro, mas sabia que havia cometido um dano irreparável. Também não recebi nenhuma outra carta dela.

Eu pensava em Cai Yan constantemente e lia suas cartas antigas mil vezes. Nas primeiras semanas em Delhi ela viu uma peça chamada *Netua*. Um *netua* é um homem que veste roupas de mulher e dança em casamentos e festivais nas vilas de Bihar. A peça era sobre um *netua* chamado Jhamna, que se casa e leva a noiva para a vila dele. Durante os festejos do Holi, os jovens bêbados de casta superior o veem dançar e vão atrás de sua noiva. Jhamna deixa de lado as inibições e expulsa os opressores, mas, quando eles fogem, ele se volta contra a esposa. O escritor transferira magistralmente a violência da casta governante para o pobre Jhamna e sua raiva. Cai Yan disse que, inspirada pelo que viu nosso colega Pushkin fazer muito tempo antes com seu trabalho de tradução, ela ia colaborar na tradução do conto no qual a peça se baseava. O escritor era Ratan Verma, de Muzaffarpur, e ela o encontraria em quinze dias.

Essa informação me causou espanto. Muzaffarpur foi onde meu pai fez faculdade quando deixou a vila, e eu ainda tinha primos distantes vivendo por lá. Um deles era proprietário de dois ônibus e outro negociava madeira. Eu costumava visitá-los quando estava em Patna. Se meus primos vissem Cai Yan, uma moça chinesa num *salwar-kameez*, numa rua lotada perto da casa deles, será que poderiam adivinhar que era minha namorada? Ninguém ali poderia ter ideia do quanto ela se esforçara para viajar àquele lugar onde seu presente encontrava meu passado. Eu também tinha outras preocupações quanto a Cai perambular sozinha numa cidade como aquela. Quando era menino, com talvez sete ou oito anos, estive em Deoghar, passeando com minha irmã numa rua perto de uma montanha. Nossos pais tinham ido ao templo pelo qual a cidade é famosa. A pousada onde encontramos quarto era um pouquinho afastada do centro da cidade. Era um fim de tarde agradável, pequenas árvores verdes, terra vermelha, e uma estradinha que levava a um monte rochoso a mais ou menos meio quilômetro de distância. Uma motocicleta passou por nós, e depois de se afastar alguns metros, deu a volta e se aproximou. Havia três rapazes sentados na moto. Estacionaram e vieram até a gente. Um deles perguntou à minha irmã se ela queria carona. Ela não respondeu. O camarada que fizera a pergunta tirou um pente do bolso e se pôs a pentear o cabelo. Os três esqueceram da motocicleta e começaram a caminhar do nosso lado. Minha irmã puxou minha mão para me fazer andar mais rápido. Um dos jovens, um rapaz numa camisa azul apertada, chegou mais perto da minha irmã e puxou sua *dupatta*. Nem minha irmã nem eu dissemos nada. Continuamos andando, mas eu percebia que minha irmã estava ofegante. E depois percebi que ela chorava. Andamos assim por dez ou quinze minutos, não tenho certeza.

Os garotos nos seguiram. Cantavam músicas e faziam comentários vulgares, nunca nos dando qualquer esperança de que tinham ficado para trás. Será que um deles voltou para pegar a motocicleta? Eu não olhei para saber. Minha irmã não largava minha mão. Depois de uma árvore à esquerda, apareceu uma trilha que levava a uma pequena cabana. Eu podia ver um casal de velhos sentados na varanda. Minha irmã pegou a trilha, foi até o velho, que usava um *dhoti* e um colete e devia ter uns setenta ou oitenta anos.

— Aqueles garotos estão me seguindo — ela disse.

A palavra era essa, *seguir*. Uma palavra simples cujo significado por muito tempo implicava uma ameaça específica na minha cabeça. O velho e a esposa olharam ambos para a estrada. A mulher continuou em silêncio, enquanto o velho disse que podíamos entrar na casa. Os três rapazes desapareceram na direção na qual estavam indo originalmente. Enquanto estávamos na casa do velho casal, minha irmã teve um ataque de asma, o primeiro de sua vida, e isso aumentou ainda mais seu desamparo. Mais tarde, na faculdade, a asma a paralisaria, e ela seria propensa a ataques de pânico, mas naquele fim de tarde em Deoghar o velho casal foi calmo e prestativo, como se estivessem bastante acostumados a verem mocinhas correndo para o jardim deles e colapsando sem ar no chão. Sugeriram que minha irmã deitasse na cama deles e depois lhe deram chá de mel com gengibre. Minha irmã se acalmou, e em meia hora sua respiração voltou ao normal. Ainda havia luz quando saímos da casa. O velho nos acompanhou até a estrada. Levava uma grande lanterna na mão.

Agora quando pensei em Cai no terminal de ônibus em Muzaffarpur ou parada no mercado em Barauni, ela tomou o lugar da minha irmã e por um momento eu era de novo um menino cheio de medo. O problema, claro, é que agora eu era mais velho e, portanto, mais próximo da idade do garoto da estrada em Deoghar, aquele de camisa azul que puxara a *dupatta* da minha irmã.

A única vez que Cai Yan me ligou da Índia foi para me contar que Peter havia morrido. Eu tinha acabado de acordar e fiquei confuso com a notícia. Cai me dizia que eu devia ir até lá e cuidar de Maya até que os pais de Peter chegassem de Hamburgo. A conexão da chamada telefônica era ruim. Perguntei a Cai em que parte da Índia ela estava, mas ela não me escutou. Logo depois fui ao apartamento onde Peter e Maya viviam nos últimos seis meses; o apartamento era maior, pois estavam hospedando um casal de estudantes. Enquanto corria até o apartamento, me apressando entre pessoas que se dirigiam para a aula ou para o trabalho, me perguntei como Cai teria ficado sabendo da morte de Peter. A resposta se apresentou quando cheguei ao apartamento. Ehsaan estava sentado no sofá de Maya ao lado dela. À minha entrada, Maya se levantou e falou que talvez eu pudesse fazer chá para Ehsaan e para mim, depois disse que precisava deitar um pouco. Ehsaan disse: Sim, vá deitar, mas saiba que estamos aqui caso precise.

Preparei um chá forte, em silêncio, com gengibre, cardamomo e uma pitada de cravo. Quando o leite ferveu, deixei a mistura cozinhar em fogo brando. Ehsaan entrou na pequena cozinha.

— O cheiro é bom. Sabe, faz um pouco mais. Vamos ver se Maya bebe um pouco.

Falava num tom de voz muito baixo, como se Maya estivesse realmente tentando dormir no quarto. Naturalmente, eu também passei a sussurrar.

— Onde ele está?

— A polícia está com o corpo.

— Como?

— Se enforcou.

— Aqui?

— Não, no porão.

Ehsaan se retirou da cozinha, talvez para checar se a porta de Maya continuava fechada. Ao voltar, contou que, no começo da madrugada, outro residente encontrou Peter no porão e ligou para a emergência. Não houve intervenção médica porque o corpo de bombeiros chegou quase tão depressa quanto a polícia e o declarou morto. O cinto que Peter usara estava amarrado a um dos tubos de metal que cruzavam o teto do porão. Ele enrolara fita adesiva ao redor dos pulsos para que as mãos ficassem juntas. Deve ter feito isso por último, antes de chutar o banquinho. Ehsaan chegou às quatro da manhã, depois que Maya ligou para ele. A polícia estava no apartamento. Encontraram um bilhete suicida no bolso de Peter, mas Maya o descartara. Quando a polícia levou o corpo para a autópsia, Ehsaan insistiu para que Maya telefonasse aos pais de Peter. Ela também ligou para os próprios pais em Delhi e pediu que contassem tudo a Cai Yan.

O chá ficou pronto. Ehsaan foi até o quarto de Maya e chamou seu nome. Disse que talvez ela pudesse tomar uma xícara de chá. Surpreendentemente, ela saiu do quarto.

Bebemos o chá sem dizer nada. Os olhos de Maya, ou talvez a área ao redor deles, tornaram-se negros. Ela parecia a muitos quilômetros de distância, afundada num silêncio que continha também algo de loucura.

Ehsaan disse baixinho: O garoto estava sofrendo muito.

Maya apertou os lábios.

Numa explosão, ela começou a contar a Ehsaan que já na próxima semana os médicos iam dar início à terapia eletroconvulsiva. Peter tinha que ter esperado. Iam colocá-lo sob anestesia, e os médicos passariam pequenas correntes elétricas pelo cérebro dele. O atraso se devia ao fato de que Peter tinha negado consentimento; talvez irracionalmente, temia a perda de memória. Mas era a única esperança. Nem o

Nardil nem o Restoril funcionavam, Maya disse, como se soubéssemos o que aqueles nomes significavam.

— Você não pode culpá-lo — Ehsaan disse, suavemente. — Ele estava doente. Estava num lugar terrível.

Maya se permitiu um único soluço, como um espasmo.

— As drogas o deixavam confuso. Acho que ele andava jogando tudo na privada, ou algo assim, e fingindo que tomava.

Lembro de Maya compartilhar esse medo com Cai Yan. Eu não disse nada.

— Eu não sei o quê...

Ehsaan disse: Você não pode se culpar. Devemos manter nossos melhores pensamentos sobre Peter nos nossos corações e rezar por ele.

Lágrimas brotaram nos meus olhos. Sentei perto de Maya e toquei seu ombro por alguns instantes, depois recolhi a xícara vazia de suas mãos. Acho que ela me agradeceu pelo chá.

Quando Maya voltou para o quarto, soube por Ehsaan que os pais de Peter chegariam à noitinha. Perguntei se ele vira o corpo de Peter, e ele disse que, quando chegou, o corpo estava numa maca no térreo, coberto por um lençol.

— Eu afastei o lençol do rosto dele, depois espalmei as mãos e recitei a Al-Fatiha.

Eu não sabia que Ehsaan era religioso. Será que minha expressão era de surpresa?

Ele disse: Deixa eu te contar uma história sobre orações.

Começou a contar de quando esteve em Beirute e visitou o quartel-general do Hezbollah no sul da cidade, na companhia de um jornalista francês que mais tarde se tornou embaixador por lá. Ehsaan entrevistou o líder do Hezbollah, xeque Nasrallah. O artigo que escreveu foi publicado com o título "Um encontro com um islamista". Havia uma boa dose de ironia naquele título, pois o homem que ele conhecera era inesperadamente prático e não terrivelmente dominado por ideologia.

Havia poucos homens armados à vista, e para Ehsaan, isso sugeria inteligência e arranjos eficientes de segurança. As mulheres perambulavam livremente, vestidas de modo recatado, claro, mas sem o *hijab*. E havia o xeque, um homem livre de armaduras doutrinárias, disposto a defender a natureza eterna e universal da xaria.

Mas a principal razão pela qual Ehsaan queria conhecer o xeque Nasrallah era por estar interessado nele como pessoa. Queria entrevistá-lo desde que o vira na televisão. E foi isto que viu: sete caixões tinham sido postos numa escola num vilarejo no sul do Líbano, perto da fronteira com Israel. Um comboio de carros chegou antes do enterro. O xeque Nasrallah saiu de um dos carros e entrou na escola, acompanhado pelo filho, Jawad. Os corpos no caixão eram de militantes do Hezbollah devolvidos por Israel em troca dos restos mortais de um soldado israelense. Nasrallah parou diante de cada caixão e recitou a Al-Fatiha. Quando alcançou o caixão marcado com o número treze, parou e sussurrou no ouvido de um ajudante, que convocou dois funcionários da Associação de Saúde Islâmica, ligada ao Hezbollah. Abriram o caixão, expondo um corpo revestido de um manto branco. Os olhos do xeque Nasrallah fecharam-se, e seus lábios tremiam enquanto recitava a Al-Fatiha. O corpo era do seu primogênito, Hadi, morto em combate com os israelenses. Lentamente, Nasrallah curvou-se e acariciou a cabeça do filho morto. Jawad, o irmão mais novo, permaneceu pálido e calado atrás do pai. Em seguida, Nasrallah parou de pé, com uma das mãos descansando sobre o peito do corpo no caixão. Um profundo silêncio se abateu sobre a sala.

Ehsaan me disse: Não sei dizer se a morte concedeu àquelas pessoas uma grandeza que lhes fora negada a vida inteira. Mas senti que, por meio de sua oração, o xeque Nasrallah dava aos sofrimentos deles e ao seu próprio sofrimento alguma dignidade. Você entende?

No cartaz se lia *Satish Sadachar em sua morada celeste*, de Pushkin Krishnagrahi. A peça de Pushkin era sobre um homem no leito de morte contando a história de sua família. No teatro escuro, imediatamente pensei em Peter, mas o personagem de Pushkin era um velho indiano. Na cama vazia, as luzes brilhavam sobre o lençol branco, enquanto a voz desencarnada do homem preenchia o auditório. A ação começava com todos os demais personagens, os membros da família, em cantos diferentes do palco. Sadachar, o protagonista, estava morto e só se ouvia sua voz. O que era novo não era realmente melhor, mas não havia razão para nutrir nostalgias pelo que passou. Essa era a mensagem inflexível da peça, seu ceticismo atento. Eu estava sentado com Prakash Mathan, o antigo orientando de Ehsaan, e uma garota da NYU que ele tinha começado a namorar. Ehsaan foi sozinho, mas prontamente concordou em ir conosco ao bar. Depois que pegamos nossos drinques, ele me perguntou discretamente se eu tinha notícias de Cai Yan. Contei do nosso rompimento.

— Decisão sua ou dela?

— Dela, eu disse. — Não tive coragem de contar a ele o que estava por trás do rompimento.

— É o que você quer?

— Não sei. Minha cabeça diz que eu devia escrever para ela. Mas meu coração sabe que ela não vai me aceitar de volta.

Ehsaan deu um meio sorriso.

— Thomas Jefferson escreveu uma carta para uma mulher na forma de um diálogo entre o coração dele e a cabeça. Conhece?

Eu não conhecia.

A carta de amor era endereçada a uma mulher casada chamada Maria Cosway, uma artista. Ele escreveu a carta depois de conhecê-la em 1786. Jefferson na época era embaixador na França. Ele passeava com Cosway quando pulou por cima de uma fonte, caiu e machucou a mão.

— Escreveu a carta lentamente com a mão esquerda, pois quebrara o pulso direito quando caiu da fonte.

Talvez eu devesse escrever uma carta para Cai Yan com minha mão esquerda, pensei. Mas era com o salto de Jefferson que eu me identificava. E com a queda.

— A carta tinha muitas mil palavras — Ehsaan disse. — Esse era o mesmo homem que, dez anos antes, redigiu a Declaração de Independência. Que, por sinal, era muito mais curta.

Ehsaan queria que eu fosse até a biblioteca e lesse a carta.

Depois contou que Maria Cosway permaneceu com o marido até a morte dele, quando se mudou para a Itália, onde inaugurou uma escola num convento.

Ehsaan olhou para mim. Seus olhos tinham um brilho malicioso.

— Diziam que o marido dela parecia um macaco. Jefferson se tornou presidente por volta de 1800.

Prakash e a namorada, Maeve, bebiam coquetéis.

Eu me virei e, evocando um sentimento de urgência, disse a Ehsaan que não podia esperar mais.

— Tenho que ir e fazer o trabalho que preciso fazer na China.

Ehsaan era capaz de fazer uma palestra esclarecedora em qualquer lugar, a qualquer hora.

— Você precisa lembrar de três pontos...

Deng Xiaoping logo morreria, mas ele era talvez o modelo que os indianos estavam seguindo. Deng havia dito que não estava interessado num socialismo de pobreza compartilhada; ele queria crescimento capitalista. Como a arte e a literatura responderiam a essas mudanças? Ehsaan disse que eu podia escrever um pouco sobre Lu Xun, e Agnes Smedley, e talvez sobre Saadat Hasan Manto no subcontinente, considerando o papel dos escritores em épocas de grande turbulência, mas precisava ter sempre em mente o momento presente. Este terceiro ponto ele achava o mais importante.

Ele parou e perguntou: Então, qual sua posição? Como você se posiciona vis-à-vis com o presente que se descortina?

Minha posição atual é que eu estava num bar bebendo uma garrafa de Sam Adams.

Uma coisa boa em Ehsaan é que ele frequentemente respondia suas próprias perguntas.

— Você precisa viajar de Beijing para Shanghai e depois para lugares como Guangzhou e Shenzhen. As novas zonas não existiriam não fosse por Deng. Como é a vida por lá? Vá ver você mesmo e deixe sua percepção determinar como vai escrever sobre o passado onde Lu Xun viveu. Você sabe o suficiente sobre a Índia e o Paquistão para escrever um comentário sobre Manto. Vamos ver em quanto tempo você consegue escrever isso, para depois poder procurar um emprego.

Por quatro meses, todos os dias da semana, às 10h15 da manhã, eu podia ser encontrado no décimo segundo andar, na sala ao lado do banheiro masculino, do Beijing Language Institute. O instituto ficava no Haidian District. Por uma hora e meia, minha tarefa oficial era "compartilhar e desenvolver a competência bilíngue/bicultural, o conhecimento extralinguístico/enciclopédico, e as técnicas/estratégias de tradução" de mais ou menos trinta estudantes. O trabalho era desinteressante, pois eu não aprendia nada sobre a vida das pessoas que conhecia. De vez em quando uma frase seria lida para mim em inglês, e eu concordava com a cabeça ou tentava reformulá-la. Frases simples: Você não pode ser cuidadoso demais. Essa frase é correta? Ou então me perguntavam coisas para as quais eu não tinha resposta: Por que o inglês faz um uso tão largo da voz passiva? Não acha que o inglês tem mais estruturas impessoais do que as outras línguas? *Estruturas impessoais! O que é isso?*

Eu sempre chegava na hora, e o professor Ning me recebia com um sorriso. Depois disso, eu era ignorado. Não sabia chinês, e minhas responsabilidades reais eram praticamente nulas. O professor Ning escrevia frases no quadro em inglês e respondia todas as perguntas em mandarim. Quando tocava o sino, esperava-se que eu fosse embora, e eu ia. Minha presença era simplesmente uma prova das relações comerciais entre duas instituições educativas; mas me ajudava, pois assim consegui um dormitório, onde dormia pacificamente, com meu cobertor branco tingido de vermelho pelo cartaz em neon do lado de fora que dizia INSTITUTO DE PESQUISA SOBRE DESENVOLVIMENTO E EXPLORAÇÃO DO PETRÓLEO.

Nos fins de semana, visitava monumentos e parques, mas nos dias de semana, à tarde, depois de almoçar no dormitório, eu lia sobre Lu Xun e também sobre Manto. No Museu Lu Xun vi fotografias de Agnes Smedley. Na capa da edição alemã de *Gente da terra* ela escrevera: *Presente para Lu Hsün em admiração por sua vida e trabalho em prol de uma nova sociedade.* Assinou o livro em 2 de fevereiro de 1930. Passaria boa parte da década na China, frequentemente escrevendo a partir do campo de batalha para jornais como *The Manchester Guardian.* Quando se candidatou para ingressar no Partido Comunista Chinês, foi rejeitada pelo que era visto como sua falta de disciplina. Um dos relatos diz que suas atividades na China incluíam corridas de cavalo, transformismo e educação para mulheres, tratando de tópicos como métodos contraceptivos, danças ocidentais e o amor romântico.

Ao contrário das atividades de Smedley na China, minha vida era um tédio; estava sem dinheiro e muitas vezes passava frio. Ia à biblioteca e lia *Living China*, de Edgar Snow, depois lia *Kingdom's End and Other Stories*, de Manto. Sentado no meu quarto, aquecedor elétrico num canto, bebi potes inteiros de chá Da Hong Pao e comecei um estudo comparativo entre "Toba Tek Singh", de Manto, e "Diário de um louco",* de Lu Xun. Essa solidão numa terra estrangeira, bem como o

---

* Pushkin me dera uma carta de apresentação para um escritor chinês em Beijing, Yu Hua, que escrevera extensamente sobre Lu Xun. Levei um tradutor comigo para nosso encontro num centro cultural. Yu Hua tinha quase quarenta anos. Possuía um senso irônico refinado, e uma postura casual e relaxada que não era diminuída, antes realçada, pelo fato de que acendia um cigarro no outro enquanto conversávamos. Apontando para o relógio, esboçou um círculo e disse ao tradutor que a carreira de Lu Xun completara um ciclo na China. Primeiro, ele foi um autor e seus escritos criaram controvérsia. Depois ele se tornou uma frase feita durante a Revolução Cultural, quase um slogan vazio. Quando a Revolução Cultural terminou, ele voltou a ser um autor, e seu nome foi envolvido em controvérsias. Mas agora, com a ascensão do capitalismo desenfreado na China, Lu Xun era mais uma vez um slogan, um nome a ser incluído em anúncios. Num pedaço de papel, Yu Hua desenhou caracteres chineses, uma longa lista que meu tradutor transcreveu para mim deste modo: *Os personagens e lugares nos contos de Lu Xun foram postos a serviço de salgadinhos e bebidas alcoólicas e destinos turísticos; designam salas privadas em boates e bares de caraoquê onde funcionários do Estado e empresários, de braços dados com jovens recepcionistas, cantam e dançam na maior alegria.*

trabalho que eu fazia, me ajudaram, fazendo-me pensar mais profundamente no que eu queria dizer sobre a literatura. Mas não era o que eu queria fazer. Meu ponto de partida fora diferente. Um homem como Har Dayal, que abraçara ideais revolucionários, escrevendo cartas para mulheres sobre desejo e solidão. Aquilo era uma imagem na minha mente. Ou o casamento de Smedley com Chatto, seu longo enlace e a separação, o peso de serem intrusos engajados em atividades subversivas. Eu queria escrever sobre o amor e, embora a princípio estivesse cego para esse fato, queria estar apaixonado.

<hr>

Depois que cheguei a Beijing, tudo me lembrava Cai Yan, mas tentei suprimir meus anseios. Eu sabia que ela não estaria perdendo tempo pensando em mim; estava produzindo relatórios que mais tarde se tornariam parte de sua tese. Estava bem encaminhada.

Poupei energia. Raramente saía nos dias de semana. Quando me aventurava pela cidade à procura de um drinque chamado Pingo Sou, como às vezes fazia ao anoitecer, levava comigo um livrinho vermelho de frases em mandarim. Usar aquele livro em Beijing durante aqueles meses me lembrou de quando eu era um imigrante recém-chegado aos Estados Unidos e tudo era novo. Eu bebia meu chá e me contentava em comer macarrão e tofu e, às vezes, como prêmio, porco fatiado. A dois quarteirões ficava o Garden Restaurant, um lugar meio surrado com três mesas cobertas por toalhas de plástico. Servia admiravelmente aos meus propósitos. Todos os dias comia no mesmo horário. O dono já me esperava e trazia minha comida tão logo eu me sentava. Sua filha, uma bebezinha fofa chamada Mei Ling, se aproximava e sentava perto de mim. Tagarelava em chinês e eu não entendia nada, mas aquilo me enchia de felicidade. De volta ao meu quarto, lia mais contos de Lu Xun e Manto, e esboçava capítulos sobre temas como verdade e autoengano, sátiras contra os poderosos, os corpos das mulheres e o corpo da nação. O conceito que eu contrabandeara para dentro da tese era o de que não era eu, mas Agnes Smedley quem estava lendo aqueles escritores: suas paixões, seus preconceitos, mesmo sua biografia dava forma à minha leitura de Lu Xun e Manto. O trabalho era especulativo, até imaginativo, mas também era sistemático, e quando meu período em Beijing chegou ao fim, eu já tinha concluído a maior parte da minha tese.

Tal como Ehsaan me instruíra, viajei a Shanghai e visitei a casa de Lu Xun, agora preservada como museu. Eu tinha o telefone dos pais de Cai Yan, mas não telefonei. Uma única vez, tarde da noite, quando me perdi perto de uma biblioteca que visitara e não conseguia encontrar ninguém que falasse inglês, me veio a ideia de que talvez eu pudesse ligar para os pais de Cai Yan. Mas um táxi apareceu na garoa e eu mostrei o cartão do hotel onde estava ficando.

Tive dois bons dias por lá. No museu, bati fotografias da estátua de Lu Xun e da capa do livro de contos traduzido para o híndi. Em outro museu encontrei caixotes de madeira em que se lia ÓPIO DE PATNA nas laterais e manequins de policiais sikhs de uniforme nas ruas. Dioramas de empresários *parsi* e fregueses chineses de cabelo trançado caindo pelas costas. *Museus evocam um sentimento específico em mim, Meritíssimo — o sentimento do tempo fora dos gonzos. E por que só o tempo? Corpos fora dos gonzos. Um deslocamento no tempo e no espaço. Não pertencimento. Anos atrás, um escritor branco americano descreveu outro escritor, um escritor cujos ancestrais migraram da Índia para o Caribe, como alguém que parecia* menos um candidato ao prêmio Nobel do que um dono de lojinha. *Um comentário malicioso, mas que capturava um medo que sempre trouxe no coração — medo de ser um prisioneiro no museu da imaginação dos outros. O futuro prêmio Nobel provavelmente seria confundido* com um jornaleiro correndo do banco para o estande de revistas, onde vendia cigarros, goma de mascar e os jornais diários, mantendo as revistas de mulheres peladas na prateleira superior. *Havia como escapar desse museu? Conheço pessoas que lançam números para você a fim de provar que este lugar também é nosso. Tantos doutores, tantos engenheiros! Mas onde está o museu para exibir os pés doloridos dos donos de lojinha? Ou, a propósito, o destino da mulher indiana que foi a primeira a conseguir o grau de doutora nos Estados Unidos? Meritíssimo, num cemitério no estado de Nova York encontram-se as cinzas de uma jovem indiana que nasceu apenas alguns anos depois da rebelião de 1857, na qual meu ancestral distante, Kunwar Singh, decepou seu braço.* ANANDABAI JOSHEE, M.D., 1865-1887, PRIMEIRA MULHER BRÂMANE A DEIXAR A ÍNDIA PARA ESTUDAR, *lê-se na inscrição do túmulo. Joshee tinha nove anos de idade quando se casou com um funcionário dos correios de vinte e nove anos em Maharashtra, e vinte e um quando recebeu o diploma de doutora na Pensilvânia. Poucos meses depois, quando voltou à Índia, morreu de tuberculose aos vinte e dois. Suas cinzas foram enviadas para a mulher que fora sua benfeitora nos Estados Unidos, e é assim que os restos mortais de Joshee encontram-se agora enterrados num terreno com vista para o Hudson. Todos os nomes das crateras em Vênus são homenagens a mulheres. Li num jornal indiano que uma das crateras agora carrega o nome de Joshee.*

Eu era turista em Shanghai e fiz coisas que turistas fazem. Por exemplo, comi sapo *chanzui* apimentado num restaurante onde também serviam crocodilos com grossas fitas elásticas no focinho. Antes de partir, entre as luzes da noite, ao longo de um rio cintilando com navios de cruzeiro, dei uma volta pelo Bund.

De Shanghai, fui de trem a Guangzhou. Vi as fábricas e os novos sítios de construção cobertos por malhas verdes e os familiares andaimes de bambu. Naquela noite, num bar na Xiao Bei Road, conheci um banqueiro indiano chamado Zutshi, que me contou que nenhum prédio na China pode ter mais de setenta anos. Quando alcança essa idade, é demolido. Não sei por que eu seguia tomando notas.

— A Índia tem um escopo grande — Zutshi disse. — Somos bons de informática. Mas nunca superaremos a China. Os chineses têm o hábito do trabalho e são cidadãos obedientes.

No trem de volta a Beijing escrevi minhas impressões da viagem. Ehsaan tinha sugerido que eu usasse minhas andanças pela China para escrever o prefácio do meu estudo crítico sobre Lu Xun e Saadat Hasan Manto. O desenvolvimento industrial resolveria nossos problemas sociais? Os poderosos e os muito ricos se tornariam mais caridosos caso acumulassem lucro suficiente? O que um escritor deve fazer enquanto testemunha um mundo em mudança? O que deveria fazer enquanto ativista quem escreve e é também viajante, intruso, bem como mulher? Tomei notas em meu caderno marrom em que se lia TIAN GE BEN, e de volta a Beijing, enquanto esperei mais dois dias pelo meu voo para Nova York, digitei meu prefácio no computador. Minha dissertação estava pronta. No voo de volta da British Airways, depois de ter comido e bebido o vinho tinto gratuito, senti-me relaxado e peguei um caderno Tian Ge Ben novinho em folha. Eu queria muito voltar ao que ignorara na minha dissertação. Queria escrever sobre o amor. Não só a história de um único amor, seu começo ou seu fim, mas a história do amor e de como ele é assombrado pela perda. Pensei na primeira vez em que fui colher maçãs. No sistema de som do avião eu ouvia Jimmy Cliff cantando "You Can Get It If You Really Want". De fones de ouvido, pus essa música para tocar mil vezes seguida.

Epílogo

A imagem anterior está entre minhas anotações para este romance. Devo ter arrancado de uma revista, talvez da *Outlook*, durante uma visita à casa dos meus pais. Uma reprodução de alguns desenhos de Satyajit Ray, da época em que preparava seu primeiro filme, *Pather Panchali*. É o storyboard de uma cena na qual Apu e sua irmã Durga avistam um trem pela primeira vez. Uma cena celebrada na história do cinema. Como tudo na obra de Ray, cenas simples, de enquadramento elegante, produzindo um efeito emocional cumulativo devastador. Nada no meu caderno indica por que arranquei essas páginas da revista. É possível que eu estivesse pensando em colagens. Mas suspeito que estivesse pensando na vida simples que é transformada em arte. Não apenas no filme final, mas nesses desenhos também. Esses esboços são como caligrafia, banhados de movimento, como se uma sugestão sutil soprasse através deles como uma brisa invisível.

É junho. Foi isso que decidi fazer com minha vida agora. Cá estou na meia-idade, dando um tempo nas demandas do magistério e da vida familiar, escrevendo sobre juventude, amor e política. (Misturando estética e desejo bruto, esta frase roubada de uma resenha de um livro de fotografias: *Quase todas as* composições *roçam a linha tênue entre o combate corpo a corpo e o* cunnilingus, *como toda boa arte*.) Tenho relido velhas cartas e diários. Tão importantes estas páginas, escritas há muito tempo, pois tudo desvanece, e mesmo o corpo, talvez especialmente o corpo, não lembra de nada.

=====

Ano passado me tornei cidadão americano. A cerimônia aconteceu ao meio-dia de um sábado, numa escola de uma cidade das redondezas. Prepararam uma mesa com vinte bandeiras americanas em miniatura. E uma pilha de certificados. A cerimônia teve início com três escoteiros gorduchos trazendo ao palco uma grande bandeira americana. Ergueram os dedos em saudação, as mãos próximas às têmporas, como se estivessem com dor de cabeça. Fomos informados de que, juntos, representávamos cidadãos da Somália, México, El Salvador, Jamaica e Índia. Os somalis eram uma grande família, vestida em roupas brilhosas. O juiz, um homem de origem filipina, pediu que repetíssemos o juramento. Como todos os outros, ergui o braço. Quando acabou, o juiz disse: Parabéns, vocês são agora cidadãos americanos.

Abandonaram o país de nascimento em troca dos direitos e privilégios deste país. E repetiu a palavra *privilégio*, dizendo: Vocês não têm o *direito* de viver nos Estados Unidos. Não é um direito. É um privilégio. Não há melhor país no mundo.

Mas tudo que senti foi que eu era um homem sem pátria e lágrimas vieram aos meus olhos. Talvez eu chorasse só porque o juiz, numa escolha de palavras pobre e imprecisa, usara a palavra *abandonar*. O homem ao meu lado, nativo de Guadalajara, pensou que as lágrimas eram de felicidade e me parabenizou.

O juiz disse que agora iria pedir a um homem "que encarna a experiência americana, um herói", para falar por alguns minutos. Um grande homem negro de joelhos debilitados subiu ao palco: jogara pelos Denver Broncos no Super Bowl de 1999. Não lembro seu nome. O palestrante disse: Foi uma longa jornada, vocês passaram por dores e tribulações... Eu me perguntei se aquilo seria mesmo verdade para qualquer um de nós. O palestrante limpou a fronte com um lenço, e o tecido, talvez porque fosse novo, grudou-lhe na testa. Disse que gostava de diversidade e que estava feliz em nos receber neste país. Depois, uma jovem chamada Rachel, de pálpebras caídas e sorriso melancólico, foi ao microfone e cantou o hino nacional de um jeito bem bonito. Fiquei surpreso ao perceber que o cavalheiro mexicano à minha direita parecia conhecer a letra. Quando a cerimônia acabou, as pessoas tiraram fotos.

No carro, de certificado em mãos, desejei ter almoçado antes de vir. Não tinha dirigido nem três quilômetros na I-84 quando vi as luzes de uma viatura policial piscando atrás de mim. O policial era um senhor mais velho de bigode fino. Quando pediu minha identidade e a carteira de motorista, peguei a bandeirinha americana e o certificado e lhe mostrei.

— Senhor, acabei de me tornar cidadão. Dez minutos atrás. Estava correndo para casa para contar à minha esposa.

— Você também tirou sua licença hoje?

— Não. Estou dirigindo... Não, não tirei hoje.

— Então não preciso desse certificado. Seus documentos, por favor.

A multa que me aplicou era de cento e sessenta e cinco dólares. Achei que ele se comportara de maneira justa e não questionara minha mentira sobre ter uma esposa — mas também suspeitei que tinha sido punido por ter me tornado cidadão. Enquanto me encaminhava para casa, agora dirigindo dentro do limite de velocidade, pensei em Jennifer com gratidão. Ela me levara ao Departamento de Trânsito no Harlem no seu velho Volvo azul. Eu vivia nos Estados Unidos havia apenas dois ou três meses. Dirigi seu carro para o teste. O homem que era o avaliador revelou-se ser paquistanês. Tive medo de que ele me reprovasse. Enquanto seguia suas instruções (Por favor, mude de pista, vire à esquerda, estacione na direita et cetera) me veio a ideia de que eu devia estabelecer termos amigáveis com ele. Tentei jogar conversa fora.

— De que parte do Paquistão você é, sr. Alvi?

— Não converse — ele disse, os olhos fixos na estrada. — Por favor, dirija.

Quando o teste acabou, ele disse que eu havia cometido uma infração, mas que tinha passado. Eu disse *adaab* para ele. Apertamos as mãos. Jennifer disse que tinha certeza, já quando me buscou naquela manhã, de que eu conseguiria. Depois riu e disse: Tive certeza quando vi que você seria julgado pelo seu irmão.

Aquele distante dia de outono me veio à lembrança no carro quando recebi a multa depois da cerimônia. Mais de duas décadas atrás. Talvez fosse bem no começo de outubro. Para celebrar o fato de que agora eu tinha uma carteira de motorista fomos almoçar num restaurante indiano na Amsterdam Avenue. Eu conversava em híndi com a mulher punjabi que era a dona, e Jennifer brincou que, depois que eu me enchesse das mulheres brancas, voltaria para a Índia para viver por lá e entrar num casamento arranjado. Ela imitou o balançar de cabeça indiano e riu alto. Fechou os olhos, sorrindo sardonicamente, até ficar com a cara vermelha. Eu não tinha a menor ideia de onde vinha essa súbita amargura — seu comportamento era estranho, mas provavelmente me fez pensar que aquela era a verdadeira Jennifer. É possível que aquele tenha sido o momento em que comecei a me afastar.

Então, Jennifer, eu não tenho uma esposa indiana. E na verdade sou um cidadão americano agora. Não quero com isso dizer que você estava errada e que eu estava certo, mas simplesmente que nada acaba exatamente como a gente imagina. (Não foi o meu caso, certamente.) Mas obrigado por me levar ao Departamento de Trânsito.

Meritíssimo, isto não é uma parábola. Narrei esta história automotiva, ha ha, porque ontem eu estava no carro dirigindo até Saratoga Springs para comprar vinho. No rádio do carro ouvi uma reportagem sobre crianças aprendendo a lidar com a morte num centro de apoio ao luto. As crianças eram encorajadas a processar a morte de um membro da família. Tantas crianças cujos pais haviam cometido suicídio, em alguns casos com um tiro na cabeça. Hoje é o Dia dos Pais e não consigo parar de pensar nas vozes das crianças que ouvi ontem. Uma das menininhas, o repórter contou, viu a mãe ter um ataque cardíaco. Na sala de brincadeiras do centro de apoio ao luto, essa menina pegou o telefone de brinquedo e passou o tempo inteiro discando 911. "Oi, 911, minha mãe está morrendo. Se apressem. Venham rápido." "Oi, 911, minha avó está morrendo. Rápido, venham." Ouvindo esse programa pensei em Jennifer. Eu nunca disse nada, nem lhe escrevi nada depois do dia em que ela me pediu para ir embora da sua casa. Nunca falamos francamente sobre nada. A história que estou contando aqui sobre a ida ao Departamento de Trânsito e ao restaurante é meu primeiro passo nessa direção.

E quanto a Ehsaan! Ehsaan, amado pelos estudantes — e também pelo FBI. Quando morreu, lutava para criar no Paquistão uma universidade que contivesse disciplinas de Humanas no currículo. A universidade nunca foi construída; de acordo com o obituário de Ehsaan na *Economist*, ele *morrera antes de uma única rupia ser angariada para o projeto*. Se ele se aproximou de encontrar uma rápida e inesperada visibilidade depois de sua morte, aconteceu depois dos ataques do Onze de Setembro, quando uma palestra de Ehsaan de 1998 sobre terrorismo encontrou vida nova na internet. Naquele discurso, Ehsaan queria que o terrorismo praticado por grupos descontentes fosse visto em relação a um uso muito maior e mais destrutivo do terrorismo pelo Estado. Num lance característico, ele começou apontando que o presidente Reagan dera boas-vindas aos *mujahidin* do Afeganistão na Casa Branca e os chamara de "o equivalente moral dos nossos Pais Fundadores". As mesmas pessoas tornaram-se terroristas aos olhos dos Estados Unidos. Uma miríade de editoriais citou Ehsaan nos meses depois do ataque,

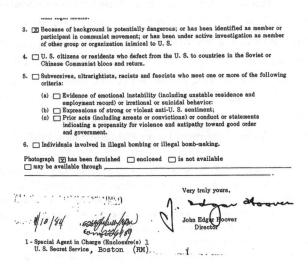

chamando-o de "presciente" e de "o rosto do Islã secular e progressista". Toda essa louvação me compeliu a procurar no YouTube por clipes de Ehsaan nos anos antes de eu conhecê-lo. Havia vários vídeos dele, não apenas de anos, mas de décadas antes dos ataques de Onze de Setembro, advertindo os Estados Unidos de que o apoio a operações confidenciais ao redor do mundo um dia voltaria para assombrar a América. Se os Estados Unidos agiriam de modo antidemocrático em outras partes do globo, a paz em casa também seria improvável. Num vídeo de uma aula aberta no fim dos anos 1970, você encontra Ehsaan explicando essa contradição à plateia nos seguintes termos: Um homem não pode ser violento e sádico com a amante e gentil com a esposa.

Ehsaan me apresentara à obra de Agnes Smedley, e meu projeto de pesquisa me levara para a Índia. Smedley foi atormentada pelo FBI, e mesmo quando morreu, o Comitê de Atividades Antiamericanas protagonizou uma audiência póstuma sobre ela. O biógrafo de Smedley escreveu que, só na década de 1970, depois de anos de obscuridade e negligência história, *Smedley emergiu como heroína imaculada do movimento feminista moderno e* Gente da terra *foi reeditado com aclamação crítica.* Enquanto lia sobre a ressurreição de Smedley, me perguntei se a reputação de Ehsaan gozaria de renascimento semelhante. Ehsaan chegará à fama? Quando um crítico chamou o escritor Richard Stern de *quase famoso por não ser famoso* pensei no meu velho professor.* Este livro é um símbolo da minha carinhosa recordação. Vi os documentos do FBI sobre as atividades de

---

* Mais tarde, li no obituário de Stern no *Times* o seguinte comentário de Philip Roth, mas isso não me lembrou do que eu admirava em Ehsaan, mas do próprio Roth: *uma das razões pelas quais ele nunca ficou famoso — ele era mais famoso entre escritores famosos — era que o tom dele era difícil de entender, e alguns leitores não se sentiam moralmente estabelecidos,* disse Roth, *não porque fosse difícil ou obscuro, mas porque era generoso com todos os seus personagens. E isso os confundiu.* (No segundo pensamento, essas palavras se aplicam a Ehsaan também. Sua generosidade para com todas as partes desconcertou os guardiões da direita e da esquerda.)

Ehsaan neste país. Não há nenhum elemento de dúvida naqueles documentos, ou muita ambivalência; com certeza não há sentimento algum; ao redator mascarado daqueles relatórios, de nome inexistente, o picareta anônimo do Estado, não se requer que se arrisque a vulnerabilidades. Tudo isso é compreensível, claro, mas meu propósito aqui é o pensamento mágico.

Estou outra vez num avião que chega a Nova York, voltando de uma viagem à China. A moça por quem estou apaixonado não é nem do meu país nem do país onde agora vivo. Nossos países lutaram quatro guerras no passado, e nosso encontro em Nova York é resultado de fronteiras que foram atravessadas. Trabalhamos com um mentor que adoramos. Minha amada está em seu apartamento universitário, e quando olho pela janela do avião, o faço com a certeza de que dos milhões de luzes cintilantes debaixo de mim uma das luzes é a dela. Esse pensamento ingênuo pode ser o resultado de uma longa viagem, dessa sensação de exaustão que suportei durante minha pesquisa. Também é possível que, separado da vida rural por apenas uma geração, eu esteja embasbacado pelos adereços da civilização urbana. Na disciplina de nosso mentor, uma frase de Trótski: E ainda agora, sempre que o cavalo de um camponês se afasta aterrorizado diante das luzes ofuscantes de um automóvel numa estrada russa à noite, um conflito de duas culturas se reflete nesse episódio. Eu sou e *não* sou o camponês; e *nunca* não sou o cavalo. Fico maravilhado diante do fato de que há um número de telefone, os números certos na combinação certa que, informados à telefonista, farão o telefone tocar na sala da casa da única pessoa no mundo todo que está esperando por mim. Tudo isso é verdade. Mas há algo mais que desejo nesse momento. Quero apresentar meu melhor eu à minha amada, e cansado como estou, quero dormir com minhas pernas emaranhadas às dela. Enquanto olho a noite pela janela do avião, posso sentir seu gosto na minha boca.

Mas primeiro uma pergunta: não estamos condenados a repetir nossas histórias e a escrever o mesmo livro seguidas vezes? Ou, para dizer de outra forma, não nos apaixonamos sempre pela mesma pessoa, cometendo os mesmos erros? Às vezes sinto que por toda a minha vida só fui fiel ao fato dessa experiência — de modo que toda minha nostalgia é pelas minhas tentativas familiares e meus fracassos bem conhecidos. Um relato do que é familiar torna-se a história de uma vida. *É a vida.* Eu sempre quis estar apaixonado; tudo que consegui foi contar uma história. Mas isso não é inteiramente preciso. Sou como o macaco que, agachado de frente ao espelho, experimenta um chapéu. Nisso apenas imita o seu mestre. Mas o macaco tem planos para esta noite de verão. Embora seja difícil pensar claramente, ou lembrar de noites passadas, sobretudo porque sua ideia de quem ele é ou foi se mistura com o que ele acredita que deva se tornar, ainda assim ele gostaria de se retirar precisamente às sete horas. Fará uma pausa para respirar o ar livre. E seguirá adiante. Chapéu na cabeça, de braços dados com alguém que sabe de sua viagem, que o olhará sorrindo quando ele começar a cantarolar sua canção.

Nota do autor

Immigrant, Montana, não existe. Embora eu tenha visitado a cidade de Emigrant, Montana, em agosto de 2008, imediatamente depois de Barack Obama aceitar a nomeação do Partido Democrata em Denver, quero declarar que o mapa apresentado aqui é deficiente. Mesmo os elementos históricos concordam apenas com o que é lembrado. A memória é uma coisa real, mas não é precisa. É possível argumentar que a história também não é precisa; contudo, este romance não é o lugar para encenar esse debate em particular.

Depois que Barack Obama foi eleito presidente, li sobre sua corte a Michelle. Ela era sua chefe, destacada para aconselhá-lo durante um trabalho de verão, mas a certa altura Obama começou a perguntar se ela sairia com ele. Antes do fim do verão, Michelle concordou em ver um filme — *Faça a coisa certa*, de Spike Lee — e tomar um sorvete na Baskin-Robbins. O clipping no meu caderno de anotações inclui este trecho: *De férias em Martha's Vineyard em 2004, Barack conheceu Spike Lee numa recepção. Como Michelle recorda, ele disse a Lee: "Eu devo muito a você". É que foi durante aquele filme que Michelle permitiu que ele tocasse o joelho dela.*

Eis aqui uma lista parcial daqueles a quem eu devo muito:

por possibilitar condições de escrever, a Fundação Lanna, a Fundação Guggenheim, United States Artists, o Norman Mailer Center, a Corporation of Yaddo;

pela ajuda nas seções de um primeiro rascunho, Jeffrey Renard Allen, Scott Dahlie, Sheba Karim, Siddhartha Chowdhury;

por ler o manuscrito final, Karan Mahajan, Kiran Desai;

por seus muitos gestos de encorajamento e amizade ao longo dos anos, meu obrigado a Rob Nixon, David Means, Ken Chen, Amit Chaudhuri, Teju Cole;

pelo apoio, também Ian Jack, Rick Simonson, Suketu Mehta, Erin Edmison;

pelas conversas iniciais sobre Eqbal Ahmad, Zia Mian, Dohra Ahmed, Robin Varghese, Julie Diamond, Anthony Arnove;

pela edição indiana, Shruti Debi, David Davidar (de novo), Aienla Ozukum, Simar Puneet e Bena Sareen;

na Faber, Lee Brackstone, uma figura singular, e na Knopf, a dupla inestimável Sonny Mehta e Timothy O'Connell, e também a maravilhosa Anna Kaufman, nenhum mero obrigado será suficiente;

e por fazer tudo isso acontecer, David Godwin, Susanna Lea e Lisette Verhagen, da DGA.

Este romance é sobre o amor, e já que o amor não vem de graça, noto aqui minha dívida enorme e impagável com a minha amada família, em particular Mona, Ila e Rahul.

A maior parte das citações está acompanhada das respectivas atribuições no corpo do texto. Onde a fonte não é dada, como nos clippings dos cadernos de anotação, uma simples pesquisa no Google dá conta do recado. Além dos títulos mencionados no romance, usei os seguintes livros: Grace Paley, *Just As I Thought*; Elmore Leonard, *Rum Punch*; David Omissi, org., *Indian Voices of the Great War: Soldiers' Letters, 1914-18*; Harold A. Gould, *Sikhs, Swamis, Students, and Spies*; William O'Rourke, *The Harrisburg 7 and the New Catholic Left*. A referência numa nota de rodapé a uma citação de Pico Iyer vem de *The Global Soul: Jet Lag, Shopping Malls, and the Search for Home*, e a resposta a ela é tirada de uma resenha de Kai Friese, "Globetrotter's Nama", *Outlook*, 28 de agosto de 2000; a instalação de arte *Escola Hunan* é bastante inspirada pela esplêndida

School N° 6, de Ilya Kabakov, na Chinati Foundation, em Marfa, Texas; gostei muito da minha conversa com Yu Hua na Asia Society e citei trechos de seu ensaio sobre Lu Xun; um comentário malicioso mas preciso foi emprestado do interessante livro de Paul Theroux, *Sir Vidia's Shadow*. Ehsaan Ali é um personagem fictício, mas partes dele são baseadas nas minhas entrevistas com a família, os amigos e estudantes de Eqbal Ahmad, cujo *Confronting Empire: Interviews with David Barsamian* me foi de grande valia; também entrevistei Stuart Schaar, autor de *Eqbal Ahmad: Critical Outsider in a Turbulent Age*; meu muito obrigado aos funcionários dos arquivos do Hampshire College por me mostrarem a carta escrita por John Berger. Vali-me do excelente *The Lives of Agnes Smedley*, de Ruth Price, ao reencenar detalhes dos amores de Smedley. Exceto quando indicado, fez-se uso de imagens encontradas, e terei prazer em reconhecer minha gratidão aos débitos devidos.

"'Não brinque com o sr. do Entre', meu pai com frequência me advertia, mas parece que é precisamente no sr. do Entre que todos vivemos agora." Assim escreve David Shields em *Reality Hunger*. Este é um trabalho de ficção, bem como de não ficção, um romance do entre escrito por um escritor do entre.

Créditos das imagens

p. 22 Dra. Ruth © Cindy Ord/ Getty Images por Wiesenthal/ Getty Images; Dr. Watsa © Ritesh Uttamchandani

p. 77 *The Duchess of Gordon after Sir Joshua Reynolds* © Frick Collection

p. 79 Soldados indianos © Imperial War Museums (Q 53348)

p. 95 Henry Kissinger © Alfred Eisenstaedt/ The LIFE Picture Collection/ Getty Images 185

p. 174 *The Lovers*, de Picasso © 2017 Estate of Pablo Picasso/ Artists Rights Society (ARS), Nova York

p. 196 Garoto em campo de refugiados da Partição © Margaret BourkeWhite/ The LIFE Picture Collection/Getty Images

p. 200 Casa em Irki, cortesia do autor

p. 201 Sasaram, cortesia do autor

p. 215 Sam, o macaco espacial © Nasa

p. 217 Estátua do macaco deus Hanuman em Bihar, cortesia do autor

p. 235 Still do filme híndi *Dr. Kotnis Ki Amar Kahani*

p. 241 Viúva com retrato do marido falecido © Sebastian D'Souza/ AFP/ Getty Images

p. 251 Mausoléu em Bihar, cortesia do autor

pp. 262-3 Esboços de Satyajit reproduzidos com permissão da HarperCollins Publishers India Private Limited do livro *The Pather Panchali Sketchbook*, editado por Sandip Ray e publicado pela primeira vez por eles em associação com a Society for Preservation of Satyajit Ray Archives © Sandip Ray, 2016

Immigrant, Montana © Amitava Kumar, 2017 — International Rights Management: Susanna Lea Associates

Todos os direitos desta edição reservados à Todavia.

Grafia atualizada segundo o Acordo Ortográfico da Língua Portuguesa de 1990, que entrou em vigor no Brasil em 2009.

capa
Ciça Pinheiro
imagem de capa
Javier Mayoral
preparação
Manoela Sawitzki
revisão
Jane Pessoa
Ana Alvares

Dados Internacionais de Catalogação na Publicação (CIP)

——

Kumar, Amitava (1963-)
Os amantes: Amitava Kumar
Título original: *Immigrant, Montana*
Tradução: Odorico Leal
São Paulo: Todavia, 1ª ed., 2019
280 páginas

ISBN 978-85-88808-70-6

1. Literatura indiana moderna 2. Romance 3. Literatura contemporânea I. Leal, Odorico II. Título

CDD 891.4

——

Índice para catálogo sistemático:
1. Literatura indiana moderna: Romance 891.4

todavia
Rua Luís Anhaia, 44
05433.020 São Paulo SP
T. 55 11. 3094 0500
www.todavialivros.com.br

fonte
Register*
papel
Munken print cream
80 g/m²
impressão
Geográfica